던전에서 만남을 추구하면 안 되는 걸까

오모리 후지노
OMORI FUJINO

일러스트 **야스다 스즈히토**
YASUDA SUZUHITO

김완 옮김

5

© Suzuhito Yasuda

5

오모리 후지노 지음 | **야스다 스즈히토** 일러스트 | **김완** 옮김

커버 그림, 본문 일러스트 | **야스다 스즈히토**

프롤로그 예감의 전조

© Suzuhito Yasuda

태양이 빛난다.

동쪽 하늘에서 나타난 햇빛이 시벽(市壁)을 넘어 오라리오 시내를 비추었다. 도시 중앙에서 솟아난 백색 거탑이, 모험자들이 모이는 장엄한 판테온이, 광대한 암피테아트룸(투기장)이 따뜻한 아침 색으로 물들어간다. 하루의 시작에 시민들은 이미 활기를 띠어, 많은 휴먼과 데미휴먼이 길을 오가고 서서히 붐비기 시작했다.

"아침 댓바람부터 미안타, 헤파잉. 내 처들어와버렸데이."

"뭐, 상관없어. 평소에는 혼자니까, 가끔은 이렇게 누구하고 아침을 먹는 것도 좋지."

사람들의 소란이 잔물결처럼 들려오는 곳, 북서쪽과 서쪽 메인 스트리트 사이의 구역에 세워진 집에서는 두 여신이 환담을 겸한 아침식사 자리를 가지고 있었다.

주황색 머리카락을 찰랑거리는 여신 로키는 실눈을 누그러뜨리고, 선명한 홍발에 안대를 한 여신 헤파이스토스는 미소를 지었다.

"새삼스럽지만 우리네 '원정'에다 스미스 빌려줘서 고맙데이. 덕분에 살았다."

"신경 쓰지 마. 심층영역 드롭 아이템을 우선적으로 제공해준다면야 우리한테도 바라 마지않던 일이니. 그쪽은 어땠어? 이번 '원정'에서 뭔가 진전은 있었던 것 같아?"

로키의 감사를 받으며 헤파이스토스는 질문을 건넸다.

나무로 지어진 이 식당은 4층 건물이었다. 최상층의 창가 자리에서 아침을 먹는 로키와 헤파이스토스 주위에는 수인 급사를 제외하면 손님은 하나도 보이지 않았다. 완전 대절 상태인 가게 안에서 로키와 헤파이스토스는 순백색 테이블보가 깔린 테이블을 가운데 두고 나이프와 포크를 움직였다.

"지난번엔 이것저것 문제도 있었던 것 같지만, 캐도 이번엔 도달계층을 갱신해주지 않으려나~ 싶다. 우리 얼라들은 '무조건 돌파하겠어!'라고 씨근덕거렸고, 아이즈도 Lv.6 됐다 아이가. 희망은 있제."

고기에 포크를 푹 찔러 입에 털어 넣는 로키. 물이 든 잔을 벌컥벌컥 기울이는 그녀와는 달리 헤파이스토스는 단정한 모습으로 식사를 했다.

"……근데 헤파잉. 니, 땅꼬마네 애 정보 뭐 들은 거 없나?"

"응? 후후, 뭐야. 헤스티아네가 신경이 쓰여?"

"신경이 쓰인다 캐야 하나……. 글마 요즘 까불고 있지 않나, 땅꼬마 주제에. 콧대 세우고, 쓸데없이 큰 가슴 내밀면서. 복장 터진다 캐야 하나……."

주절주절 불만을 늘어놓는 로키에게 헤파이스토스는 웃음을 흘렸다.

"우리 애 하나가 헤스티아네 애랑 파티를 맺고 있어. 오늘 중층으로 간대."

"엑, 우리한테만 아이고 땅꼬마네한테도 스미스 빌려 줬나?"

"직접계약을 맺었거든, 【리틀 루키】하고. 우리 애는 제법 마음에 들었나봐, 헤스티아네 애가."

어딘가 흐뭇하다는 목소리로 말하며 헤파이스토스는 천천히 요리를 입에 가져갔다. 하지만 그 이야기에 로키는 시무룩한 표정을 지었다.

"너무한데이 헤파잉. 내만 안 보고 땅꼬마한테도 바람피우다니."

"이봐, 누가 들으면 오해하겠어."

농담처럼 대화를 나누던 로키와 헤파이스토스는──그때 문득.

몸을 엄습하는 미미한 진동에 움직임을 멈추었다.

"……또 지진이네."

"마, 시시하긴 해도……. 요즘 쫌 많아진 거 아이가, 이거."

물이 든 잔이 수면을 미미하게 떨었다.

흔들림은 느낄 수 있을락 말락 할 정도로 작았다. 그야말로 몸을 가만히 두지 않았다면 알아차리지도 못했을 정도로.

"평소 같으면 마 그냥 지진이네, 캤을 텐데……. 여그는 땅속에 미궁이라는 뒤숭숭한 물건이 있지 않나……. 헤파잉, 니는 어떻게 생각하노?"

"길드가 기도를 올리고 있으니 우연이라고는 생각하지만……. 뭔가 일어나려는 것 아닐까."

로키와 헤파이스토스는 천천히 창밖의 경치를 바라보

앗다. 지나가는 사람들의 흐름은 전혀 변화가 없었으며 더욱 붐비기까지 하는 것 같았다.

"응?"

평온한 광경이 펼쳐진 가운데, 문득 로키는 시선을 한쪽 구석으로 돌렸다.

그녀의 시선 너머에서는 어느 【파밀리아】의 무리가 도로 한쪽에 모여 있었다.

"……."

남신 타케미카즈치는 자신의 발밑을 내려다보았다.

발바닥에서 전해지는 대지의 진동에 살짝 눈살을 찡그린다.

"그러면 다녀오겠습니다, 타케미카즈치 님!"

심지가 단단한 높은 목소리에 그는 지면에서 시선을 떼고 고개를 들었다.

눈앞에 있는 것은 아름다운 소녀였다. 윤기 있는 긴 흑발에 청자색 눈동자, 예의 바르게 쭉 뻗은 등. 제비꽃 색 배틀 클로스(battle cloth)에서 엿보이는 팔다리는 생기가 넘쳤으며, 얼굴은 신들마저 감탄케 할 만큼 고왔다.

타케미카즈치는 자신의 권속인 그 소녀에게 웃음을 지었다.

"그래. 너무 무리하지는 마라, 미코토. 늘 말하는 거지만 초심을 잊어선 안 된다."

"예!"

미코토라 불린 소녀가 고개를 끄덕인 후, 타케미카즈치는 주위에 있던 자들에게도 "너희들도야."라고 말했다.

휴먼으로 편성된 소규모 파티.

미코토를 포함해 모두 여섯 명인 모험자들은 【타케미카즈치 파밀리아】의 구성원 전원이기도 하다.

【타케미카즈치 파밀리아】는 오라리아에 흔한 던전 탐색계 【파밀리아】 중 하나다. 말 그대로 던전을 탐색해 '마석'이나 '드롭 아이템'을 가지고 돌아와 그 수입으로 생계를 꾸려나가는 파벌이다.

하급모험자들 사이에서 소문이 자자한 루키 미코토가 【랭크 업】한 것도 있고 해서, 【타케미카즈치 파밀리아】는 하위 파벌 중에서는 비교적 세력을 빠르게 확장해나가고 있었다.

"타케미카즈치 님, 그러면 이만."

"그래, 다녀와라."

리더 남성 모험자의 말에 타케미카즈치는 그들을 배웅했다.

인사를 올리는 미코토를 마지막으로 단원들의 등을 지켜본다.

"누구 하나 빠지지 말고 돌아와라……."

그들의 등이 시야에서 사라지자 타케미카즈치는 다시 한 번 지면을 내려다보았다.

이윽고 그 각진 두발을 한 머리를 긁은 후 짧게 한숨을 내쉬었다.

"……나도 아르바이트나 갈까."

목을 뚜둑뚜둑 울리고 발을 돌린다. 조금이라도 단원들에게 도움이 되도록 오늘도 감자돌이를 튀기고 오자고, 준비를 위해 등 뒤의 홈으로 돌아가려 했다.

"요즘 들어 헤스티아네 가게보다 매상이 떨어지고 있단 말이지."

중얼중얼 혼잣말이 새나온다.

"──여~ 타케미카즈치~!"

홈 출입구 문에 손을 대려던 타케미카즈치의 움직임이 우뚝 멈추었다.

등을 떠미는 활달한 목소리에 그의 눈가가 파들파들 떨렸다.

자신도 모르게 입술을 씁쓸하게 일그러뜨린 타케미카즈치는 힘차게 뒤로 돌아섰다.

"헤르메스……!"

"응, 그래. 헤르메스야! 일주일만이구나, 타케미카즈치!"

그곳에 있던 것은 늘씬한 남신이었다.

날렵해 보이는 몸집은 중간키였으며, 여행자용 의상을 걸친 팔다리는 늘씬하다. 얼굴은 역시 신이므로 흠 잡을 데 없을 만큼 단아하다. 날개가 달린 챙모자를 획 벗자 등황색 머리카락이 흘러내렸다.

늠름하고 남자다운 용모의 타케미카즈치와는 반대로, 끊임없이 애교를 드러내는 미남.

만면에 미소를 지은 헤르메스는 손가락으로 모자를 빙글빙글 돌리며 다가왔다.

"너, 뭐 하러 온 거야……!"

"어허, 그렇게 싫은 표정 짓지 말라고. 난 타케미카즈치를 만나려고 일부러 여기까지 왔는데."

"농담으로도 그딴 무서운 소리는 집어치워!! 넌 솔선해서 날 놀리는 멍청이들 중 하나잖아!!"

"하하하, 미안미안! 타케미카즈치를 보면 나도 모르게 놀려주고 싶어지거든!"

남을 얕잡아보는 듯한 헤르메스에게 타케미카즈치는 무섭도록 떨떠름한 표정을 지었다.

신들이 원래 유별나다지만, 헤르메스는 그중에서도 분방함의 대명사로 알려졌다.

【파밀리아】의 홈, 거점은 이곳 오라리오에 있으면서도 정작 본인은 도시를 떠나서는 전 세계를 돌아다니는 것이 일상다반사. 여행의 달인이라고 해야 하나, 아니면 한곳에 머물지 못하는 성미인 걸까, 어쨌든 헤르메스가 반년 이상 같은 곳에 있었다는 이야기를 타케미카즈치는 들어본 적이 없었다. 물론 【헤르메스 파밀리아】의 운영은 단원의 자유의사 존중──이라고 그럴듯하게 말하지만 사실상 '내팽개쳐둔 상태'다.

"여행 갔다가 돌아오는 길에 근처에 들렀는데, 인사 겸 축하하러 왔지……. 미코토의 【랭크 업】 축하해, 타케미카즈치. 【파밀리아】도 상당히 강해진 것 같고. 앞으로는 잘 지내자고."

헤르메스는 천계에서도, 그리고 이곳 하계에서도 매우 처세에 뛰어나다.

이런 꾸준한 행위가 적을 잘 만들지 않는 비결이리라고 생각하면서도, 타케미카즈치는 눈앞에 나온 그 손을 금방 잡으려고는 하지 않았다.

"헤르메스…… 너, 왜 이렇게 일찍 돌아왔어?"

얼마 전의 신회에 참가한 직후 헤르메스는 또 어딘가로 여행을 떠났다. 평소 같으면 도시 밖으로 나간 그는 보통 한 달 내로는 돌아오지 않는다.

하지만 이번 여행은 겨우 열흘. 그야말로 최속귀환이었다.

의아해하는 표정을 감추지 못하는 타케미카즈치의 물음에 헤르메스는 씨익 하고 웃었다.

"후훗, 뭐. 이번 신회에서는 루키들이 많이 대두해서 계속 신경을 썼거든. 냉큼 볼일을 마치고 여행을 끝냈지. 특히……."

그렇게 뜸을 들이더니 헤르메스는 말을 이었다.

"헤스티아네 【리틀 루키】. 레코드 홀더이기도 해서, 다른 녀석들하고 마찬가지로 나도 관심을 두고 있거든."

활 모양으로 구부러진 가늘고 긴 눈을 살짝 뜨면서 헤르메스는 더더욱 웃음을 지었다. 반면 속내를 금세 털어놓은 우아한 남신에게 타케미카즈치는 씁쓸한 표정을 지었다.

"타케미카즈치는 헤스티아랑 자주 만나지? 벨 크라넬에 대해 뭐 아는 것 없어?"

"몰라. 알아도 너한테는 안 가르쳐줘."

"하하, 쌀쌀맞긴."

타케미카즈치의 얼굴을 엿보려는 듯 어깨를 가까이 붙였던 헤르메스는 역시 우아한 미소를 지으며 뒤로 물러났다.

갑자기 서쪽 방향에서 바람이 불더니 두 신의 머리카락을 흔들고 상공으로 올라갔다.

바로 옆에서 날아드는 시선은 신경도 쓰지 않고, 헤르메스는 바람에 이끌리듯 창공을 우러러보았다.

"아아, 얼른 만나보고 싶다."

1장 중층

© Suzuhito Yasuda

곳곳에 회색 암석이 놓여 있다. 주위를 에워싼 벽도, 바닥도, 천장도 암반으로 형성되었으며 어딘가 눅눅한 공기가 감돈다.

산속의 천연 동굴. 아무것도 모르고 왔다면 그런 말을 믿어버릴지도 모른다.

시야에 펼쳐진 던전 제13계층…… 퍼스트라인이라고도 불리는 '중층'을 앞에 두고 나는 그런 감상을 품었다.

"여기가 중층이구나……."

"얘기로는 들어봤지만, 이제까지 왔던 계층보다 광원이 약하네요."

이미 대도를 장비한 벨프와, 재빨리 지형을 살핀 릴리가 각자 말했다.

'상층'인 제12층부터 이어진 경사로를 다 내려오자, 안쪽까지 쭉 이어지는 암석의 외길이 우리를 기다리고 있었다. '룸'으로 이어지는 통로의 일종이라고 파악해도 좋을 것이다. 구부러지지도 않는데 앞이 보이지 않을 만큼 긴 통로는 처음 보지만.

그 외에도 벽 구석에는 우물처럼 뻥 뚫린 수직굴──아래 계층으로 이어지는 함정──같은 것도 있다. 힘없는 인광도 그렇고, 이러한 모든 것들이 상층에서는 볼 수 없었던 광경이다.

"13계층은 룸과 룸을 잇는 통로가 긴 게 특징이에요. 안전하게 전투하기 위해서라도 우선 릴리네는 신속하게 첫 번째 룸에 도달해야만 해요."

릴리의 설명을 들으며 나와 벨프는 서로 확인하듯 고개를 끄덕였다.

보아하니 제13계층의 통로는 상층보다도 폭이 넓은 것 같지만, 원래 이런 통로에 자리를 잡고 몬스터와 싸우는 건 좋은 방법이 아니다.

공간이 좁으면 움직임이 제한되고, 파티의 연계 플레이도 제대로 이루어지지 않는다. 무리 지어 몰려드는 몬스터에 포위당하고 마는 일도 더러 있다. 통로 안이 몬스터로 가득 차는 광경——통로를 차단당한 상태로 전투를 질질 끄는 바람에——이라니, 생각만 해도 몸서리쳐진다.

장소에 여유가 있는 룸을 이용해 파티 전체가 몬스터를 각개격파하는, 숫자의 우세와 연계 플레이를 살린 전법. 이것이 파티를 짤 때의 핵심이다.

"몬스터랑 맞닥뜨리기 전에 조금이라도 전진해요. 벨프 님, 이 통로는 외길이니까 길을 따라서 쭉쭉 나아가 주세요."

"알았어."

길드에서 공개된 정보는 이미 머릿속에 다 집어넣었는지, 릴리는 13계층의 맵도 이미 다 외운 모양이었다. 그냥 짐만 드는 것이 아니라, 말 그대로 모험자의 서포트에 힘써주는 릴리에게 든든함을 느끼며 나는 앞장서는 벨프의 뒤를 따라갔다.

적당한 간격을 유지하면서 셋이 한 줄로 중층 안쪽을 향해 나아간다.

"……그건 그렇다 쳐도 역시 화려하구만, 이건."

"'살라만더 울' 말이에요?"

"그래. 착용감에는 불만이 없지만."

정적을 유지하는 던전의 으스스한 분위기에 신경을 곤두세우고 있으려니 벨프가 가벼운 어조로 화제를 건넸다. 릴리도 금세 편승했다.

이렇게 긴장을 누그러뜨려주는 소소한 대화도 파티가 가진 장점일지 모른다. 고독감에 시달리는 솔로 플레이는 끊임없는 긴장과 고통이 쌓이기만 하니까.

"릴리는 이렇게 훌륭한 방호포를 입을 수 있는 날이 오다니, 생각도 못해봤어요. 고맙습니다, 벨 님. 소중히 여길게요!"

"아하하…… 할인 받아서 산 거지만."

뒤에서 고개를 쏙 내밀고 기뻐하며 웃는 릴리에게 쓴웃음을 지으며 나는 자신을 포함한 파티 전원의 복장을 보았다.

광택으로 넘쳐나는 붉은 원단. 살짝 팔랑거리는 얇은 조직은 겉으로 보이는 것만큼 무게가 느껴지진 않았다. 이너웨어와 바지, 키나가시, 로브 등등 형상은 제각각이어도 우리가 입은 옷은 모두 같은 소재로 만든 것이었다.

'정령의 방호포'.

정령이 자신의 마력을 짜 만든 물건……. 다시 말해 정

16   던전에서 만남을 추구하면 안 되는 걸까 5

령의 가호가 깃든 특별한 장비다.

"할인받았다고 해도 정령이 관여한 장비니 가격이 장난 아니었을 텐데? 3인분에 얼마나 했어?"

"어…… 간단히 말하면 0이 다섯 개 늘어선 정도……."

"벨프 님, 벨 님이 내신 돈은 확실하게 갚아주셔야 해요."

"숫제 시원시원할 정도로 타산적인 파룸이구나, 넌."

에이나 누나가 제시한 중층 진출 조건에 맞춰 나는 이 '정령의 방호포'를 세 벌 구입했다. 두 사람에게는 고개를 숙이고 부탁해 던전에 내려가기 전에 장비해달라고 했다.

나와 벨프는 방호복 안에 이너웨어 혹은 키나가시를 입었고, 릴리는 옷 위에 온몸을 뒤덮을 만한 로브로 걸쳤다. 반짝반짝 빛나는 입자를 흩뿌리는 표면을 가진 방호포는 색상이 선명하기도 해서, 정말 화려한 차림이라고 부를 만했다.

"이렇게 나풀거리는 옷이 하이 스미스의 작품 뺨칠 만한 내열장비란 말이지……. 내가 나설 자리가 없구만. 나 원, 진짜 정령이란 것들은."

정령에게 거부감을 가진 벨프는 키나가시 옷자락을 잡아당기며 말했다.

정령은 수인과 마찬가지로 살라만더, 실프, 운디네, 노옴…… 등등, 속성이나 서식지에 따라 종류가 나뉜다. '정령의 방호포' 또한 분류별로 각각 특징이 드러난다.

살라만더가 관여한 이 '살라만더 울'은 화염이나 열 같은 공격에는 엄청나게 방어력이 높다. 흔히 말하는 '불 내성'이란 것이다. 방한 속성도 있다고 한다.

그 외에도 운디네의 옷이라면 물 내성 외에도 극심한 고열을 상쇄해주는 방서(防暑) 효과가 있다고 들었다.

'신의 분신'이라 불리는 정령의 은혜가 깃든 방호포는 보편적인 만능성은 떨어지더라도 한 가지 속성에 특화한 경향이 강하다고 한다. 그야말로 벨프가 말했듯, 그 분야의 성능에 한해서는 하이 스미스의 작품을 능가해버릴 만큼.

"하지만 솔직히 고마운걸요. 이제 전멸의 우려가 확 줄어들었어요."

"……'헬 하운드', 라고 했지?"

내가 입에 담은 것은 어떤 몬스터의 이름이다. 에이나 누나가 '살라만더 울'을 구입하도록 엄명한 이유도 그 몬스터가 제13계층부터 출현하기 때문이다.

'방화마', '배스커빌'이라는 별명을 가진 헬 하운드는 개 형태의 몬스터다. 중층 몬스터인 만큼 신체능력도 방심할 수 없지만, 진짜 위협은 입에서 뿜어져 나오는 화염공격이다.

그 불꽃은 어지간한 방어구 정도는 손쉽게 녹여버리고 말 정도로 위력이 높다. 헬 하운드의 무리와 조우해 **일제 방화**당한 후에는 한 줌의 재만이 남는다는 말까지 있다.

제13, 14계층에서 파티가 전멸하는 원인 중 으뜸은 단연코 헬 하운드다. 【랭크 업】을 거친 모험자조차 이 몬스터가 토하는 불꽃 앞에서는 모조리 불타버리고 마는 것이다.

"벨프 님, 잘 아시겠지만……"

"그래, 말할 필요도 없다고. 헬 하운드랑 만나면 제일 먼저 해치우라 이거지? 나도 화장당하고 싶진 않아."

이것은 내 개인적인 의견이지만, 중층은 던전 내의 한 **고비**인 것 같다.

상층까지는 돌격밖에 못하던 몬스터들이 명확한 원거리 공격 기술을 가지고 있는 것이다. 몬스터가 '마법' 같은 공격을 한다면 이해하기 쉬우려나?

『상층과 중층은 다릅니다.』

류 씨가 했던 그 말도 내 마음 깊은 곳에 스며들었다.

아무튼 헬 하운드는 중층에서도 특히 주의해야만 할 상대라는 말이다.

"……!"

동굴을 가장한 외길을 걷기를 몇 분.

그때까지 계속 움직이던 내 입과 발이 거의 동시에 멈추었다.

【스테이터스】로 강화된 청각이 타바닥타바닥, 무언가가 달려오는 발소리를 포착했다. 전방의 어스름 속에서 들려오는 그 소리에 우리는 조용히 임전태세를 취했다.

"……벌써?"

벨프가 중얼거리는 목소리가 눅눅한 통로 안에 울려 퍼졌다.

흐릿한 인광이 비추는 그림자는 둘. 통로 안에서 완전히 나타나, 몬스터의 모습이 드러난다.

우툴두툴한 표피는 온통 검은색이었다. 그중에서도 두 눈은 형형히 새빨갛게 빛나 몬스터의 으스스함에 한몫을 더해주었다.

개, 라고 하기에는 몸이 좀 지나치게 다부진 감이 있는 네발짐승, 헬 하운드.

늑대로 착각할 만큼 흉포한 얼굴을 요란하게 일그러뜨리며 두 마리의 몬스터는 으르렁거리는 소리를 냈다.

"이봐, 이 거리는 어때? 더 좁히는 편이 좋을까?"

"헬 하운드의 사정거리를 우습게 봐신 안 된다, 고 어드바이저 언니가 그랬지만요……."

"그럼——친다!"

직접 전투개시 신호를 내리고 벨프는 대도를 걸머지며 뛰어나갔다. 나도 바로 그 오른쪽 뒤를 따랐다.

강렬한 포효를 한 번 터뜨린 헬 하운드들도 무시무시한 기세로 달려들었다.

50M 정도 되었던 간격은 서로가 육박하면서 금세 사라졌다.

『워우우우우우우우우!』

벨프를 향해 달려드는 한 마리의 헬 하운드.

송아지만한 거구가 허공을 가르며 다가온다.

나는 그렇게는 두지 않겠다고, 두 사람 사이에 몸을 미끄러뜨려 넣으면서 방패를 내밀었다.

왼팔에는 버클러, 오른손에는 날 길이 50C 정도 되는 단검.

제11, 12계층을 공략할 때까지 지난 일주일 동안 벨프가 준비해준 중견용 무장. 방어를 위한 방패와 견제용 무기였다.

크게 벌어진 상대의 턱에 나는 일부러 버클러를 물려주었다.

"크, 윽!"

무겁다.

하지만 견딜 수 있다.

날카로운 송곳니가 와득 버클러에 파고드는 가운데, 나는 충격을 받았지만 어떻게든 그 자리에서 버티고 섰다.

기세를 잃고 허공에서 허우적거리는 헬 하운드.

그리고 그 순간을 노린 것처럼, 내 옆에서 잽싸게 나타난 벨프가 적의 무방비한 몸에 가차 없는 일격을 퍼부었다.

『우웍?!』

몸 한복판에서 일도양단.

세로로 내리친 대도가 헬 하운드의 몸을 두 쪽으로 갈랐다.

맞물린 방어와 반격, 중견과 전열의 콤비네이션이었다.

방패를 물었던 입에서 검붉은 혈액을 뿜으며 상반신과

하반신으로 나뉜 몬스터는 털썩 지면에 떨어졌다.

『우우우우우!』

남아 있던 헬 하운드는 우리에게서 거리를 두었다가 상반신을 숙이고 하반신을 높이 치켜드는 자세를 취했다. 그 자세로 불꽃을 모은다는 것을 금방 알아차렸다.

이빨을 드러낸 입 사이에서 굵은 불똥이 폭발 직전까지 흘러 넘쳐났다.

그러나 불꽃이 터져나오기 직전.

"──조금 늦었네요!"

『깨앵?!』

헬 하운드의 오른쪽 눈에 금속 화살이 박혔다. 릴리의 핸드보우건이다. 위력은 약하지만 정확하게 급소를 꿰뚫는 일격은 상대의 움직임을 저지하기에는 충분했다.

붉은 키나가시를 펄럭이며 별 어려움 없이 상대의 품으로 파고든 벨프가 단숨에 몬스터의 안면을 갈라놓았다.

얼굴을 시뻘겋게 물들이며 헬 하운드는 신음 소리와 함께 쓰러졌다.

"좋았어……. 앞으로도 유망할 것 같구만?"

"벼락치기 연계 플레이도 이제는 슬슬 모양이 잡혀야죠, 안 그러면 큰일 나게요? 이 정도는 당연한 거예요."

"하지만 느낌은 괜찮았어."

전투가 일단락되자 파티의 분위기가 누그러졌다.

긴장도 좀 느껴지기는 했지만, 헬 하운드를 가볍게 격파한 것도 있고 해서 나는 안도했다. 제13계층 공략의 장애가 되는 몬스터도 착실하게 대처하면 충분히 격퇴할 수 있다. 그 사실을 알아낸 것만도 수확이었다.

화염공격에는 준비가 필요하다는 것도 알았고…… 이 정도면 어떻게든 해나갈 수 있을지도.

릴리가 '마석' 회수작업에 착수하는 동안 일단 마음의 여유를 되찾았다.

"어이쿠. 또 납셨군."

"!"

벨프의 목소리에 나는 즉시 반응했다.

길 저편에서 다음으로 나타난 것은 토끼의 외견을 가진 세 마리의 몬스터였다.

까닥까닥 흔들리는 긴 귀에, 흰색과 노란색 털결, 몽실몽실한 꼬리. 이마에는 날카로운 외뿔이 돋아났으며 뒷발로 지면에 서 있다. 몸의 크기는 딱 릴리 정도.

마치 이족보행을 몸에 익힌 니들 래빗 같았다.

"저건…… 벨 님?!"

"아니거든?!"

무슨 소릴 하는 거냐고, 눈을 크게 뜨고 있는 릴리에게 태클을 걸었다.

토끼 몬스터 '알미라지'.

얌전해 보이는 외견과는 달리 매우 호전적인, 제13계층에서 처음으로 등장하는 몬스터다.

"벨이 상대라니…… 이거 농담이 아닌걸."

"아니, 완벽하게 농담이거든?!"

벨프까지 심각한 표정으로 말하니 울상을 지을 것 같았다.

릴리와 벨프에게 놀림을 당하는 나를 앞에 두고, 알미라지 무리는 근처에 있던 바위를 부숴 그 안에서 새로운 네이처 웨폰을 꺼내들었다.

한 손으로도 장비할 수 있는 소형 돌도끼, 토마호크. 이 통로에 있는 돌은 대부분 '랜드폼'인 모양이다.

세 마리가 모두 완전장비. 그 동글동글 빨간 눈을 귀엽게 곤두세우고 일각수는 이쪽을 노려보았다.

"3대 3인데."

"미리 말해두지만, 어디까지나 3대 1을 세 번 반복하는 거거든요? 각자 하나씩 상대하는 건 어리석은 짓이에요. 릴리는 물론이고 벨프 님도 자칫 잘못하면 당하고 말아요."

알미라지는 중층 몬스터 중에서도 전투능력은 낮은 종족이다. 실버백을 웃도는 민첩성만 주의하면 Lv.1의 상위 스테이터스를 가진 모험자라도 어찌어찌 싸울 수 있다.

그래도 저 토끼 몬스터의 위협 평가가 Lv.2로 분류되는 이유는…… 집단전투에서 **엄청나게 강하기** 때문이다.

이윽고 알미라지 무리는 찢어지는 울음소리와 함께 일제히 달려들었다.

"우선 오른쪽부터 해치우자!"

"으, 응!"

"하지만 처음으로 몬스터를 쓰러뜨리는 데 거부감이 느껴지네요……. 귀엽잖아요."

『캬우!』『키익, 키이이!』

하나가 되어 움직이는 세 사람과 세 마리.

합계 여섯의 그림자가 정면으로 맞부딪쳤다.

"헤르메스가 돌아왔어?"

손님에게 감자돌이를 건네주며, 헤스티아는 가게를 찾아온 타케미카즈치를 돌아보았다.

"이번에는 상당히 이르지 않나? 예전 신회 때는 분명히 출석했는데."

"나도 그게 이해가 안 가. 그 녀석이 의미도 없이 돌아올 리도 없고 말이지."

"고맙습니다, 또 오세요!"

예의 바르게 인사하는 헤스티아의 옆에서, 카운터에 팔꿈치를 짚으며 타케미카즈치는 떨떠름한 표정을 지었다.

북쪽의 메인 스트리트에 있는 노점. 이미 개점 시간이 지났는데도 '할 이야기가 있다'며 찾아온 친구에게, 헤스티아는 일을 하면서 대화를 나누고 있었다.

"그건 그렇다 쳐도……. 장사 잘 되잖아, 여기."

손님의 발길이 제법 빈번했으며, 때로는 줄이 생길 정도로 성황인 노점의 모습에 타케미카즈치는 분한 모양이었다.

"흐흥, 당연하지. 내가 있는데."

헤스티아는 두 팔을 허리에 대고 가슴을 불쑥 내밀었다.

"젠장. 역시 마스코트 캐릭터가 있고 없고의 차이가 크구만······."

일터의 에이프런을 걸친 두 사람의 모습은 완벽하게 가게의 풍경 일부가 되어 녹아들었다.

"그래서 헤르메스는 뭐라고 했어? 타케한테 직접 왔을 거 아냐."

"응······. 헤스티아는 아직 그 녀석하고 안 만났어?"

"응, 아직. 타케에게 듣기 전까지는 헤르메스가 돌아왔다는 것도 몰랐으니."

수인 여성 점원이 재빨리 튀겨준 감자돌이를 헤스티아는 익숙한 동작으로 포장해서는 손님에게 건네주었다. 무슨 영험이라도 있는지, 감자돌이를 구입하는 손님은 하나같이 미소를 지으며 헤스티아의 머리를 쓰다듬은 다음 노점을 떠나갔다.

"너희 애 있잖냐, 벨 크라넬. 걔한테 관심이 있다느니 뭐라느니 했는데······. 아무래도 말이지, 뭔가 꾸미고 있는 것 같아."

"으음~······ 지나친 생각 아니겠어? 헤르메스가 스스로

풍파를 일으키는 짓을 한 적은 없는 것 같은데 말이지."

헤르메스라는 신은 스스로 분쟁의 씨앗을 뿌리고 다니지는 않았다.

좋게 말하면 풋워크가 뛰어나고, 나쁘게 말하면 여기저기 잘 끼어든다. 그 단어가 다른 신들보다도 잘 어울리는 그는 발이 넓어, 다투는 신들 사이에 서서 '어허 왜들 이러시나' 하며 중재하는 경우마저 있다.

선악을 가리지 않는 방심 못할 신. 그것이 헤스티아가 아는 헤르메스였다.

"벨에게 추파를 던지는 신이야 딱히 헤르메스만이 아니라서……. 지난 일주일 정도는 다른 신들에게 우리가 상당히 민폐를 입었는걸?"

"용케도 그놈 편을 드는구나, 헤스티아. 나는 아무래도 헤르메스는 안 되겠다. 그놈의 입에서 나오는 말은 전부 믿을 수 없어."

"하하하. 타케는 곧잘 헤르메스의 장난감이 되곤 하니까."

천계에서 서로의 영지가 근처…… 말하자면 '이웃'이기도 해서 헤스티아와 헤르메스는 서로를 이해할 정도로 잘 알고 지내는 사이다.

자신보다 앳된 하프엘프 소녀와 꺄꺄 장난을 치던 헤스티아는 웃음을 지으며 그녀를 어머니에게 돌려보냈다.

"헤스티아의 말도 이해 못 할 건 없지만……. 그래도 이번만은 무언가 다른 것 같아."

"······근거는?"

"내 감이지."

이쪽을 쳐다보는 보라색 눈동자에 헤스티아는 으음 하고 턱을 살짝 들며 잠시 생각했다.

신의 감만큼 설득력이 떨어지는 확실한 근거도 없다.

"——타케미카즈치? 이런 데서 한눈을 팔아도 되는 건가, 자네······?"

"아! 죄송합니다, 점장님! 잠깐 일이 있어서······. 아뇨, 매상은 확실하게 올려드릴 테니까요, 네. 열심히 하겠습니다. 네."

"말로는 무슨 말인들 못하겠나. 자네도 헤스티아를 좀 본받게······."

"네, 죄송합니다. 아뇨, 앞으로 열심히 하겠습니다. 내일부터 잘 하겠습니다."

헤스티아가 생각에 잠긴 동안 모습을 나타낸 일터의 감자돌이 노점 주인에게 굽실굽실 고개를 숙이는 타케미카즈치. 신이 아이에게 몇 번씩 뒷머리를 드러내는 기묘한 풍경에 세상 말세라고 생각하는 헤스티아였다. 아르바이트를 여러 군데씩 뛰는 자신의 처지는 완전히 제쳐놓은 채.

"그럼 또 보자, 헤스티아. 조심하라고 말해봤자 의미는 없을지도 모르지만, 헤르메스의 움직임은 신경을 쓰는 게 좋을 거야."

"응. 고맙다, 타케."

점장을 타이른 타케미카즈치는 돌아서서 손을 흔들며 자신의 가게로 돌아갔다. 친구의 친절에 감사하며 헤스티아는 그의 뒷모습을 지켜보았다.

"헤르메스라······."

노점에서 밖으로 고개를 내밀고 푸르게 갠 하늘을 올려다본다.

헤스티아에게는 지인인 헤르메스의 애교 있는 웃음을 떠올리고 있으려니.

문득 어떤 한 신의 존재가 함께 떠오르고 말았다.

"······에이, 설마."

중얼거림은 변덕스러운 바람에 쓸려나갔다.

🔥

깨끗한 비늘구름을 동반한 푸른 하늘에서 햇살이 쏟아진다.

따뜻한 햇살에 젖은 서쪽 메인 스트리트를 여러 대의 마차와 인파가 오가는 가운데 그 인물, 아니, 신물은 종자를 데리고 인파를 헤치며 나아갔다.

"그래서 아스피, 그 친구의 상황은 어때?"

"길드 공식 정보에 따르면 이미 제11계층 답파를 마쳤으며, 지난 열흘 동안 돌파 계층을 제12계층까지 늘렸다고 합니다."

복잡한 인파에 휩싸이며 이야기를 나누는 것은 헤르메스였다. 아스피라 불린 대화 상대——휴먼 여성을 뒤에 대동하고 서쪽 메인 스트리트를 걸어간다.

순백색 망토를 입은 여성은 금색 날개 장식이 감기듯 장식된 샌들을 신었다. 조금 유별난 그 신발이 가느다란 다리에 잘 어울렸다.

"또한 이것은 바벨 사람의 증언입니다만⋯⋯. 오늘 파티원들에게 배분할 것으로 보이는 '살라만더 울'을 구입했다고 합니다."

"어라? 혹시 중층에 들어간 건가?"

"아마도⋯⋯."

아스피의 대답에 헤르메스가 한바탕 웃었다.

"【랭크 업】한 지 겨우 열흘 만에? 역시 레코드홀더. 빠르구만, 빨라."

"그밖에도 강력한 '마법'을 소지했다는 것이 판명되었습니다. 11계층 내에서 장문영창 타입으로 보이는 고출력 공격마법을 써서 인펀트 드래곤을 일격에 격퇴하였다고 합니다. 목격자도 다수 있습니다."

헤르메스를 따르는 위치에서 설명을 이어나가는 그녀의 용모는 그야말로 신과 견주어도 손색이 없을 정도였다. 또렷한 이목구비 중에서도 푸른 눈동자는 지성으로 넘쳐났으며, 은테 안경과 맞물려 총명한 빛을 발했다. 아쿠아블루 색 머리는 한 다발만 희게 물들여 어딘가 유별난 색채를 띠었다.

곁을 스쳐 지나가는 수인이나 드워프의 눈길을 빼앗으며 아스피는 보고를 이어나갔다.

"……그래서가 아닐는지요."

"응?"

"'미노타우로스'를 격파했다는 이야기도 그 마법을 운 좋게 명중시켰을 뿐이라고. 다른 모험자들은 그렇게 인식한다고 합니다. 【로키 파밀리아】가 잡다가 놓친 것을 가로챈 나약자라고. '사기 루키'라 비방당하고도 있습니다."

"하하하하! '사기 루키'! 말재주들 참 좋아."

입을 벌리며 웃어 젖히는 헤르메스. 그 목소리에 놀라 모여드는 여러 시선에도 아랑곳 않고 자못 유쾌하다는 듯 어깨를 흔든다.

"하지만 그저 마법을 맞춘 **정도**, 빈사의 몬스터에게 마지막 일격을 가한 **정도**……. 그런 싸구려 엑세리아로 승화될 만큼 신들의 '은혜'는 어수룩하지 않은걸……? 뭐, 무슨 말을 하고 싶은지는 알겠지만."

웃음소리를 거둔 후 그는 가늘고 긴 눈동자를 더욱 가늘게 떴다.

"【랭크 업】에 소요된 기간을 속였다는 의미도 담긴 것으로 보입니다."

"아하, 그렇구만. 모험자들은 보는 눈이 영 빡빡하다니깐."

"벨 크라넬에 대해 다른 모험자들이 좋지 못하게 보는

것은 분명합니다."

대화가 일단락된 틈을 누비고, 대로의 소음이 헤르메스 일행을 감쌌다.

어떤 가게 앞에서는 오라리오를 찾아온 혼성종족 음유시인들이 각자 악기를 들고 푸른 하늘 아래에서 시민들에게 연주를 선보이고 있었다. 각지를 전전하는 여행자이기도 한 그들은 눈으로 보고 온 것을 가사로 바꾸어, 한데 겹쳐지는 현악기의 음색과 함께 때로는 활달하게, 때로는 격렬하게 노랫소리를 보내주었다. 그들의 주위에는 사람들의 원이 생겨나고 대로에 늘어선 건물의 위층에서는 주민들이 창가에 앉아, 혹은 몸을 내밀며 그 선율에 귀를 기울였다.

발을 멈춘 헤르메스는 곡이 끝난 것과 함께 박수를 치고 금화를 던져주었다.

웃음도 함께 보내주는 신의 축복에 여행자들은 감개무량한 표정을 지었으며, 주위의 청중도 이를 보고 그들을 칭송하기 위해 크게 들끓었다.

"【리틀 루키】에게 무언가 하실 생각이십니까?"

다시 걷기 시작한 후 아스피가 물었다.

그녀의 시선을 등으로 느끼며 헤르메스는 이어지는 그녀의 말을 들었다.

"이유도 말씀하시지 않고 정보수집을 명령하신 것을 보면 매우 관심이 있으신 듯합니다만……."

"왜 그래, 아스피? 요즘 안 놀아줘서 질투해?"

"누가!"

발끈한 것처럼 한순간 어조에 힘을 주었던 아스피는 금방 눈꼬리에 손가락을 가져가 문질러서 힘을 풀었다.

주신의 놀리는 목소리에 이지적이었던 그녀의 표정에서는 오랜 세월에 걸쳐 누적된 피로가 배어나오고 있었다.

신에게 휘둘리는 자 특유의, 마음고생이 끊이지 않는 얼굴이었다.

"귀찮은 일은 사양하고 싶다고 말씀드리는 것뿐입니다! 주신의 앞뒤 안 가리는 행동에 휘둘리는 제 입장도 생각해 주십시오!"

"다른 단원들은 고마워하는걸? 두령 덕에 편하다고. 나도 든든하게 여기고 있어. 동료들에게도 주신에게도 신뢰가 깊다니——하하, 거 짭짤한 자리일세!"

"……아우, 지긋지긋해……."

울먹이는 목소리로 본모습을 잠시 드러낸 권속에게 헤르메스는 웃으며 머리를 슥슥 쓰다듬어주었다. 슬쩍 고개를 숙인 그녀의 얼굴에서 은색 안경이 미끌 흘러내렸다.

"……헤스티아 파와는 이미 접촉하셨습니까."

이윽고 부활한 아스피는 한숨과 함께 조금 전과는 다른 질문을 했다.

이리저리 언급을 피하는 주신이 속내를 털어놓을 마음이 없음을 깨달았는지 이야기의 방향을 한 단계 옆으로 돌린 것이다.

그런 권속의 물음에 헤르메스는 아직이라며 쓴웃음을 지었다.

"그 전에 이야기를 마쳐야 할 **분**이 있거든."

의아해하는 표정을 짓는 아스피가 되묻기도 전에 헤르메스는 어떤 가게 앞에서 멈추었다.

서쪽 메인 스트리트 옆에 지어진 건물 중에서도 한층 커다란 주점이다. 가게 앞에 걸린 간판에는 '풍요의 여주인'이라고 코이네 공통어로 적혀 있었다.

카페테라스를 채운 손님들의 모습을 곁눈질하며 헤르메스와 아스피는 가게로 발을 들였다.

"어서오세요냥! ……어라, 뇨? 헤르메스님이냥?"

"여어, 오랜만이야 클로에! 미안한데, 미아 좀 불러주겠어?"

접객하러 나왔던 캣 피플 소녀에게 헤르메스는 싱긋 웃으며 용건을 전했다.

뒤에 있던 아스피와 헤르메스에게 시선을 왕복시키던 클로에는 신의 요망이기도 해서인지 금세 고개를 끄덕였다.

"옛써냥. 잠깐만 기다려요냥."

그녀가 가게 안으로 사라지고 잠시 있으려니.

거구의 드워프가 불쑥 소리를 내며 모습을 나타냈다.

"나 원. 뭐요, 신이 대낮부터."

"그렇게 언짢은 표정 짓지 말라고, 미아. 귀여운 얼굴 다 망치잖아."

"헛소리 지껄이면 모가지를 뽑아버릴 거요. 우린 바쁘니까 용건이 있으면 냉큼 말하시든가."

신에게 주눅 들지 않는 정도가 아니라 위협까지 해대는 주점 여주인에게 헤르메스의 뒤에 있던 아스피가 살짝 뺨을 실룩거렸다.

반면 헤르메스는 신경 쓰는 기색도 보이지 않고 여전히 웃으며 카운터에 앉아 팔꿈치를 댔다.

"그럼 거두절미하고——프레이야 님과 면담 약속 좀 잡아주겠어?"

카운터를 끼고 미아의 눈앞까지 다가선 헤르메스는 목소리를 죽이며 부탁을 전했다.

드워프 여주인은 낯빛 하나 바꾸지 않고 한쪽 눈썹만 틀어 올려 그의 눈을 직시했다.

등황색을 띤 신의 눈동자와 그녀의 시선이 교차한다.

이윽고.

"헹."

그녀는 크게, 여봐란듯이 코를 울렸다.

"바보 신들이 부려 먹으려 드는 건 딱 질색이니, 그 여신에게 할 말이 있거든 자기 발로 직접 가보쇼."

당당히 내뱉은 미아는 마지막까지 대담한 태도로 헤르메스의 요구를 내쳐버렸다.

다시 흥 하고 콧김을 내뿜으며 가게 안으로 돌아가는 거구의 드워프. 그 뒷모습을 한동안 바라보던 헤르메스는 실패했다는 투로 아스피에게 웃음을 지어 보였다.

"전 모릅니다."

종자는 진저리 치는 표정으로 대꾸했다. 그때 뒤에서 헤르메스를 부르는 목소리가 들렸다.

"……헤르메스 님?"

돌아본 헤르메스는 활짝 웃음을 지었다.

"음? 오오, 시르! 오랜만이야! 잘 지냈어?"

쉬다가 이제 막 돌아왔는지, 웨이트리스 차림의 시르가 연회색 머리를 흔들며 가게 안으로 들어왔다.

"오랜만이에요, 헤르메스 님. 건강하신 것 같아 기쁘네요."

"음음, 역시 '동네 아가씨' 속성은 좋다니깐! 어때, 시르. 지금 나랑 데이트하지 않을래? 미아에게 부탁을 했는데 무뚝뚝하게 거절당해 상처 받은 나를 위로해주지 않겠―어, 아야아야아야아야?! 야, 그만, 아스피, 귀 잡아당기지 마?!"

조금 전의 대화를 구실로 여봐란듯이 유혹을 하려 드는 경박한 신에게 시르는 쓴웃음을 지었다. 눈을 흘겨 뜬 단원에게 가차 없이 체벌을 받는 동안 사양하겠다고 정중하게 거절했다.

시르는 귀를 문지르는 헤르메스를 일단 주점의 객석으로 안내하려 했다.

"그러면 이쪽 자리에서……."

그러나 소녀가 권하는 자리를 그냥 지나쳐 헤르메스는 카운터 구석에 있는 자리로 향했다.

신이 털썩 앉은 곳은 시르가 늘 소년에게 제공하는, 말하자면 그의 특등석이었다.

그녀가 무어라 형언할 수 없는 표정을 짓고 있으려니, 등 뒤에 아스피를 세워놓은 헤르메스가 웃음을 지었다.

"시르, 잠깐 물어봐도 될까?"

"네…… 뭔가요?"

"벨 크라넬에 대해 아는 게 있다면 가르쳐주지 않겠어?"

소녀의 어깨가 한순간 움찔했다.

가게 안의 소음과, 일하는 웨이트리스들이 흘끔흘끔 보내는 시선에 에워싸이면서 숨김없는 밀담이 시작되었다. 변함없이 경박한 웃음을 흘리는 헤르메스에게 시르는 한동안 말이 없다가 감정을 들키지 않으려는 듯한 웃음을 걸쳤다.

"왜 그런 걸 물어보시나요?"

"응, 그 친구가 이 주점에 자주 드나든다고 들어서."

헤르메스는 후방의 아스피를 흘끔 보고는 다시 시르에게 눈을 돌렸다.

"나도 소문의 【리틀 루키】에게 흥미진진하거든. 뭐, 이상한 짓을 하려는 건 아니고. 그래서, 어때?"

집요하게 파고드는 헤르메스에게 시르는 웃음을 지어

주었다.

"지금의 헤르메스 님께는 아무것도 가르쳐드리고 싶지 않습니다."

눈도 돌리지 않고 또박또박 거절을 드러낸다. 친밀하게 지내는 소년을 지키려는 것처럼.

헤르메스는 어릿광대처럼 어깨를 으쓱해 보였다.

"나를 못 믿겠어?"

주점 소녀는 만면에 미소를 지었다.

"예. 도저히 믿지 못하겠어요."

"──치구사!"

동료의 이름을 부르는 남성의 비명이 터졌다.

긴 바위굴에 그 목소리가 크게 울려 퍼지는 가운데, **어깨에 도끼가 돋아난** 휴먼 소녀가 말을 잃고 등부터 지면에 쓰러졌다.

잘그락, 메마른 자갈이 울리는 소리.

횃불처럼 흔들리는 인광 속에서 비릿한 선혈이 일대에 흩어졌다.

이어지는 몬스터들의 찢어지는 고함소리가 사냥감을 해치웠다는 흥분과 함께 울려 퍼졌다.

"중견 한 사람 앞으로 나와! 치구사 자리를 메워!"

"치, 치료 얼른! 상처가 깊다!"

던전 제13계층에서 교전하던 것은 모험자 일행과 몬스터들의 무리였다.

모험자들의 장비에 새겨진 것은 지면에 박힌 검이 도안된 【타케미카즈치 파밀리아】의 엠블럼. 6인조——현재는 한 명이 빠져 5인 편성인——파티는 합계 일곱 마리로 이루어진 '알미라지'의 파상공세를 필사적으로 방어하고 있었다.

한순간의 허점을 찔린 꼴이었다.

재빠른 움직임으로 뛰어다니는 토끼 몬스터에게 파티 전체가 혼란에 빠진 극히 짧은 순간, 느닷없이 날아온 토마호크가 전열의 한 사람에게 꽂힌 것이다.

후방에 대기하던 알미라지 한 마리의 투척공격.

네이처 웨폰의 쓰임새를 잘 아는 몬스터의 일격필살이었다.

『키이아!』

"윽?!"

알미라지 무리가 일제히 움직임을 바꾸었다. 동요를 떨쳐내지 못한 【타케미카즈치 파밀리아】에 기회를 놓치지 않고 공세를 퍼붓는다.

'상층'에서는 있을 수 없었던, 상대의 동향을 '읽는' 행위. 능력은 물론 지성 또한 대폭 상승한 '중층' 몬스터의 위협도는 제12계층을 아득히 능가했다.

무기와 토마호크 부딪치는 소리가 끊임없이 울려 퍼지고, 모험자들의 괴로움 섞인 목소리가 그 뒤를 따랐다.

알미라지의 포위망――파티를 에워싼 고리가 서서히 작아져가는 광경은 그들의 위기감에 불을 붙이기에 충분했다.

"――타아아앗!"

『키익?!』

맹공을 펼치려 하는 몬스터의 무리에 파티 동료들이 주춤거리는 가운데.

한 소녀가 가지런히 묶은 흑발을 나부끼며 뛰어나갔다.

밀리려 하던 전열 한 사람을 감싸듯 전투에 끼어들어, 전광석화와 같이 검신이 뿌옇게 잔상을 일으킬 만한 속도로 알미라지 한 마리를 물리쳤다.

"오우카 공, 철수하세요! 후열은 제가 맡겠습니다!"

"미안해, 부탁할게!"

진달래색을 기조로 한 방어구를 걸친 소녀 미코토는 늠름한 목소리로 호령했다.

지휘를 맡은 남자 모험자가 부대를 후퇴시키는 것을 곁눈질로 확인하며, 그녀는 문자 그대로 가장 후열에 자리를 잡았다. 날 휨을 가진, 길이 90C에 이르는 카타나.

번뜩이는 무기를 두 손으로 들고 미코토는 몬스터들의 추격을 받아냈다.

"……하아아아아아아아아아아!"

찢어지는 기합성과 함께 간격으로 들어온 알미라지를 가차 없이 베고, 날아드는 공격은 어렵지 않게 간파하며 피한다. 숫자의 우위를 가졌어야 할 몬스터들이 제대로 공격을 펼치지 못했다.

민첩하면서도 화려한 그녀의 움직임은 동료 모험자나 몬스터들에 비해 이채를 발했다. Lv.2에 달한 그녀의 실력은 이곳 제13계층에서도 틀림없는 최고 수준이었다.

중층 영역에서도 높은 민첩성을 자랑하는 알미라지가 그녀 한 사람의 움직임만은 쫓아오질 못했다.

함부로 정면에서 다가가면 눈 깜짝할 사이에 베여 쓰러지고 만다.

『──오오오오오오!』

"음!"

상황이 변한 것은 토사를 깎아내는 맹렬한 소리가 통로 안쪽에서부터 밀려나왔을 때였다.

미코토와 알미라지가 모두 눈을 크게 떴다.

시야 안쪽에서 거대한 암석을 방불케 하는 두 개의 구체가 무시무시한 기세로 돌진하며 다가왔다.

"하드 아머드'!'

상층에서는 철벽이라 불리는 방어력을 가진 아르마딜로형 몬스터. 몸을 감싼 껍질은 미코토가 허리에 장착한 방패의 소재로도 쓰인다.

맹렬히 달려오는 포탄에 미코토는 말문이 막혔다. 슬쩍

눈을 뒤로 돌리자 치명상을 입은 단원을 감싸느라 아직까지 안전권으로 도망치지 못한 동료들이 보였다.

몸을 둥글게 만 하드 아머드는 물리공격에는 거의 무적 상태다. 고속회전하는 튼튼한 껍질은 이쪽의 공격을 모조리 튕겨내 다가오질 못하게 한다.

이곳을 지나가게 한다면 태세를 재정비하지 못한 동료들은 속수무책으로 유린당하고 만다.

――절대 보낼 수 없어!

파티의 후퇴에 맞춰 슬금슬금 물러나던 발을 멈추는 미코토.

숫자가 줄어든 알미라시 무리가 황급히 통로 양쪽으로 피난하는 가운데, 두 마리의 하드 아머드는 더욱 속도를 높였다. 어지간한 모험자라면 맨발로 도망칠 만한 광경을 앞에 두고 미코토는 허리에 감아둔 방패를 왼팔에 장비하고, 각오를 드러내듯 버들잎 같은 눈썹을 치켜세웠다.

질끈 허리를 낮추고 스스로 몬스터에게 몸을 부딪친다.

"으윽, 큭━━━?!"

숄더 태클과도 같이 어깨받이와 방패를 내밀어 두 마리 중 앞서 오던 한 마리와 충돌했다. 어마어마한 충격이 미코토를 엄습했다.

드드드득! 방어구와 갑주 사이에서 발생하는 귀를 막고 싶은 마찰음.

몬스터의 회전에 맞춰 시야가, 온몸이 진동한다. 앞으로 든 방패를 빨아들이며 그대로 깔아 뭉개버리려는 적의 육탄공격에 미코토는 발꿈치를 지면에 박으며 열심히 견뎌냈다.

'——지금, 이다!'

그리고 이어지는 움직임은 그야말로 힘에 모든 것을 맡긴 행동.

똑바로 밀고 나아가려는 하드 아머드의 진로를 억지로 옆쪽으로 흘려보내, 지금 막 미코토 일행의 바로 옆을 지나가려 하던 또 한 마리의 몬스터에게 격돌시킨 것이다.

억지로 부딪히게 된 두 마리의 하드 아머드는 튕겨 날아올랐다. 미코토도 두 마리의 움직임에 휘말려 뒤로 날려갔다.

하지만 위험을 무릅쓴 보람은 있었다. 한데 부딪친 두 마리의 하드 아머드는 동굴 벽에 처박혀 움직이지 못했다. 머리를 강하게 부딪쳤는지 구체 형태를 풀고 몸을 축 늘어뜨린 채 정신을 잃었다.

"미코토, 이젠 됐으니 합류해!"

"알겠습니다!"

거리를 상당히 확보한 파티에서 그녀를 불렀다.

몸에 걸친 경장에 온통 흠집을 낸 채 미코토는 구르듯 일어났다. 아직 남아 있던 알미라지 일행에게 등을 돌리고 전속력으로 도망친다.

"무사해?!"

"괜찮습니다, 아직 싸울 수 있습니다! 그보다도 치구사 공은?!"

영창을 마친 후열 한 사람이 몬스터의 발을 묶어둘 화염 마법을 터뜨리는 사이에 재합류한 미코토는 도주를 계속하며 동료의 안부를 물었다.

일단 후열을 추월해 파티의 선두 부근 위치에 섰다.

"좋지는 않아. 가지고 있는 포션으로 치료가 될지 어떨지, 우선은 침착하게 치료할 수 있는 환경이 필요해. 여기는 너무 위험해."

포션 같은 것으로 금방 치료할 수 있는 상처라면 문제가 없지만, 순간치료가 통하지 않을 만한 중상을 입었을 때는 대처가 어렵다.

언제 던전 벽을 뚫고 출현할지 모르는 것이 몬스터다. 생각 없이 그 자리에서 치료를 시작하려 했다간 눈 깜짝할 사이에 포위당해버릴 가능성도 있다.

부상 입은 동료를 감싸며, 또한 치료에도 인원을 할애해야만 하는 상황을 고려하면 파티의 능력과 현재 계층의 위험도까지 가미해 충분한 안전지대를 확보해야만 한다.

"그러면……."

"그래. 일단 12계층까지 철수한다. ……미안하다, 부담을 주어서."

"무슨! 그런 말씀 하지 마십시오! 우리는 파티 아닙니까!"

오우카라 불리는 리더격 남자 단원에게 미코토는 목소

리를 높였다. 당연히 서로 도와야 한다고.

지면을 박차는 부츠 소리가 수없이 울려 퍼졌다. 긴 동굴형 통로를 달리는【타케미카즈치 파밀리아】를 몬스터들의 포효가 끈질기게 쫓아왔다.

시큰거리는 좌반신——하드 아머드를 억지로 받아낸 대가였다——을 주위의 동료들이 눈치채지 못하도록 슬쩍 감싸며 미코토는 부상당한 동료를 가만히 살펴보았다.

부축을 받아 반쯤 끌려가다시피 운반되는 여성단원. 무시무시한 토마호크는 아직까지도 어깨에 깊이 박혀 있어 흘러나온 피가 방어구를 피투성이로 만들었다. 살짝 오르내리는 가슴은 간신히 살아 있다는 증거일까.

처참한 그 모습에 미코토가 얼굴을 씁쓸하게 일그러뜨리고 있으려니, 숨을 헐떡거리는 그녀와 눈이 마주쳤다.

평소에는 얌전하던 그녀는, 앞머리로 가려지기 십상이던 눈에 제대로 초점을 맺지 못한 채 미안하다고 시선만으로 사과했다.

미코토는 고개를 가로저었다.

"……야단났군."

"왜 그래?"

"몬스터가 늘어났어. 헬 하운드까지 쫓아와……!"

"……!"

후방을 경계하던 단원의 말에 모두가 숨을 죽였다.

홱 돌아본 미코토의 눈에도 들어오는, 펄쩍펄쩍 뛰듯 쫓아오는 알미라지의 무리와 넷 정도 되는 시커먼 그림자. 붉은 눈을 이글이글 빛내는 마견(魔犬)의 모습.

그 입에서 뿜어져 나온 작열의 숨결에 시커멓게 타버린 주검으로 변한 자신들의 모습을 상상하기란, 부상자가 있는 지금의 그들에게는 어렵지 않은 일이었다.

미궁의 어둠 속에서 슬금슬금 밀려드는 절망감이 드디어 미코토 일행의 곁에 모습을 내비치기 시작했다.

"서둘러!"

오우카가 절박한 목소리로 외치고, 단원들은 죽을 각오로 속도를 높였다. 미코토 자신도 필사적으로 지면을 박찼다.

이윽고 통로가 끝나고 한 룸에 도달했다. 정사각형은 아닌 돔형 공간이었다.

천장이 높다. 고도가 최고에 이르는 중앙부분에는 뾰족한 거탑이 튀어나와 충격을 주면 당장이라도 떨어질 것 같았다. 우툴두툴한 바윗결 벽면은 몬스터가 막 태어난 후인지 안쪽에서 폭파된 것처럼 파편이 주위에 흩어져 있었다.

몇 팀이나 되는 파티가 쉽게 활동할 수 있을 법한 넓은 룸에는 이미 격렬한 전투의 음향이 울려 퍼졌다.

'저건…… 신규 진출한 【파밀리아】?'

룸 한쪽 구석에서는 어떤 모험자 파티와 몬스터가 교전을 벌이고 있었다.

휴먼으로 보이는 남성 두 명과 파룸 소녀를 합친 3인조. 제13계층을 탐색하게 된 오늘까지 본 적이 없었던 조합이었다.

미코토는 그들이 새로이 중층에 진출한 【파밀리아】라고 감을 잡았다.

"……돌진하자. 저기로."

"?!"

오우카가 중얼거린 말에 미코토는 퍼뜩 놀라 돌아보았다.

그 이상을 듣지 않더라도 그녀는 그 발언의 뜻을 올바르게 이해했다.

'패스 퍼레이드', 혹은 '괴물증정'이라 불리는 행위.

던전 내에서 쓰이는 작전 혹은 전술의 일종이다. 조우했던 몬스터에게서 벗어나고자, 임의의 방법으로 이를 다른 파티에게 갖다 붙이는 억지스러운 긴급회피.

미궁에 임하는 자들의 암묵적인 규칙 중 기본적으로 다른 모험자들에게는 간섭하지 않는다는 것이 있는데, 앞뒤 돌볼 겨를이 없는 상황이란 종종 있는 법이다. 예측하지 못한 사고가 몇 번이나 일어나는 던전에서는 파티 사이에 빈번히 **이루어지는** 상투수단이기도 했다.

"잠깐만요, 오우카 공?! 지금 우리가 그런 짓을 했다간 저분들은……!"

지금 패스 퍼레이드를 시도한다는 것은 눈앞의 파티를

'제물'로 삼겠다는 뜻이다.

언뜻 봐도 그들에게는 여유가 없었다. 조금 전 미코토 일행과 마찬가지로 다수의 알미라지를 상대하면서 필사적으로 응전하고 있다.

누가 외부에서 개입하기라도 했다간 균형이 무너질 것이 뻔했다. 만일 그런 상황에 미코토 일행이 새로운 몬스터를 갖다 붙이는 짓을 했다가는——.

"나는 누군지도 모를 놈들의 목숨보다 너희가 훨씬 소중해."

"……!"

"역겹다고 생각한다면 나중에 얼마든지 욕해라."

파티의 우두머리로서 비정하다고도 할 수 있는 결단. 오우카의 감정을 억누른 표정에 미코토는 부모와 떨어진 아이 같은 표정을 지었다.

돌아보았다.

빈사상태의 동료. 당장이라도 숨이 끊어질 것 같이 가느다란 호흡. 시뻘겋게 물든 온몸.

피를 흠뻑 먹은 파밀리아 엠블럼이 검붉게 반짝거렸다.

이번에야말로 미코토는 눈물을 흘릴 것 같았다.

'……죄송합니다!'

이제는 바꿀 수도 없는 진로. 차츰 다가오는 모험자와 몬스터의 무리.

용감하게 검을 휘두르는 백발 모험자를 시야에 담으며

미코토는 마음속으로 사죄할 수밖에 없었다.

알미라지의 울음소리가 사방팔방에서 벨의 귀를, 피부를 후려쳤다.

잇달아 공격하는 몬스터의 무리에 방심을 허용치 않는 상황이 이어졌다.

"숨 쉴 틈도 없구만!"

"잡담할 틈도 없고요!"

땀을 뻘뻘 흘리는 벨프가 대도를 휘두르고, 릴리는 후방에서 연신 화살을 쏘았다.

이미 포위망이 완성되려 하는 가운데 벨 일행은 잘 싸우고 있었다.

'민첩'을 제외하면 벨프의 【스테이터스】는 알미라지를 웃돌거나 백중지세였다. 전열인 그가 릴리의 지원까지 받아가며 전선을 유지하고, 그 사이에 벨이 몬스터의 숫자를 줄여나갔다.

거의 일격으로 알미라지를 사냥해버리는 그의 빠른 움직임은 몬스터 측에서 보자면 부조리하게 여겨질 정도로, 일반적인 다른 Lv.2와는 다소 양상이 달랐다.

"벨프, 엎드려!"

"으억?!"

두 마리의 알미라지에게 공격당하려던 벨프에게 큰 소리를 지르면서 몸을 날렸다.

고개를 숙인 그의 머리 위를 넘으며 수평베기에 이은 방패 타격. 물 흐르는 듯이 뿜어낸 일련의 연격은 두 마리의 일각수를 재기불능으로 만들었다.

'조금 위험했어……!'

분전을 이어나가는 한편, 벨의 마음도 그리 편안하지만은 않았다.

피로의 그림자가 발밑부터 기어 올라왔다. 상층에서는 한 번도 신경을 쓴 적이 없었던 팔다리의 무게를 벨은 또렷이 자각했다.

파티 플레이에서는 실력이 월등히 뛰어난 자에게 부담이 집중되는 것이 당연한 일이지만, 몬스터의 질과 양이 성가셔지는 중층이라는 환경이 그 이상으로 무겁게 다가왔다.

지구력 저하가 눈에 뜨이기 시작해 머리 한구석이 작은 목소리로 속삭였다. 벨프에게 한순간 지원이 늦었던 데 식은땀을 흘리며 벨은 휴식의 필요성을 느꼈다.

'……?'

벨프가 알미라지 한 마리를 베어 쓰러뜨린 것을 시야 끝으로 보면서 벨의 눈은 어떤 광경을 포착했다.

다섯, 아니, 여섯 명으로 편성된 파티. 다른 【파밀리아】의 모험자들이 빠른 속도로 달려오고 있었다.

곤혹에 가까운 감정이 벨의 미간에 나타났다. 보통 던전에서 탐색을 할 때는 성가신 일을 피하기 위해 다른 파티에 필요 이상으로 접근하지 않는다. 이쪽의 후방에 있는 룸의 통로로 가려는 것이라면 이야기가 다르지만, 아무래도 **너무 일직선으로 달려오는 것 같았다.**

마치, 벨 일행이 있는 곳을 목표로 삼은 것처럼.

"————."

부상을 입은 자도 있는 그 모험자 일행은 명백히 일부러 세 사람의 근처를 스치고 지나갔다.

그들이 바로 옆을 지나간 순간, 벨은 머리카락을 한데 머리를 묶은 흑발 소녀와 눈이 마주쳤다. 당장이라도 눈물을 흘릴 것 같은 자청색 눈동자가 루벨라이트색 눈동자와 얽혔다.

"——아?! 이런, 붙이고 가려고 해요!"

한편.

낯선 파티의 그 행위에 위험하다고 반응할 수 있었던 것은 릴리뿐이었다.

도적 시절, 보복을 겸해 모험자들을 하나하나 제쳐왔던 그녀에게는 그 움직임이 뼈아플 정도로 눈에 익었던 것이다.

"뭐……?"

"릴리네는 미끼가 된 거예요! 금방 몬스터가 몰려올 거예요!"

허를 찔린 표정을 짓는 벨에게 릴리가 비명에 가까운 목소리로 잇달아 외쳤다.

그리고 그 말이 틀리지 않았다는 증거로, 다음 순간 몬스터의 무리가 와르르 룸으로 모습을 나타냈다.

지금 교전하고 있는 숫자의 두 배는 되는 알미라지에 헬하운드까지. 기습에 가까운 광경에 벨과 벨프의 낯빛이 격변했다.

벨이 뒤를 홱 돌아봤을 때, 모험자들은 이미 통로 안쪽으로 사라지고 없었다.

"퇴각해요! 벨프 님, 오른쪽 통로로! 어서!!"

"아 야 야, 이거 농담하는 서시?!"

거의 혼란에 빠질 뻔하면서도 벨 일행은 움직였다.

초조함을 감추지 못하는 벨프는 어깨에 걸머진 대도를 한 차례 휘둘렀다. 눈앞의 알미라지를 억지로 튕겨내고, 릴리의 지시대로 사람 하나가 지나갈 만한 통로에 몸을 비집어 넣었다.

벨과 릴리도 서둘러 뒤를 따랐다.

'따라잡히겠어……!'

나아갈수록 폭이 좁은 통로가 서서히 넓어져가는 가운데 릴리는 온 얼굴에 두려움을 담았으며, 한편 벨은 눈앞에서 기다리고 있을 결말을 깨달았다.

쫓아오는 몬스터들은 빠르다. 벨은 그렇다 쳐도 【스테이터스】가 낮은 서포터가 외길에서 중층 몬스터로부터 벗어날 수 없는 것은 당연했다.

바짝 따라오는 몬스터의 행렬. 바닥을 뒤덮을 만한 괴물의 대군은 시야를 가득 점령해, 허용된다면 이 자리에서 졸도해버리고 싶을 정도였다.

릴리와 나란히 달리던 벨은 얼굴을 뻣뻣하게 굳히면서 악몽 같은 등 뒤의 광경을 돌아보았다.

"어?! 벨 님?!"

"야, 벨!"

"먼저들 가!"

판단은 한순간이었다.

제지하는 릴리와 벨프의 목소리도 뿌리치고 벨은 그들에게 등을 돌렸다.

다시 말해, 반전.

소년은 밀려드는 몬스터의 파도와 마주 섰다.

방패를 장비한 왼손을 똑바로 내밀고, 포성.

"【파이어볼트】!"

통로를 향해 '마법'을 3연사한다.

순간적으로 양산된 불벼락은 가느다란 외길을 가득 메웠다. 다홍색 불꽃으로 통로가 씻겨나가고, 쇄도하던 몬스터들은 연속으로 단말마의 비명을 터뜨렸다.

열풍마저 일으키는 불바다. 만일 다른 모험자가 섞여 있었다면 말려들 수밖에 없는 던전 내에서의 위반행위였으나 상황이 상황이다.

벨은 타오르는 불꽃 앞에 가만히 서 있었다.

그 얼굴을 활활 타는 불꽃의 색으로 비추고 있으려니—

—한순간도 지나지 않아 눈동자가 나타났다.

네 개의 그림자가 불꽃의 벽을 뚫었다.

'못 해치웠나?!'

튀어나온 것은 네 마리의 헬 하운드.

몬스터들은 비유가 아니라 정말로 불타고 있었다. 【파이어볼트】를 맞은 시커먼 몸은 여기저기가 불타고 떨어져나가 불덩어리라 해도 과언이 아닌 상태였다. 그러나 자신도 불을 토해내는 체질 탓에 불꽃에 내성이 있는지, 몬스터들은 온몸이 불에 타는데도 끈덕지게 살아 있었다.

불꽃과 열기에 녹아내리는 붉은 눈동자에서 이성이 사라지고, 마견은 불타버린 목을 쩌렁쩌렁 떨었다.

『워우우우우우우우우우우우우우우우우!!』

"으윽!"

미친 듯이 분노하며 달려든 한 마리를 단검으로 베어내고 두 번째는 방패로 막아냈다.

그리고 남은 세 번째와 네 번째가 벨의 바로 옆을 지나갔다.

"릴리, 벨프!!"

곁눈질도 하지 않고 벨의 좌우를 통과한 헬 하운드는 똑바로 릴리와 벨프에게 달려갔다.

벨의 비명이 울려 퍼지는 가운데, 눈을 크게 뜬 두 사람은 창졸간에 행동했다.

릴리는 반회전. 돌격에 일부러 등을 돌려 백팩에 달아놓은 대검을 방패로 삼았다.

벨프는 한 수 뒤처지는 것을 각오하고 대도를 높이 쳐들었다.

『──크어어어어어어어어어엉!!』

"아윽?!"

"어딜 감히!"

교차.

대검 방패는 헬 하운드의 몸 받기를 막아내는 데 성공했지만 릴리 본인은 등에 입은 충격을 견디지 못하고 지면에 깔렸다.

벨프는 대도를 휘두르며 몬스터와 스쳐 지나갔다.

백팩과 함께 릴리를 앞발로 짓누르고 몇 번이나 물어뜯으려 하는 헬 하운드에게, 자신의 상대를 해치운 벨은 화살 같은 발차기를 날렸다.

헬 하운드가 몸을 꺾으며 땅바닥에 떨어진 것과 벨프와 엇갈린 헬 하운드가 바닥에 쓰러진 것은 동시였다.

"둘 다 괜찮아?!"

"네, 네에……."

"간신, 히……. 빌어먹을."

비틀거리며 일어난 릴리와 팔을 억누르며 자조하듯 희미하게 웃는 벨프. 적의 발톱이 스쳤는지 베여나간 피부에

출혈이 있었다.

다 막아내지 못했다고, 가슴이 자책의 감정에 꽉 찼지만 릴리와 벨프의 등 뒤에서 보인 광경에 즉시 눈빛을 바꾸었다.

"아, 아직도 있어!"

통로 저편에서 이쪽을 향해 다가오는 여러 마리의 몬스터에 벨은 경계를 촉구했다.

한편 릴리와 벨프는 어떤가 하면, 벨의 후방을 바라보며 쓸쓸하기 그지없는 목소리를 냈다.

"협공이네요……"

"이거 영 우울해지는데……"

불꽃의 기세가 수그러든 외길에서 조금 전과는 다른 새로운 알미라지가 펄쩍 뛰어나왔다.

벨 일행은 즉시 등을 밀착시키고 삼각형을 만들었다.

타오르는 헬 하운드의 시체 네 구가 굴러다니는 가운데 긴장된 표정을 짓는다.

"중층이란 건 왜 이렇게 몬스터가 빨리 몰려나온담. 쉴 틈이 없구만."

"중층이니까 그렇겠죠."

"하, 하하……"

농담처럼 말을 나누면서 릴리가 백팩에서 꺼낸 회복약을 두 사람에게 돌렸다.

체력은 회복된다지만 정신적인 소모, 집중력 저하만은

어쩔 도리가 없다.

　머리까지 밀려오는 피로감이 고통스러웠다.

　"벨 님, 벨프 님, 릴리는 도망치는 게 상책이라고 생각해요. 한 번 숨을 돌리고 태세를 재정비하면. 이대로 그냥 싸워서는 한이 없어요."

　"반대는 안 하겠지만, 이 상황은 어떻게 해?"

　"한쪽을 억지로…… 돌파?"

　"네. 그게 최선일 거예요."

　벨의 의견에 릴리가 고개를 끄덕였다. 이윽고 몬스터들이 앞뒤에서 다가왔다.

　목소리를 죽이고 의논하던 벨 일행은 시간이 다 되었다 판단하고 다시 한 번 온몸에 힘을 담았다.

　"그러면 여러분……."

　"그려."

　"……가자!"

　던전은 조금씩, 꼼꼼하게 벨 일행의 여유를 깎아나갔다.

　단 한 번의 오산 때문에 비집고 들 틈을 허용하고 만 모험자를 던전은 결코 놓치지 않는다.

　던전은 교활했다. 입맛을 다시면서도 그러한 분위기를 전혀 내비치지 않고, 과묵하게, 에둘러서, 그저 사냥감의 체력을 깎아내는 데 매진한다.

　때로는 멀리서 몬스터에게 포효를 지르게 하고.

때로는 지진으로 착각할 만큼 발밑을 흔들고.

때로는 더욱 흉악한 자신의 자식을 낳아 진로를 가로막는다.

하나하나는 별것 아닌 사건이라 해도, 켜켜이 쌓인 티끌은 이윽고 다 품을 수 없을 만큼 무거운 짐이 되어 드러난다.

휘청거리는 발걸음을 무너뜨리기란 모래성을 무너뜨리는 것보다도 쉽다. 한 번 잃어버린 균형은 쉽게는 회복되지 않는다. 그리고 몸의 이변을 자각했을 무렵에는 이미 때가 늦는다.

사냥감이 숨을 몰아쉬고, 고통에 허덕이고, 약해진 모습을 드러낸 그 순간. 던전은 때를 기다렸다는 듯 이빨을 드러낸다.

"———."

쩌적.

피로가 정점에 달하려는 벨 일행의 귓가에 불온한 소리가 울려 퍼졌다.

도주 중 어정쩡하게 몬스터와 연속전투를 벌일 수밖에 없었던 그들은 창졸간에 시선을 주위로 돌렸다.

귓가에 들린 경종과는 달리 던전의 벽면에는 이상이 없었다. 괴물을 낳는 모태는 침묵을 지키고 있었다.

그러나. 쩌적. 쩌적.

불길한 전조를 알리는 소리는 여전히 끊일 줄을 몰랐다.

'앗——.'

가장 먼저 눈치챈 것은 벨이었다.

음원은 머리 위. 천장을 올려다본 그를 따라 벨프와 릴리도 고개를 들고, 그리고 숨을 삼켰다.

마치 거미집처럼 새겨진 몇 줄기나 되는 균열. 벨 일행의 발을 막아놓은 통로 일대의 천장까지 균열이 미치고 있었다. 너무나도 넓은, 있을 수 없는 효과범위.

균열이 내달리는 소리는 간헐적으로 울려 퍼졌으며, 잇달아 간격 없이 이어졌다.

바위 파편을 떨어뜨리는 천장이 견디지 못한 것처럼 나직하게 으르렁거렸다.

석상처럼 몸을 뻣뻣하게 굳혀버렸던 벨은 머리에서 핏기가 가시는 것을 느꼈다.

——몬스터가.

그렇게 생각한 다음 순간.

요란한 파쇄음을 흩뿌리며 수십 마리나 되는 몬스터가——엄청난 숫자의 '배드 배트'가 천장에서 태어났다.

『키이아아아아아아아아아————!!』

찢어지는 산성을 몇 겹씩 주위에 터뜨리는 배드 배트.

바위 천장은 헤아릴 수 없는 새까만 그림자로 한순간에 뒤덮였다.

벨 일행의 시야가 차단된 가운데, 몬스터가 태어나 구멍이 뚫려버린 천장은 안정을 잃었으며.

그리고 무너졌다.

""""————으윽?!""""

벨, 릴리, 벨프 세 사람은 안구가 튀어나올 정도로 눈을 크게 뜬 다음, 앞뒤 가리지 않고 바닥을 박찼다.

쏟아지는 살인적인 바위의 비. 정면에서 짓이겨드는 대규모 암반붕괴를 마구잡이로 피해 다녔다.

몸의 일부를 후려친 커다란 돌, 물처럼 쏟아지는 토사, 고막을 찢는 듯한 굉음에 이은 굉음. 부조리가 머리 위에서 가차 없는 기세로 밀려들었다.

동료를 신경 쓸 여유 따위 털끝만큼도 있을 수 없는 상황에.

세 사람은 던전이 내는 격렬한 노성에서 벗어나고자 필사적으로 몸부림을 쳤다.

"크, 윽……!"

겨우 낙석의 비가 멎었을 무렵.

통로 전체에 농후한 흙먼지가 피어나고, 어디선가 벨프의 신음소리가 들려왔다.

그가 부상을 입었음은 확인하지 않아도 알 수 있었다. 당장이라도 비지땀이 배어나올 것 같은 목소리를 들으면.

멀리서는 릴리의 숨소리가 들려왔다.

먼지에 찌든 얼굴을 닦은 벨은 이마의 열상에서 끊임없이 피를 흘리면서 벨프와 릴리의 무사를 확인하고자 소리를 지르려 했다.

『으르르…….』

그러나.

목을 물어뜯긴 것처럼, 소리를 낼 수가 없었다.

"―――."

자욱하던 흙먼지가 엷어지고 서서히 걷혀가는 시야 속.

바위가 쌓일 대로 쌓인 통로 저편에 시커먼, 수많은 그림자가 형태를 이루고 있었다.

헬 하운드의 무리.

벨은 이때, 완벽하게 목소리를 잃었다.

『크엉……!』

모든 헬 하운드가 땅에 납작하게 엎드렸다.

입 안이 요란하게 달아올랐다. 나란히 늘어선 이빨의 틈에서 하얀 연기가 새나오고, 화기가 충만했다.

'――안 돼.'

릴리의 낯빛이 창백해졌다.

다음 순간에 기다리고 있을 절망을 품으며.

'――이미 늦었어.'

벨프는 이를 악물었다.

못난 자신을 진심으로 저주하듯.

'이것이――.'

벨은 눈을 크게 떴다.

몬스터의 숫자라는 폭력에.

던전이 보여준 위협의 편린에.

저항할 수 없는 부조리의 파도에, 전율을 금치 못했다.

이윽고 헬 하운드의 무리는 일제히 고개를 들었다.

시뻘겋게 타오르는 주둥이를 활짝 벌리고, 포구와도 같이 세 개의 표적을 조준했다.

압축된 불꽃의 덩어리는 사납게 흔들리더니 단숨에 허공으로 해방되었다.

'──중층!!'

대폭염.

2장 생환까지 몇 M?

조그만 그림자가 판테온——길드 본부로 뛰어들었다.

주위의 모험자들과 비교할 것도 없이 조그만 몸으로 인파 속을 헤집고, 두 갈래로 묶어 늘어뜨린 흑발을 찰랑거리면서 백대리석으로 지어진 공간을 나아간다.

옥 같은 피부에는 땀이 흘러내렸으며 조그만 입술에서 새나오는 숨은 당장이라도 끊어질 것 같았지만, 그런 것도 아랑곳하지 않고 헤스티아는 길드의 창구 하나로 뛰어들었다.

"이보게, 어드바이저 군!"

"헤, 헤스티아 신?!"

창구에 대기하고 있던 접수 안내원 에이나는 마치 육탄 돌격이라도 하듯 나타난 어린 여신을 보고 눈을 깜빡거렸다.

그런 하프엘프 아가씨의 반응을 기다리지도 않고 헤스티아는 여유를 잃은 목소리로 외쳤다.

"어제 벨이 여기 오지 않았나?!"

"어, 어제 아침, 던전으로 출발하기 전에 찾아왔을 뿐이고, 그 후로는 저는 만나지 못했는데요……?"

대답을 들은 헤스티아의 얼굴이 고통을 견디려는 것처럼 일그러졌다.

당혹감을 감추지 못한 에이나에게 그녀는 쥐어짜내는 듯 사정을 설명했다.

"어제부터, 벨이 홈에 돌아오질 않네."

"!"

"그 아이와 파티를 짠 서포터 군과 스미스 군의 행방도 모르겠고. 아마 던전에 내려간 후로……."

벨프가 속한 【헤파이스토스 파밀리아】. 릴리가 하숙하는 '노움 만물상'.

아침 일찍 두 거점을 돌아보았지만 벨과 마찬가지로 어제부터——정확하게는 벨 일행이 탐색을 나간 후로 그들을 보았다는 사람은 없다고 했다.

설명을 들은 에이나는 에메랄드색 눈동자를 아연실색하며 크게 떴다가 이내 낯빛을 창백하게 바꾸었다.

"잠시 기다리십시오."

양해를 구하고, 무언가에 떠밀리듯 일단 창구를 떠났다.

"환전소에도 연락을 해보았습니다. 벨 일행으로 보이는 모험자는 한 번도 오지 않았다는군요."

"……!"

돌아온 에이나의 그 정보에 거의 확실해지고 말았다.

미궁탐색을 떠났던 벨 일행이 던전에서 귀환하지 않았다는 사실이.

던전에서 귀환한 후, 혹은 출발 전에 모종의 사고에 휘말렸을 가능성도 물론 부정할 수 없다. 아니, 오히려 그쪽의 가능성을 믿을 수 있다면 얼마나 좋을까.

그러나 하필이면, 어제는 벨 일행이 처음으로 중층 공략에 나서려던 날이었다.

헤스티아는 직접 소년의 입으로 '중층에 도전하고 오겠다'는 말을 들었던 것이다.

이제까지도 미답파 계층에 돌입할 때마다, 돌아오면 반드시 연락을 하겠다는 약속을 나누었다. 그랬는데 상층보다도 더 큰 위험으로 가득 찬 중층에 나간 당일, 끊어졌다.

이것이 무엇을 뜻하는지 깨닫지 못할 만큼 헤스티아는 둔감할 수 없었으며, 하물며 위로도 되지 않는 낙관론을 품을 수도 없었다.

벨 일행은 중층에서 탈출하는 데 실패한 것이다.

헤스디아의 결론을 긍정하듯 머리가 신의 직감으로 시큰거렸다.

두근거리는 가슴을 진정시키고자 크게 심호흡을 한 후에이나에게 말했다.

"……어드바이저 군, 부탁이네. 벨 일행의 목격정보를 모아주지 않겠나?"

"알겠습니다. 약속드리지요. 최대한 다른 모험자들과도 연락을 취해보겠습니다."

직무 이상의 행위를 받아주는 그녀에게 감사하며 헤스티아는 다시 주문을 덧붙였다.

"그리고 퀘스트도 발주하겠네. 의뢰 내용은 '벨 일행의 탐색'일세."

수단을 가릴 때가 아니라고, 모험자들의 협조를 청할 것을 의뢰했다.

에이나는 금방 헤스티아의 의도를 알아차렸는지 고개를 끄덕이고 집무용 책상에서 양피지를 꺼냈다. 깃털 펜을 재빨리 움직여 의뢰서를 작성해나간다.

"보수는 어떻게 하시겠습니까?"

"40만 발리스. 【파밀리아】의 전 재산일세."

당장 준비할 수 있을 만한 금액을 제시하고, 그 후로는 에이나와 함께 퀘스트의 상세 내용을 채워나갔다.

마지막으로 헤스티아가 자신의 서명을 휘갈겨 의뢰서는 완성되었다.

"상부의 허가를 받고 오겠습니다. 게시판에 붙는 것은 아마도 한 시간 전후가 될 테니 양해해주십시오."

"알았네. 부탁하네."

"그럼……."

그렇게 말하고 일어난 에이나는 서둘러 행동을 시작했다. 헤스티아 또한 등을 돌리고 건물을 뛰어나갔다.

길드 본부의 현관을 지나면 펼쳐지는 광대한 앞뜰. 돌 블록이 질서정연하게 깔린 정원에는 판테온을 드나드는 수많은 모험자들의 행렬이 끊어질 줄 모른다. 폭풍이 몰아치는 바다처럼 거칠어진 헤스티아의 심중과는 달리 하늘은 화창했으며, 대로 방향에서는 평화로운 소음이 들려왔다.

앞뜰 중앙 부근에 설치된 기념비 옆에서는 그녀를 기다

리는 미아흐와 나자가 있었다.

"어땠나, 헤스티아?"

"틀렸어. 역시 벨 일행은 던전에서 돌아오질 않았어."

고개를 가로젓는 헤스티아를 보며 나자와 미아흐는 입을 다물었다.

헤스티아에게서 이미 의논을 받았던 그들은 현재 상황이 얼마나 심각한지를 올바르게 이해하고 있었다. 뇌리에 스쳐 지나가는 전멸의 가능성.

한순간 찾아온 그 침묵을 떨치려는 듯 헤스티아가 큰 소리로 외쳤다.

"벨은 아직 살아 있네! 내 '은혜'는 사라지지 않았어!"

단 한 명뿐인 권속에게 내려준 '팔나'. 자신의 이코르를 통해 존재를 또렷이 느낄 수 있음을——벨과의 유대가 건재함을 헤스티아는 미아흐와 나자에게 호소했다.

눈에 힘을 되찾은 두 사람은 알았다고 고개를 끄덕이고 앞일을 의논하기 시작했다.

"헤스티아 님, 퀘스트, 벌써 발주했어요……?"

"그래. 둘이 권해준 대로 확실하게 의뢰하고 왔지."

벨 일행이 어떻게 됐는지를 판단할 재료가 적은 상황에서 헤스티아가 퀘스트 신청을 비롯한 행동에 나섰던 것은 미아흐와 나자의 권유가 있었기 때문이다.

헛수고로 끝나고 나중에 웃음거리가 된다면 그건 상관없다. 돌이킬 수 없는 일이 벌어지기 전에 할 수 있는 일은 모두 해야 한다고, 예전에 중층에서 나자를 잃을 뻔했던 【미아흐 파밀리아】는 과거의 사건에 비추어 그렇게 조언해 주었던 것이다.

"그렇다면 헤파이스토스나 타케미카즈치네 쪽도 가 보지. 가능한 한 많은 사람에게 도움을 청해야 하니."

"그래!"

미아흐의 제안을 승낙했다.

헤스티아 일행은 길드 본부를 벗어나 광대한 도시를 분 주히 뛰어다녔다.

그리고 그로부터 한 시간 후.

에이나의 말대로 길드 본부 내의 게시판에는 헤스티아 의 퀘스트가 붙었다.

수많은 의뢰서를 확인하려고 모험자들이 게시판 앞에 모여든 가운데, 그중 한 사람이 새로 붙은 그 의뢰 앞에 다 가와 읽어나갔다.

이윽고 그녀는 그 양피지를 찌익 뜯어내 주시했다.

"이건 큰일이로군요…… 헤르메스 님."

때는 20시간 전으로 거슬러 올라간다.

미궁은 고요했다. 주위에 몬스터의 기척은 존재하지 않았으며, 눅눅한 공기가 돌의 향기와 함께 회색 암굴 내를 떠돌았다.

동굴 형태의 통로는 어스름했다. 희미한 조명이 천장 부근에서 화톳불처럼 일렁이고, 불규칙하게 어스름의 일부를 갈랐다. 끊어진 어둠 속에 지면을 무겁게 밟는 여러 개의 발이 지나갔다.

소리 없이 타오르는 인광에 멍하니 옆얼굴을 비추며 한 걸음, 또 한 걸음, 벨은 던전을 나아갔다.

모래먼지에 뒤덮인 몰골은 살짝 갈색으로 물들었으며, 방울방울 떨어지는 땀이 가느다란 턱을 지나 발밑에 떨어진다. 찢어진 이마의 상처 주위에는 흘러나왔던 혈액이 말라붙어 있었다.

헉, 헉. 숨소리를 주위에 퍼뜨리며 오른쪽 어깨에 지탱한 몸을 다시 추스른다.

"미안하다……."

"아냐……."

귀 옆에서 속삭이는 힘없는 목소리에 벨도 그 한마디로 대답하는 것이 고작이었다.

부축을 받는 벨프의 표정은 배어나온 땀과 함께 고통에 젖어 있었다. 고개를 살짝 틀어 눈만으로 뒤를 돌아보면, 마찬가지로 피폐해진 릴리가 숨을 헐떡이며 벨과 벨프의 뒤를 따라오고 있었다.

"괜찮아요."

벨의 시선을 알아차린 그녀는 힘없이 눈썹을 늘어뜨리며 미소를 지었다.

헬 하운드의 일제 방화를 뒤집어쓴 벨 일행은 간신히 목숨을 건졌다.

여러 마리의 몬스터가 퍼부은 무시무시한 불꽃을 견뎌낸 후, 즉시 그 자리를 벗어나 목숨만 붙인 채 도주하는 데 성공한 것이다.

물론 구사일생을 얻은 대가는 컸다. 벨이 지금도 부축하고 있는 벨프는 제13계층에서 맞닥뜨린 암반붕괴에 한쪽 발이 깔려 혼자서는 제대로 걷지도 못하는 상태다. 릴리는 눈에 뜨이는 외상을 입지는 않았지만, 파티 내에서 가장 힘이 없는 그녀가 일련의 도주극 속에서 가장 지쳤음은 얼굴만 봐도 충분히 상상할 수 있었다. 또한 등에 짊어진 대형 백팩은 일부가 송두리째 사라져 포션을 비롯한 많은 아이템을 잃고 말았다.

마찬가지로 호흡이 거칠어진 벨은 동료들의 모습을 둘러본 후 자신의 몸을 내려다보았다.

'살라만더 울이 아니었으면 전멸했을 거야…….'

표면에 빛의 입자를 두른 붉은 옷. 몸에 걸친 이 '정령의 방호포'가 없었다면 지금쯤 자신들은 불에 타 죽었을 거라고 생각하니 벨은 섬뜩해졌다.

헬 하운드 무리의 화염공격을 견뎌냈던 것은 어디까지

나 정령의 가호가 깃든 장비 덕이었다. 불 내성을 가진 '살라만더 울'이 불꽃과 열의 위력을 격감시켜 장비자인 벨 일행의 온몸을 지켜주었던 것이다.

가벼운 화상을 입는 데서 그친 자신의 몸을 보며, 하프 엘프 어드바이저에게 속으로 감사를 올렸다.

에이나 덕에 벨 일행은 목숨을 건졌다.

"릴리, 남은 아이템은……?"

"포션이 넷, 해독약이 둘, 하이포션은 없어요……."

중층에서 탈출하려는 벨은 릴리의 대답에 적잖은 위기감을 품었다.

자신의 부족한 머리를 총동원해 계산해봐도, 현재 상황을 돌파하기에는 너무나도 아이템 재고가 부족했다. 안 그래도 중층에서는 무기와 아이템의 소모율이 높은데, 벨과 릴리는 크게 체력이 깎였으며 벨프는 다리에 중상까지 입었다.

보통 포션의 주요 효과는 체력회복이다. 도려져 나간 상처를 아물게 하고, 흘러나온 혈액을 멈추고 부러진 뼈까지 복원시키는 마법에 가까운 회복작용은 하이포션이나 엘릭서가 아니면 기대할 수 없다. 지혈을 한 벨프의 왼발——무릎 아래쪽은 반쯤 짓이겨진 것처럼 너덜너덜해 안쪽의 뼈가 부서졌으리라 쉽게 판단할 수 있었다. 지금 벨 일행이 가진 아이템만으로는 검붉게 변한 그의 다리를 치료하기란 불가능했다.

전열 한 사람을 잃은 현재의 대열은 중층을 탈출하는 데는 치명적이라 할 수밖에 없었다.

'게다가…… 수직굴에서 **떨어졌어.**'

통로를 나아가는 도중에 나타난, 천장에 뚫린 수직굴을 올려다보며 벨은 두 눈을 일그러뜨렸다.

현재 위치, **추정 제14계층.**

벨 일행은 **떨어졌다.** 제13계층에서 천장이 무너진 후, 헬 하운드의 대군에게서 앞뒤 가리지 않고 퇴각하다가 그다음 통로에 뻥 뚫려 있던, 하부 계층으로 이어지는 수직굴로 떨어졌다.

뒤를 쫓는 몬스터들에게만 정신이 팔리는 바람에 발견이 늦어져, 문자 그대로 함정에 빠져버린 셈이었다. 긴 낙하 체감시간을 거쳐 다리로부터 전해진 충격에 벨은 온몸에 비지땀을 흘렸다.

모든 수직굴은 지금 벨의 머리 위에 뚫린 것과 마찬가지로 깔끔하게 수직으로 뻗었으며, 매끄러운 바윗결은 요철 하나 없어 기어오르기란 불가능했다. 던전의 악의가 느껴졌다.

던전 기믹의 희생양이 된 벨 일행은 거의 생각할 수 있는 '최악의 상황' 속에 있었다.

"벨, 릴리돌이…… 여차하면, 날 두고 가……."

"무슨 바보 같은 소릴 하세요……."

"절대, 못해……."

힘없는 목소리로 대화가 오갔다. 세 명 모두 자신의 몸을 질질 끄는 가운데, 벨은 쓸데없는 충고를 하는 벨프의 몸을 어깨에 다시 추슬렀다.

아직까지 몬스터와의 조우가 없는 던전은 침묵을 지키고 있었다. 벨과 릴리, 벨프에게서 나오는 숨소리만이 울려 퍼져 어스름한 바위굴 안을 지배했다. 유일한 광원인 인광은 규칙성이 없는 배치로 머리 위에서 벨 일행을 비추며 절박한 그들을 무감정하게 내려다보았다.

몸을 두드리는 심장 고동 소리가 크게 느껴졌다.

벨은 앞으로 한 걸음 내디딜 때마다 긴장감이 드높아지는 것을 자각했다.

수직굴에서 낙하한 하부 계층. 당연히 처음에 탐색을 고려했던 제13계층의 적보다도 이 영역의 몬스터가 능력이 높다. 시선 너머의 수평굴에서, 혹은 지금 걸어가고 있는 통로의 벽에서 기분 나쁜 으르렁 소리와 함께 몬스터가 출현하지는 않을까. 그런 상상이 항상 벨의 마음을 태웠다. 혀는 어느샌가 바짝 말라 목을 축여줄 물이 필요했다.

경사진 언덕을 올라갔다. 미로로 변한 통로를 왼쪽으로 오른쪽으로 꺾었다. 딸그락, 벽에서 떨어지는 작은 돌 소리에도 세 사람은 일제히 고개를 돌렸다가 가슴을 쓸어내렸다. 그와 함께 정신력도 깎여나갔다.

귀에 거슬리는 자신의 호흡. 숨소리가 얕아진 원인은 피로만은 아니었다.

어쩔 수 없을 정도로, 처량할 정도로, 불안한 것이다.

이 상황이, 어둠이 도사린 던전이.

상급모험자의 대열에 들어서, 명성을 얻어, 적잖이 들떴던 벨을 비웃는 듯한 던전의 소행. 순조롭게 매사가 진행되었을 때일수록 미궁에서는 뼈아픈 꼴을 당한다는 말은 에이나가 했던가.

느닷없이 밀려 떨어진 나락의 바닥. 부조리라는 이름의 함정.

태양빛이 닿지 않은 이 어두운 지하미궁에 짓눌릴 것만 같았다.

"……큭. 막다른, 길이야."

또, 라는 말을 입속에서 꿀꺽 삼켰다.

완벽하게 길을 잃었다. 던전을 나아가면서 가장 회피해야만 하는 사태.

보통은 계층 사이를 이어주는 계단, 연락로를 기점으로 현재 위치 및 경로를 파악하는 법이다. 하지만 벨 일행은 무수한 수직굴 중 하나에서 떨어져버렸다. 기점이나 이정표는 하나도 없다. 게다가 아다만타이트를 비롯한 특수한 광물을 함유한 던전 내부는 자기를 띠기 때문에 방위자침 같은 것을 쓸 수가 없다.

현재 위치조차 맵 어디쯤인지도 알지 못하며, 나아갈 진로도 잡지 못한다.

수없이 나타난 막다른 길에 벨은 어깨에 멘 벨프와 함께 눈을 가늘게 떴다.

"잠깐 정리 좀 하죠."

바위벽에 가로막혀 멍하니 서 있으려니 릴리가 큰 심호흡과 함께 말했다. 벨과 벨프가 돌아보자 그녀는 얼굴에 땀을 흘리면서도 침착하고자 했다.

냉정함을 호소하는 릴리의 밤색 눈동자에 벨도 벨프도 거칠어져만 가던 가슴속이 차가워졌다. 자신들보다도 훨씬 조그만 파룸 소녀의 채근에 그들은 지면에 주저앉았다.

릴리가 말하는 대로 당당하게, 던전 한곳에서 대화가 시작되었다.

"우선은 피디의 장비를 확인해요. 치료용 아이템 말인데요, 릴리는 포션이 넷, 해독제가 둘. 벨 님이랑 벨프 님은요?"

"나는 아무것도 안 남았어."

"나도야. 렉 홀스터에 포션이 몇 개 있기는 해."

백팩에서 꺼낸 물통을 건네받아 보급한다. 파티 내에서의 위치와 조금 전의 일도 포함해서 자신은 가볍게 입에 머금는 정도로 그치고 벨프에게 주었다.

"다음으로는 무기예요. 릴리는 아까 떨어지면서 보우건을 잃어버렸어요. 벨프 님의 대도는 무사하고……."

"벨은 대검에다, 거기에 단검하고 버클러까지 잃어버렸지."

"으, 응."

대화를 나누면서 벨은 지금의 이 상황이 너무나 불안하기 그지없었다.

벨 일행이 둘러앉은 이 장소는 미궁의 막다른 곳이다. 통로 안에서 적이 밀려든다면 금방 도주로를 잃고 만다. 그렇지 않아도 주위는 벽에 에워싸여 언제 몬스터가 태어날지 알 수 없다. 흠칫흠칫 겁을 먹으려는 마음을 열심히 억누르지만, 릴리나 벨프도 내심으로는 똑같은 생각일 것이다.

말을 나누어 공포를 얼버무리면서 벨은 허리에 찬 《헤스티아 나이프》와 《우시와카마루》의 자루를 가만히 확인했다.

"그래도 나이프는 둘 다 무사해."

"'살라만더 울'도 아직 살아 있고."

"알겠어요……. 그럼 앞으로의 방침 말인데요, 무장도 아이템도 한정된 상황에서 생환하려면 될 수 있는 대로 몬스터와의 전투를 피해야만 해요. 상황이 허락된다면 도망치기만 하고 싶어요."

벨은 한쪽 무릎을 꿇은 자세로, 벨프는 다리를 구부릴 수 없으므로 엉덩이를 지면에 깔고 앉았다. 비지땀을 흘리는 그의 등을 벨이 지탱해주면서 이의는 없다고 고개를 끄덕였다.

그들의 정면에 앉은 릴리는 타이밍을 잰 것처럼 입을 열었다.

"벨 님, 벨프 님. 당황하지 말고 들어주세요. 이건 릴리의 주관인데요……. 지금 있는 계층은 **15계층일지도 몰라요.**"

"**"……!"**"

입을 딱 벌린 벨과 벨프를 앞에 두고 그녀는 계속 말을 이었다.

"수직굴에서 떨어지던 시간을 생각해보면 두 계층 거리를 내려왔을 가능성이 있어요. 이 계층의 특징도, 통로의 폭이나 광량도, 미로의 난이도 같은 것도 13, 14계층보다는 15계층에 가까워요."

벨은 그 긴 낙하 체감시간을 떠올려보았다. 릴리의 말은 현실직으로 받아들일 만한 근거와 설득력이 충분했다.

따라서 지상 귀환이 절망적으로 바뀐다. 14계층이라 해도 상황의 타개가 어려운 것은 마찬가지지만 15, 14, 13층 분의 여정을 거쳐 안전지대인 '상층'에 도달하려면 현재의 파티 상황으로는 우선 불가능했다. 안 그래도 몬스터는 강하고 미궁은 넓으며 세 사람은 피로에 찌들었는데.

'끝장'이라는 말이 뇌리에 떠올라 벨과 벨프가 얼어붙어 있으려니.

릴리는 한숨을 돌리고 말을 이었다.

"여기서부터가 본론이에요. 상층으로 귀환하는 게 절망적인 건 분명해요. 하지만 여기서 일부러 위로 올라가는 길을 버리고 아래 계층…… **18계층으로 피난하는 방법이 있어요.**"

벨과 벨프는 처음에는 무슨 말을 들었는지 이해할 수가 없었다.

릴리는 그대로 설명을 이어나갔다.

"18계층은 던전에 여러 층 존재하는, **몬스터가 태어나지 않는** 안전계층, '세이프티 포인트'예요. '하층' 진출을 목표로 삼은 모험자들이 무조건 거점으로 이용할 테니까, 그곳까지 가면 안전은 확보되는 거예요."

세이프티 포인트는 몬스터가 활개 치는 던전 내에서도 모험자들에게 안전권으로 신용을 받는 곳이며 휴식지대로 널리 이용된다.

첫 층인 제1계층 이후 첫 세이프티 포인트인 제18계층은 릴리의 말대로 벨 일행보다 실력이 뛰어난 상급모험자들이 상주할 가능성이 높다. 그리고 지상으로 귀환하는 그들을 따라가는 식으로 중층을 넘어간다면 벨 일행도 생환할 수 있다.

"리, 릴리, 잠깐만. 이 계층에서도 살아서 돌아갈 수 있을지 어떨지 애매한데, 이 이상 아래 계층으로 간다면……."

"**수직굴을 이용할 거예요.** 중층에 수없이 뚫린 수직굴을 찾아서 뛰어들면 하부 계층으로 한달음에 이동할 수 있어요. 현재 위치도 파악하지 못한 이 상황에서 하나밖에 없는 상부 계층 계단을 무턱대고 찾느니, 훨씬 효율적이지 않을까요."

릴리의 정확한 분석에 반론을 차단당한 벨은 목을 꼴깍

울렸다.

부상당한 발의 아픔을 견디고 있던 벨프는 눈을 가늘게 뜨며 의문을 던졌다.

"계층 터주는 어쩌지? 17계층이잖아, 그 괴물 나오는 데가."

보통 몬스터와는 차원이 다른 존재, 미궁의 왕 '몬스터 렉스'.

하지만 미궁을 공략할 때의 가장 큰 난관이라고도 할 수 있는 계층 터주의 존재가 언급되었는데도 릴리는 이내 대답을 제시했다.

"벨 님이 '미노타우로스'를 쓰러뜨린 날…… 약 2주 전에 【로키 파밀리아】가 '원정'을 떠났어요. 대부대로 내려갔던 그분들은 쓸데없는 피해를 줄이기 위해 계층 터주를 그냥 지나치지 않고 확실하게 해치웠을 거예요."

"어, 어째서 확실해?"

"17계층의 터주 '골라이아스'는 18계층 바로 앞의 대광장에 자리를 잡고 있다고 들었어요. 【로키 파밀리아】 정도되는 실력자들이라면, 계층 터주는 방치하는 것보다는 격퇴해버리는 편이 안전해요."

제18계층으로 향하면서 싸울 힘을 아끼느라 몬스터렉스를 무턱대고 방치하는 짓은 대부대를 이끄는 【로키 파밀리아】에게는 오히려 위험성이 크다고 릴리는 설명했다.

"'골라이아스'의 출현 간격은 2주 전후……. 시간을 역산

해봐도 아직 아슬아슬하게 던전에서 태어나지 않았을 가
능성이 있어요."

터주가 없는 제17계층을 무사히 지나가는 것도 지금이
라면 아직 가능하다.

릴리는 행간으로 그렇게 말했다.

"야, 너 제정신이냐……?"

올라가는 것이 아니라 내려간다니.

생환하기 위해, 더 큰 위험이 도사린 곳으로 몸을 던
진다니.

할 말을 잃을 만한 일련의 제안에 벨프는 아연실색하며
릴리의 정신을 의심했다.

어쩌면 그것은 이 상황에서 대담하면서도 적확한 판단
을 내린 소녀에 대한 외경심과 칭송일지도 모른다.

이 조그만 몸 어디에 그만한 대담함과 배짱이 있는지,
벨 또한 눈을 크게 뜨고 생각했다.

"……어디까지나 선택의 여지 중 하나예요. 벨 님과 벨
프 님 말씀대로 순순히 위쪽 계층으로 가는 편이 당장 안
전하다는 점에는 틀림이 없어요. 돌아다니다 보면 다른 파
티와 만나 도움을 청할 수도 있을지 모르고요."

하지만 그것은 모두 운을 기대하는 행위.

하급모험자가 많은 상층과는 달리, 상급모험자의 영역
인 중층은 동종업자의 수가 확 격감한다. 게다가 원뿔형
구조를 가진 던전의 법칙에 따라 중층은 상층에 비해 훨씬

규모가 크다. 정처 없이 상부계층으로 가는 계단을 찾아 헤매는 것도, 다른 파티와 마주치는 것도 '운'의 요소가 너무 강하다. 그렇기에 릴리도 제18계층으로 가자는 의견을 제시한 것이다.

그녀는 자신의 생각을 다 말한 후 마무리하듯 벨을 정면으로 바라보았다.

"이 파티의 리더는 벨 님이에요. 판단은 벨 님께 맡기겠어요."

숨이 멎을 뻔했다.

릴리의 그 발언에 벨은 오늘 하루를 통틀어 가장 뜨거운 열기가 봄속에서 소용돌이침을 느꼈다.

땀샘이 확 열리고, 한 줄기 두 줄기 땀이 뺨을 타고 흘러내렸다.

벨프를 돌아보니 그는 고통으로 눈살을 찡그리면서도 웃음을 지어 보였다.

"좋아. 결정해. 어느 쪽이든 난 널 원망하지 않겠어."

그것은 신뢰와 유대에서 오는 말이었다.

동시에 벨에게서 도주로를 빼앗는 선언이기도 했다.

심장 소리가 커졌다.

파티의 리더. 분명 그 역할에 있는 것은 이 중에서 벨뿐이다.

서포터인 릴리, 스미스인 벨프. 그들은 모험자인 벨을 위해 힘을 보태주는 존재다. 이 파티는 다른 그 누구도 아닌 벨의 파티다.

벨이 맡아야만 할 역할인 것이다.

'……큭!!'

높아져가는 고동 소리가 그대로 심장을 짓누를 것 같았다.

파티의 운명을 좌우하는 결단에 한없는 무게를 느꼈다. 자신이 내린 선택이 동료의 목숨을 빼앗을지도 모른다. 그들을 죽게 만들지도 모른다.

그것은 뻣뻣하게 굳어버리고 말 것 같은 공포였다. 차라리 울음을 터뜨리고, 도망을 치고, 사과하고, 이 책임을 내팽개쳐버리고 싶었다.

그러나——그런 충동 이면에서, 이것이 파티의 우두머리를 맡는다는 것임을 이해하기도 했다.

솔로와는 또 다른 판단의 무게. 동료 한 사람 한 사람의 목숨을 맡은 파티 플레이.

자신만이 아닌, 릴리와 벨프 또한 벨의 목숨을 맡아주고 있다. 자신을 돕고 지켜주는 그들에게 어떻게 등을 돌릴 수가 있겠는가.

자신을 선택하고, 믿고, 손을 잡아준 동료에게서 도망치다니, 그들에 대한 모독이다. 릴리와 벨프의 신뢰에 보답할 순간은 바로 지금이다.

어금니를 꽉 깨물고 손을 쥔다. 떨리는 호흡은 폐 안으로 밀어 넣었다.

결의는 굳어졌다. 굳히고 말았다. 남은 것은 결단이다.

돌아갈 것인가, 나아갈 것인가.

'행운'에 그저 몸을 맡길 것인가, 자신들의 손으로 길을 개척할 것인가.

전진할 것인가, 아닌가.

눈을 감았다가──떴다.

릴리와 벨프가 바라보는 가운데 벨은 눈에 힘을 주고 말했다.

"나아가자."

　　　　　　　　　　　🔲

시계 바늘이 저녁 시각으로 다가가는 것을 알렸다.

헤스티아는【미아흐 파밀리아】의 홈, '푸른 약포'에 있었다.

이 목조 건물은 포션을 비롯한 아이템을 판매하는 상점도 겸한다. 모험자들이 찾아오는 곳이기도 하므로, 발주한 퀘스트의 소집장소로 지정하는 데 여러모로 편리했던 것이다. 현재는 벨 일행의 수색을 위한 회의가 벌어지고 있었다.

헤스티아와 미아흐, 나자 외에 이 자리에 있는 것은 홍발홍안의 여신 헤파이스토스. 그리고 머리를 각지게 깎은 남신 타케미카즈치와 그의 단원인 미코토 일행이었다.

"미안하다, 헤스티아. 너희 애가 돌아오지 못했던 건 우리에게 원인이 있을지도 모르겠다."

"……."

타케미카즈치의 사죄에 헤스티아는 팔짱을 낀 채 눈을 감고 있었다. 미코토 일행은 타케미카즈치의 뒤에서 후회하듯 고개를 떨구었다.

제13계층에서 【타케미카즈치 파밀리아】가 벨 일행에게 감행했던 '패스 퍼레이드' 사건.

헤스티아가 도움을 청하러 타케미카즈치의 홈에 찾아갔을 때, 미코토 일행은 그 사정── 벨 일행의 외견 특징과 파티 구성──을 듣고 얼굴이 창백하게 질렸으며, 주신에게 모든 전말을 솔직히 털어놓았다.

미코토 일행도 필사적이었다고는 하나, 타케미카즈치는 몬스터를 갖다 붙였다는 아이들의 행위를 사죄했다. 벨 일행이 귀환하지 않은 원인의 일말을 떠안았으리라는 데에 헤스티아는 한동안 침묵을 지켰다.

다른 이들이 지켜보는 가운데, 그녀는 푸르스름한 눈동자를 뜨고 아이들의 얼굴을 둘러보았다.

"벨 일행이 돌아오지 않는다면 너희가 죽을 만큼 원망스럽겠지만 미워하진 않으마. 약속하겠다."

그 말에 미코토 일행은 눈을 크게 떴다.

자비마저 느껴지는 여신의 관대함과 의젓한 눈빛에 그들은 처음으로 주신 이외의 신에게 감동했다.

헤스티아는 아이들을 용서하고, 또한 부탁했다.

"지금은 부디 나에게 힘을 빌려주지 않겠나?"

"──분부대로."

일사불란한 움직임으로【타케미카즈치 파밀리아】의 여섯 명은 한쪽 무릎을 바닥에 꿇고 고개를 조아렸다.

단장인 오우카를 비롯해, 여신의 온정에 보답하고자 충성을 맹세하는 단원들의 모습을 보고 타케미카즈치도, 미아흐와 나자도 눈을 가늘게 떴다.

그중에서도 헤파이스토스는 아이들의 행동을 청산해준 친구신에게 흐뭇한 웃음을 지었다.

"그러면 이야기를 진행하지. 시간이 아까우니."

앞으로 나선 미아흐의 말에 헤스티아도 고개를 끄덕였다.

"응"

"수색대 얘기였지. 아직 헤스티아의 아이가 살아 있다는 건 틀림없나?"

타케미카즈치가 확인을 구하자 헤스티아가 고개를 끄덕였다.

"그래, 확실해. 헤파이스토스, 벨프 군은?"

헤파이스토스는 안대를 하지 않은 왼쪽 눈을 감고 손가락으로 이마를 톡톡 두드렸다. 신의 힘인 '아르카넘'을 봉인했어도 그녀는 일찌감치 권속의 숫자를 파악했다.

"잠깐만 기다려봐. 계약을 나눈 아이가 많아서 파악하기가 좀 힘들거든…………. 응, 아마 아직 살아 있나봐. 내가 부여한 '은혜'의 수가 줄어든 것 같진 않으니."

그런 그녀에게 미아흐가 물었다.

"헤파이스토스네 아이들은 힘을 빌려줄 수 없을까?"

"사실은 로키네 '원정'에 단원들을 빌려줘서 말이야…….심층영역까지 간다고 해서 실력 있는 애들은 다 그쪽에 있거든. 지금 당장 움직일 수 있을 만한 애들은 중층에 보내기는 좀 불안해. 미안해."

사과하는 헤파이스토스에게 헤스티아는 신경 쓰지 않아도 된다며 고개를 가로저었다.

"역시 타케네를 의지할 수밖에 없겠어."

"그건 상관없다만……. 오우카와 미코토는 확정이라고 쳐도…… 치구사, 너도 서포터로 갈 수 있겠느냐?"

"네, 넷!"

눈동자가 앞머리에 가려질락 말락 하는 소녀가 주신의 지시에 고개를 끄덕였다.

【타케미카즈치 파밀리아】의 상위 모험자——Lv.2에 도달한 사람은 단장인 거한 오우카, 그리고 미코토뿐. 아직 Lv.1인 치구사라는 소녀는 예비 무기나 포션을 휴대하는 서포터로 발탁되었다.

상위 순서대로 실력을 가진 구성원 세 사람이 수색대로 발탁된 셈이다.

"중층 몬스터와 제대로 맞붙을 수 있는 건 우리 애들 중에서는 오우카와 미코토뿐이다. 그 외에는 아무래도 좀 힘들 것 같아."

"수색대에 필요한 건, 우선 속도라고 생각해요……."

"나자 말도 맞아. 힘이 어정쩡한 인원을 늘렸다가 움직임이 둔해지면 본전도 못 찾지."

같은 중층에서 죽음의 늪을 헤맨 적이 있던 나자와 미아흐의 말에 헤파이스토스는 난색을 표했다.

"그렇다고 해서 이 아이들에게만 맡기기도……."

역시 인원이 부족하다는 것을 부정할 수 없었다. 허락만 된다면 자신도 벨을 구하러 가고 싶다고까지 생각하는 헤스티아는 풍만한 기슴 앞에 팔짱을 낀 채 끙끙거렸다.

그리고 그때였다.

"――나도 도와주지, 헤스티아!"

홈 문이 힘차게 열리더니 우아하게 생긴 남신이 나타난 것이다.

"헤르메스?! 넌 뭐 하러 왔냐!"

"에이～ 인사가 왜 이리 쌀쌀맞아, 타케미카즈치. 당연히 친구신이 위기에 빠진 걸 알고 달려왔지."

미아흐나 나자 같은 사람들이 눈을 크게 뜬 가운데 가볍게 응대하며 타케미카즈치에게 웃음을 짓고, 헤르메스는 시원시원한 걸음걸이로 가게 한복판을 가로질렀다.

뒤에서는 단원 아스피가 조용히 따라왔다.

"여어, 헤스티아. 오랜만."

"헤르메스……. 여긴 무슨 일이야?"

주위 사람들과 같은 표정을 짓는 헤스티아에게 눈앞까지 다가온 헤르메스는 싱긋 입가를 틀어 올렸다.

"지금 곤란한 일이 있지?"

"……."

팔랑팔랑, 눈앞에서 벨 수색 의뢰서를 흔들어 보이는 헤르메스. 헤스티아는 말문이 막혀 아무 말도 하지 못했다.

"왜 벨 크라넬을 구하겠다는 거냐, 헤르메스. 말해."

"이봐이봐, 타케미카즈치. 난 헤르메스라고? 친구인 헤스티아에게 곤란한 일이 생겼으면 얼마든지 손을 빌려줘야지!"

타케미카즈치가 헤르메스를 경계하고, 헤파이스토스와 미아흐도 어이없다는 듯이 응대했다.

"넌 하계에 온 후로는 헤스티아를 만난 적도 없었잖아."

"그것 참 미묘한 친구사이인걸."

"하하, 이거 냉랭하네."

연극적인 몸짓으로 손을 절레절레 흔드는 헤르메스와 주신들의 대화에 나자나 미코토 일행은 방치된 기분이었다.

"하지만 헤스티아를 돕겠다는 말은 진심이야. ──나도 벨을 구하고 싶다고."

이제까지의 소란스러운 분위기를 싹 지우고 헤르메스는 느닷없이 진지한 목소리를 냈다.

웃음만을 입가에 머금은 채 슬쩍 두 팔을 벌리고 그 자리에 있는 사람들의 얼굴을 순서대로 돌아본다.

"어때, 헤스티아?"

"……."

마지막으로 헤스티아에게 시선을 멈춘 남신은 활처럼 구부러진 눈을 뜨고 웃음을 지었다.

그의 등황색 눈동자를 직시하기를 몇 초. 헤스티아는 후우 한숨을 내쉬었다.

"알았다……. 부탁하지, 헤르메스."

"그래, 맡겨만 주라고!"

허락하는 헤스티아에게 헤르메스는 다시 우아한 미소를 지었다.

원래 분위기를 되찾고 한쪽 눈을 찡긋하는 미아흐의 어깨를 철썩철썩 연신 두드려댔다.

헤르메스를 곁눈질하며 타케미카즈치가 귓속말을 했다.

"그래도 괜찮겠어, 헤스티아?"

헤스티아도 작은 목소리로 대답했다.

"지금은 벨 일행의 구조를 최우선으로 해야지. 인원이 필요한 건 사실이고."

"……알았다. 네가 그렇게 말한다면."

그는 그 말을 듣고 더 이상 쓸데없는 간섭을 하지 않기로 결심한 모양이었다.

"이제 헤르메스네 단원이 더해지는 셈인데……. 이 정도면 괜찮을까?"

"헤르메스네 파벌이라면 분명 대부분 Lv.2 아니었던가?"

"이봐, 헤르메스. 정말 그래?"

"응, 헤파이스토스 말이 맞아. 애석하게도 단원들은 다나가 있지만, 이번에는 여기 아스피를 데려가지! 우리 에이스라고. 안심해!"

【헤르메스 파밀리아】는 던전 탐색계를 자청하면서도, 돈벌이라면 상업이 됐든 뭐가 됐든 손을 대는 절조 없는【파밀리아】로 유명하다. 길드에서 부여한 랭크는 F.

도달계층은 제19계층, 이라는 그 숫자를 믿고 그들은 미코토 일행을 포함한 수색대를 보내기로 결심했다. 반면 주신의 일방적인 의향 때문에 수색에 가담하게 된 아스피는 혼자 무거운 한숨을 쉬고 있었다.

헤파이스토스가 말했다.

"준비가 갖춰지는 대로 출발하지. 오늘 밤 정도면 될까?"

"음. 그렇게 되겠지."

"오우카, 미코토, 치구사. 너희는 얼른 준비를 시작해라."

""""예!""""

헤파이스토스, 헤스티아, 타케미카즈치가 이야기를 진행하는 동안.

아스피는 헤르메스에게 다가가 목소리를 낮추고 물었다.

"헤르메스 님······. 아까 저를 '데려간다'고 말씀하셨는데, 설마……."

"응. 나도 동행할 거야."

주륵 흘러내리려는 안경을 아스피는 몇 번씩 손가락으로 눌렀다.

"신이 던전에 가는 건 금기사항 아닙니까!"

"섣부른 짓을 하면 안 된다는 것뿐이야. 뭐, 길드에 들키지 않게 갔다가 냉큼 돌아오면 되지. 내가 말했잖아? 나도 벨을 구하고 싶다고."

"헤르메스 님, 설마 처음부터 그러실 작정으로 저를……!"

"하하하. 날 잘 보살펴 달라고, 아스피."

눈썹을 곤두세우고 뺨을 실룩거리는 아스피에게 헤르메스가 싱글싱글 웃으며 속삭이고 있을 때──갑자기.

귀도 밝게 그 밀담을 들어버린 헤스티아가 고개를 두 사람 쪽으로 휙 돌리더니.

트윈테일 한 가닥을 구물텅 움직여 헤르메스의 목에 휙 감았다.

"꾸엑?!"

"──나도 데려가라, 헤르메스."

등 뒤에서 목을 붙들려 벌렁 몸을 젖히는 헤르메스. 깜짝 놀라는 아스피.

불쑥, 그의 얼굴에 머리를 들이댄 헤스티아는 가차 없는 박력으로 말했다.

"나도 벨을 구하러 갈 거다. 아무것도 못한 채 그 아이를 남에게만 맡길 수는 없어."

"자, 잠깐만, 헤스티아?! 진정해!"

당황한 헤르메스는 칠흑색 머리를 간신히 풀고 그녀와 마주 섰다.

눈을 마주 보며 설득하듯 말을 걸었다.

"던전은 위험해. '힘'을 쓰지 못하는 우리는 몬스터에게 습격당하면 한 방에 골로 간다고. 무엇보다——**들키면 위험하고.**"

그 충고에 헤스티아가 되받아쳤다.

"다 알아. 그래도 헤르메스가 가겠다면 신이 한둘 늘어도 문제없지 않겠어?"

"으윽······."

"나도 따라가겠다. 알았나?"

마지막에는 거의 억지로 선언해 헤스티아는 이의를 차단해버렸다.

이젠 무슨 소리를 해도 뜻을 접지 않을 그녀의 고집에 헤르메스는 처량한 표정을 지었다.

"너 말이야······."

"무리는 하지 마라······."

헤르메스와 마찬가지로 헤스티아의 결의가 확고함을 깨달은 헤파이스토스와 타케미카즈치는 각자 어이없다는 표정과 쓴웃음을 지었다. 친구들의 우려는 아랑곳하지 않고 헤스티아는 괜찮다며 벨 구출에 투지를 불태웠다.

"헤스티아."

미아흐가 그런 그녀를 불렀다. 보아하니 그의 뒤에 있던 나자가 무언가 하고 싶은 말이 있는 눈치였다.

"왜 그러나, 나자?"

"헤스티아 님, 이거……."

그녀가 건네준 것은 시험관이 담긴 조그만 파우치, 대량의 포션이었다.

붉은색, 푸른색, 녹색 등 몇 종류나 되는 색채가 깃든 물약에 헤스티아는 눈을 크게 떴다.

"저는, 이 정도밖에는, 못하니까요……. 따라가지 못해, 죄송합니다……."

"아니다, 충분하다. 고맙다, 나자."

몬스터에게 트라우마가 있는 시앙스로프 소녀의 배려를 포션과 함께 받아들었다. 낯빛을 흐리며 사과하는 그녀에게 헤스티아가 미소를 지었다.

"나도 이걸 주지."

헤파이스토스가 건네준 것은 하얀 천에 싸인 길다란 막대 형태의 덩어리였다. 묵직한 무게감. 힘이 없는 헤스티아는 그것을 바닥에 떨어뜨릴 뻔했다.

"어, 어어?!"

몸 전체를 써서 간신히 받쳐 들자 흰 천의 일부가 훌렁 벗겨지며 진홍색으로 물든 칼집 없는 검신이 드러났다. 칼날은 상당히 두꺼워 날카로울 것 같지는 않았다.

"헤파이스토스, 이건……?"

"그 아이, 벨프의 작품이야. 이제까지 내가 맡아두고 있었어."

작품, 이라고 불린 흰 천의 내용물과 헤파이스토스의 표정을 번갈아 쳐다보는 헤스티아에게 홍발의 대장장이 신이 말했다.

"위험해지면 써도 되지만…… 벨프를 발견하면 넘겨줘. 그리고 '오기와 동료를 저울질하는 짓은 그만둬'라고도 전해주고."

그런 헤파이스토스의 의미심장한 말에 헤스티아는 간신히 고개를 끄덕였다.

아무튼 동료들의 호의에 헤스티아는 새삼 감사의 뜻을 밝혔다. 그녀를 에워싼 일행은 다시 웃음을 지었다.

한편.

"이거 야단났구만……."

그들과는 조금 떨어진 곳에 있던 헤르메스가 불쑥 중얼거렸다.

좋은 분위기가 흐르는 그들을 바라보며 곁에 있는 권속에게 묻는다.

"아스피, 나랑 헤스티아 둘 다 지켜줄 수 있겠어?"

"행동을 함께 할 타케미카즈치 파가 어떻게 나오느냐에 따라서도 다르겠습니다만……. 만일 그들이 방해가 될 것 같다면 보장할 수는 없습니다."

헤르메스 혼자라면 몰라도 헤스티아까지 따라온다면 무책임한 소리는 할 수 없다고 아스피는 솔직하게 대답했다. 지금의 전력으로는 어쩌면 불충분할 수도 있다고.

그녀의 말에 헤르메스는 한동안 묵묵히 생각한 끝에 후우 한숨을 내쉬었다.

"도우미를 하나 더 데려올까."

⊡

해가 서쪽으로 기울고 하늘이 조금씩 붉그레해지기 시작했다.

행동이 빠른 자들은 던전 탐색을 마치고 바벨에서 나올 시간대. 온 도시의 술집들이 단골인 그들을 맞이할 준비를 하는 가운데 '풍요의 여주인' 또한 야간영업 준비에 몰렸다.

'CLOSED' 팻말을 내건 목제 문 안쪽, 가게 안에서는 캣 피플 점원들이 빠릿빠릿 돌아다녔다. 어떤 사람은 낮보다도 많은 테이블과 의자를 나르고, 어떤 사람은 장을 보러 나갔다. 재료를 미리 손질하고자 서두르는 주방은 이미 격전지였다.

창문으로 들어오는 엷은 꼭두서니색 햇살에 단아한 엘프의 얼굴과 긴 귀가 비춰지는 가운데.

다른 점원들과 함께 열심히 일하던 류는 문에 매달아놓

은 종이 딸랑 하고 울리는 소리를 들었다.

"실례. 방해 좀 할게."

가게로 들어온 것은 늘씬한 남신이었다. 등황색 머리카락이 저녁 햇살을 반사해 꼭두서니색과 섞이면서 황혼 빛으로 물들었다.

아스피를 대동한 헤르메스는 얼굴에 웃음을 짓고 있었다.

"죄송합니다, 헤르메스 님~. 아직 가게 준비 중이라 좀더 기다리셔야 하는데요."

"미안, 루노아. 볼일은 금방 끝날 거야."

휴먼 점원 루노아를 부드럽게 밀어내고 헤르메스는 어떤 방향으로 발을 돌렸다.

다른 웨이트리스들이 손을 멈추고 그의 행동을 지켜본다.

그리고 가게 중심, 류의 눈앞에서 헤르메스는 발을 멈추었다.

"……저에게 무슨 일이십니까."

"응, 류 너에게 부탁이 있어서."

아스피를 대동한 헤르메스는 가늘고 긴 눈동자를 슬쩍 떴다.

"맡아주었으면 하는 퀘스트가 있거든——'질풍 리온'의 힘을 빌리고 싶어."

그것은 모험자 시절 류의 별명이었으며, 동시에 **악명**이기도 했다.

그 순간 가게가 단숨에 긴장을 띠었다.

쩌적 하고 공기가 분명히 소리를 냈다. 가게 한복판에 있던 헤르메스 일행의 주위에서 아냐가, 클로에가, 루노아가, 가게의 모든 종업원들이 살기를 발산했다.

사면초가. 자신들에게 날아드는 엄청난 시선의 투창에 아스피는 식은땀이 흐르지 않도록 애썼다. 식구를 위협하는 상대에게 '풍요의 여주인'은 명확한 적의를 품고 짓밟아 버리려 하는 것이었다.

저녁놀에 붉게 물들어가는 가게 안이 험악한 분위기를 띠었다.

"저를 협박하려는 건가요."

류 자신도 눈을 치켜뜨고 헤르메스를 노려보며 말했다.

말을 듣지 않으면 아는 이도 얼마 되지 않는 자신의 과거를 폭로하고 다니겠다고, 그렇게 협박하는 거냐고 캐묻는다.

자신의 얼굴을 밑에서 올려다보는 엘프 소녀에게 그럴 마음은 없다며 헤르메스는 너스레를 떨듯 두 손을 들었다.

"벨 군…… 벨 크라넬과 그의 파티를 구조하는 게 목적이야."

"……그것이 무슨 뜻입니까."

헤르메스는 벨 일행의 현재 상황에 대해 모두 설명한 후, 그러니 류도 수색대에 가담해주었으면 좋겠다고 부탁했다.

사태의 전말을 이해한 류는 여전히 하늘색 눈에서 힘을 풀지 않은 채 되물었다.

"왜 저입니까?"

"짐만 되는 신들을 지켜줄 만한 실력자이면서, 또한 【파밀리아】의 제약이 없는 프리 모험자 중에 내가 아는 사람은 너밖에 없었거든…… 그리고."

헤르메스는 시선을 돌려서 뒷문 쪽을 바라보았다.

"네가 시르의 친구이기 때문, 이려나?"

가게의 안쪽 문 앞에서 멍하니 서 있던 것은 회색 머리를 한 소녀였다.

시르는 이제 막 도착해서 이야기를 들은 눈치였다. 그 모습에 류는 버들잎처럼 모양 좋은 눈썹을 일그러뜨렸다.

가져다 붙인 듯한, 그러나 더할 나위 없을 만큼 효과적인 말을 꺼낸 헤르메스는 입가를 살짝 틀어 올렸다.

"출발은 오늘 밤 8시. 괜찮다면 와줘. 기다릴 테니."

떠나가며 류의 귓가에 입을 가져가 헤르메스는 그런 말을 남겼다.

마지막까지 점원들에게서 험악한 시선을 받으며, 남신은 아스피를 데리고 가게 밖으로 사라졌다.

"류."

"시르……."

꼼짝도 못 하게 한 방 먹었다는 표정으로 헤르메스의 등을 노려보던 류에게 시르가 다가왔다. 파랗게 질린 표정을 지은 그녀는 류와 한동안 마주 보고 있었다.

침묵이 이어진 후, 애원했다.

"미안해, 류. 벨 씨를 구해줘."

류는 회색 눈동자를 들여다보았다.

그 두 눈 안에는 소중한 사람을 잃어버릴지도 모른다는 불안과 공포가 뚜렷이 있었다. 가늘게 떠는 소녀의 부탁에 인정에 민감한 엘프인 그녀는 쓴웃음을 지었다.

"시르에게는 은혜를 입었으니까 네 부탁을 거절할 수는 없어. 게다가."

류의 말이 이어졌다.

"나도 크라넬 씨가 죽지 않았으면 하고."

또렷이 그렇게 말했다.

류의 말에 시르는 미안하다고 미안하다고 몇 번이나 사과를 했다. 그리고 마지막에는 고맙다고 감사를 전했다.

이윽고 그 대화를 지켜보던 아냐를 비롯한 웨이트리스들이 류와 시르에게 모여들었다. 그녀들은 웃음을 지으며 입을 모아 말했다.

"가게는 우리한테 맡기냥! 엄마한테도 류는 배가 아프다고 말해둘테냥!"

"헤르메스 님 의도대로 놀아난다는 게 아니꼽지만……. 뭐, 어쩔 수 없지."

"뉴후후. 류, 소년에게 빚을 잔뜩 만들어서 상을 잔뜩 받아내는 거다옹.”

바보처럼 활달한 아냐, 웃음을 터뜨리는 루노아, 음흉한 미소를 짓는 클로에에 이어 다른 동료들도 저마다 한마디씩 했다.

주방에서 고개를 내민 요리사 소녀들도 엄지를 척 세운다.

그녀들을 둘러보며 고개를 끄덕인 류는 마지막으로 힘없이 웃음을 짓는 시르에게 살짝 입술 양끝을 올려보였다.

“미안해. 뒷일 부탁할게.”

가슴께의 리본을 홱 풀며 엘프 소녀는 가게 밖으로 뛰어나갔다.

🔥

땀방울이 또다시 턱을 타고 떨어졌다.

중층의 눅눅한 공기도 이 그칠 줄 모르는 땀에 한몫을 하는 것 같았다. 설령 죽느냐 사느냐 하는 한복판에 있다는 지금의 상황을 차치하고서라도.

후덥지근하기까지 한 공기의 흐름이 피부를 훑고 지나가는 가운데 나는 어스름한 미궁을 이동하고 있었다.

벨프를 부축하며 전진한다. 주위에는 세심한 주의를 기울이며, 의식과는 다른 본심으로는 몬스터와 맞닥뜨리지 않기를 신께 매달리는 심정으로——처량하게——기도하고 또 기도했다. 후방 경계는 바로 뒤에 있는 릴리에게 모두 맡기고 있었다.

제18계층으로 향하겠다고 결심한 그 대화가 끝난 후로 한참을 이동했다. 하지만 아직도 우리는 하부 계층으로 이어지는 수직굴을 발견하지 못했다.

뱃속에서 솟아나는 초조함을 꾹 참으면서 마음을 평온하게 갖추고자 노력했다.

고립무원인 것과 동시에 어둠이 가득 찬 미궁의 중층──자칫하면 정신이 나가버릴 것 같은 환경 속에서 공황에 빠져서는 안 된다. 이 아슬아슬한 줄타기와 같은 상황에 이성을 잃었나간 그 순간이 우리의 마지막이다.

동굴 형태의 길을 얼마 동안 나아가자 어둠 안쪽에서 나타난 두 갈래의 분기점. 망설여질 때는 오른쪽으로 가자고 릴리와 합의했기 때문에 오른쪽 길을 택했다.

"헉, 헉⋯⋯."

뒤에서 따라오는 릴리의 조그만 숨소리에는 감출 수 없는 피로가 달라붙어 있는 것 같았다. 옆에 밀착한 벨프의 몸도 뜨겁다. 지금은 오기로 이를 악물면서 조금이라도 행군 속도를 늦추지 않고자 강행군을 따라오고 있다.

"큭⋯⋯ 릴리돌이, 이 냄새 어떻게 좀 안 되는 거야?"

갑자기 눈만 돌려 릴리가 있는 뒤쪽에 말하는 벨프.

그 호소에 릴리는 눈이 퀭해진 듯한──아니, 정확하게는 기력이 깎여나간 듯한──표정으로 대답했다.

"참으세요……. 이런 말은 뭣하지만 이 **악취**에 제일 시달리는 건 릴리라구요."

벨프가 말한 '냄새'란 릴리가 목에 건 자루에서 나는 냄새였다.

지금 당장이라도 코가 비틀어져버릴 것 같은 냄새에 나의 눈가에도 눈물이 맺혀 있다.

"릴리네한테도 유해하지만, 이 냄새는 몬스터에게도 독 그 자체예요. 이 악취가 이어지는 한 어지간해서는 몬스터들도 다가오질 않아요."

릴리의 설명대로다. 이름을 '몰불'이라고 하는 이 냄새 자루 아이템은 몬스터와의 조우를 회피할 수 있는 요인이기도 했다.

효과가 어느 정도인지는 우리가 지금 막 실전으로 증명하는 중이다.

중층에서 태어난 그 흉포한 몬스터들이 전혀 다가오질 않는다.

"나자 씨한테, 받은 거지……?"

"네. 상층을 답파하는 동안, 릴리가 의뢰해서 만들었어요……."

중층으로 진출하기 전에 릴리는 몬스터와의 조우를 막는 아이템 작성을 나자 씨한테 부탁해두었다고 한다. 밑져야 본전이라는 생각이었다.

하지만 곧잘 도시 밖으로 나가 도구를 만들기 위한 재료

를 조달해오는 나자 씨는 미궁산 재료와 조합해서 우연히
이 '몰불'을 개발하는 데 성공했다고 한다.

"참고로 시험 삼아 냄새를 직접 맡아본 나자 님은 릴리
의 눈앞에서 뒤집어지더니…… 바닥을 엄청난 기세로 데
굴데굴 굴러다니며 발버둥을 쳤어요."

……필사적으로 냄새를 닦아내고자, 나자 씨가 코를 몇
번이나 바닥에 문질러대는 처참한 광경이 펼쳐졌다는 것
이다. 가슴 아프게도 잠깐 상상해버리고 말았다.

아무튼 릴리가 목에 건 냄새 자루 덕에 우리는 몬스터의
습격을 피하고 있다. 소지할 수 있는 아이템의 양에는 물
론 제한이 있지만, 중층을 헤매는 이 상황에서는 고맙기
그지없었다.

진로 곳곳에서 몬스터의 기척이나 나직한 울음소리를
느끼면서도 우리는 교전하지 않고 이동을 계속했다.

"……!"

전방, 시야 안쪽.

외길 통로 저편에서 시뻘건 안광이 몇 개나 떠올랐다.

우리를 완벽히 포착한 몬스터, 헬 하운드는 붉은 두 눈
을 번뜩이며 달려왔다. 숫자는 셋.

흉포한 얼굴을 일그러뜨리며 머리를 휘휘 가로젓고는
있지만, 냄새 자루의 효과가 엷어지는 원거리——어림잡
아 30M 정도의 거리에서 정지하고 화염공격을 준비한다.

위험하지 않을까. 나는 우려를 품었다.

이대로 공격당한다면 이번에야말로 전멸을 피할 수 없다. 바로 뒤에서는 릴리가 굳어버린 것을 알 수 있었다.

육박해 접근전으로 나설까, 아니면 파이어볼트로 공격할까.

30M이라는 미묘하기 그지없는 간격과 헬 하운드가 가진 화염 내성에 내가 대응을 망설이던 그때.

"어쩔 수 없겠구만…… . 나한테 맡겨."

내게 부축을 받던 벨프가 그렇게 중얼거렸다.

"뭐?"

내가 중얼거린 것과 그가 오른팔을 내민 것은 동시였다.

붉은 키나가시 옷자락을 팡 울리더니, 상반신을 낮추고 불꽃을 모으는 세 마리의 헬 하운드에게 손바닥을 똑바로 내민다.

"【불타버려라, 외법의 업】."

그가 자아낸 것은 초단문영창.

금세 벨프의 오른팔에서 공기의 일렁임이——아지랑이가 엄청난 기세로 솟구쳤다.

마치 물줄기처럼, 그리고 소리도 없이 아지랑이는 공간을 따라가——방화 태세로 넘어가려던 헬 하운드들을 집어삼켰다.

"【윌 오 위스프】."

다음 순간 세 번의 대폭발——헬 하운드들의 **자폭**이 일어났다.

"이그니스 파투스(마력폭발)?!"

경악한 릴리의 목소리가 들려왔다.

불꽃을 토하려던 몬스터가 스스로 폭발하는 그 광경에는 나도 놀라 눈을 크게 떴다. 연기를 뿜어내는 헬 하운드는 온몸을 시커멓게 그을린 채 눈을 까뒤집으며 쓰러졌다.

'이그니스 파투스'.

마법을 행사할 때 '마력'을 제어하지 못해 폭주해버리는 사고현상.

신들이 강림하기 전의 시대인 '고대'에는, 엘프들을 비롯한 매직 유저들이 자신들의 손으로 마력을 다스리는 '영창'을 고안하고 모색해 발동에까지 이르는 마법을 창안해냈다.

특정한 마법이 체계화되기 전까지 폭발사고는 끊이질 않아──그야말로 우리가 보고 있는 광경처럼──시행착오의 연속이었다고 한다.

신의 은총 '팔나' 덕에 각자에게 맞는 전용 마법이 발현되고, 나아가서는 마력의 제어가 원활해진 지금은 이그니스 파투스가 발생하는 일이 거의 사라졌다.

심지어 몬스터가 이런 현상을 일으키는 경우는 없다고 봐야 한다.

"성공했구만……."

"베, 벨프, 지금 그게 뭐야?"

"내 마법은 특수하다고 그러더라고. 일정한 마력의 반응을 불씨 삼아 폭발시킨다나봐."

【월 오 위스프】――대(對) 마력 마법. 이름하여 안티 매직 파이어.

적이 마법이나 마력속성 공격을 발동시킬 때, 타이밍 좋게 카운터를 날려 강제로 이그니스 파투스를 유발하고 자폭시킨다. 대상의 위력, 마력의 양이 높으면 높을수록 폭발력도 올라가는, 말하자면 '마법봉인' 속성이다.

이것은 외도의 기술이 아닌 무기를 사용하는 순수한 왕도, 즉 백병전으로 싸워야 한다는 무기 기술자인 벨프다운 소망에서 발현된 마법이 아닐까.

"몬스터로 시험해본 적은 한 번도 없었는데…… 간신히, 살아났구만."

눈을 연신 깜빡이는 나에게 씨익 억지로 웃는 벨프.

말 그대로 몬스터에게 이 마법을 사용한 것은 처음이었나 보다. 생각해보면 상층에서는 헬 하운드처럼 몸속의 마력을 연소시켜 화염을 토해내는, 말하자면 마법 같은 공격을 하는 몬스터는 없었다.

제13계층에서 만났던 일제 화염방사 때는 공격이 통하리라는 확신이 없어 망설였고, 무엇보다도 낙하 직후의 사태라 타이밍을 놓치고 말았던 모양이다.

사실 초단문영창이라 해도 준비시간은 존재한다. 보아하니 벨프의 마법도 만능은 아닌 것 같다.

"어라? '몬스터로 시험해본 적은 없었다'면…… 사람한테는 시험해봤어?"

"그래. 같은 【파밀리아】 놈들에게 부탁해서. 멋지게 폭발하던걸."

"……벨프 님, 그건."

"아니, 그야 나도 잘못했지만! 효과를 시험하게 해 달라는 얘기는 했다고. 무슨 일이 일어날지 모른다는 건 그 녀석들도 알고 있었어……. 아니, 내가 전면적으로 잘못했지만서도?!"

잘못을 했다는 자각은 있다는 필사적인 변명에 릴리와 나는 나란히 침통한 표정을 지었다.

혹시 벨프가 파벌 동료들에게 미움을 산 데에는 크로조의 혈맥이라는 것 외에도 원인이 있지 않았을까…….

하지만 이로써 앞날이 확 밝아졌다. 헬 하운드를 무력화할 수 있다는 사실은 그만큼 든든했다.

한줄기 광명을 발견하고, 거의 숨이 끊어져가는 마견 몬스터들의 옆을 지나쳤다. 자폭한 헬 하운드들은 일어나 쫓아오려고도 하지 않았다.

그로부터 우리는 몬스터들을 계속 지나쳐갔다.

릴리가 필사적으로 참으며 냄새 자루를 장비해 몬스터들의 기습을 떨쳐냈다. 그래도 다가오려는 상대는 내 【파이어볼트】로 쫓아냈다.

헬 하운드의 위협은 벨프가 무효화했다. 원거리에서 화염공격을 준비하다가 모조리 안티 매직 파이어에 폭발을 일으켰다.

"벨프, 이거…….."

"뭔데, 포션?"

진남색 액체가 든 시험관을 렉 홀스터에서 꺼냈다.

벨프는 이를 절반 정도 마시고 놀란 표정을 지었다.

"이거 마인드 포션이 아니구만? 몸이 무겁던 것도 사라졌는데."

내가 건넨 것은 이중 속성 회복약, 듀얼 포션이었다. 이 도구도 나자 씨가 만들어준 것이다.

부상을 입은 채로 줄곧 걸은 데다, 마법까지 연발하면서 소모된 벨프의 체력과 정신력이 아무래도 무사히 회복된 듯했다.

안도하면서 이 편리한 포션이 어떤 것인지 요점을 설명해주자 벨프가 웃었다.

"좋은데, 그거. 다음번에 어디서 파는지 소개해줘."

"돌아가면, 얼마든지 가르쳐줄게……."

웃음을 나누며, 그가 넘겨준 절반 남은 듀얼 포션을 마셨다.

내 체력과 마인드도 전부는 아니지만 동시에 회복되었다.

"……벨 님, 릴리하고도 포션 나눠 마셔요."

"응? 지금 막 마셨으니까 괜찮은걸? 아깝잖아."

"치사해요, 치사해! 벨프 님만!"

"릴리돌이 넌 무슨 소릴 하는 거냐."

파티 사이에서 오가는 이완된 대화. 긴장감이 아주 조금 풀어졌다. 방심하지 않고 자세를 잡으면서도 우리는 팽팽해졌던 정신을 이따금 늦추곤 했다.

동료에게 어깨를 빌리고, 등 뒤를 보호받으며 던전의 중층을 탐색해간다.

희망을 잃지 않고, 앞으로 앞으로 미궁을 나아가고 있으려니 이윽고.

"찾았다……."

수평굴 모퉁이에서 고개를 내민 곳. 동굴형 길의 한복판.

저쪽 통로와 우리가 있는 통로를 가로막듯, 일그러진 형태의 수직굴이 크게 입을 벌리고 있었다.

나는 벨프와 함께 구멍 가장자리까지 다가가 들여다보았다. 바로 곁에서 릴리가 쏙 고개를 내민다. 분명 구멍은 아래쪽 계층까지 이어져 있었다.

이 깊이로 보자면…… 아마도, 제16계층.

어둠 속에 떠오른 인광에 얼굴을 비춘 우리는 각자 시선을 나누고 고개를 끄덕였다.

벨프의 허리에 단단히 오른팔을 감고, 릴리의 백팩도 왼팔로 끌어안고.

마지막으로 숨을 가볍게 들이마신 후, 나는 두 사람과 함께 수직굴로 뛰어내렸다.

금색 달이 떠 있었다.

일몰 시각이 지나 오라리오의 머리 위에는 푸른 밤하늘이 펼쳐졌다. 마석등 불빛이 범람하는 미궁도시는 보석상자를 뒤집어놓은 것처럼 빛났다.

활달한 소음에 가득 찬, 빛의 입자를 수없이 밝힌 그런 거리를 도시 한복판의 센트럴 파크에 세워진 마천루가 언제나 내려다보고 있다.

미궁 바로 위에 세워진 탑, '바벨'.

선택받은 몇몇 신의 주거지이기도 한 백색 거탑의 최상층에서는 한 여신이 걸어가고 있었다.

또각또각, 구두 굽을 울리면서 은색 장발을 두 손으로 휙 턴다.

"오래 기다렸어?"

긴 복도를 다 걸어 거대한 참나무 문을 연 '미의 신'――프레이야는 입을 열자마자 그렇게 물었다.

넓은 실내에는 책장을 포함한 호화로운 세간과 함께 프레이야의 종자인 오탈, 그리고 한 명의 남신과 그의 권속이 있었다.

"아니, 괜찮아. 시간을 빼앗아서 미안해, 프레이야 님."

다리에 사과나무 도안을 새긴 정밀한 테이블 앞에 앉은

남신은 헤르메스였다. 너스레를 떠는 어조로 입가에 웃음을 지은 그의 곁에는 긴장된 낯빛을 한 아스피가 서 있었다.

그들을 쳐다본 프레이야는 오탈이 빼준 의자에 앉았다.

앉는 몸짓 하나만도 요염했으며, 팽팽하고 풍만한 두 언덕이 칠흑의 드레스에서 계곡을 내비치며 어렴풋이 흔들렸다. 삐걱, 울린 의자에 잘록한 허리가 파묻히고 백옥 같은 목덜미에 은발이 걸렸다.

일련의 동작에 넋을 잃고 말았던 아스피는 흠칫 뺨을 붉히며 시선을 옆으로 돌렸다. 자신의 아이가 여신의 '미'에 현혹되는 동안 헤르메스는 싱글싱글 우아한 미소를 짓고 있었다.

2인용 테이블을 사이에 두고 두 명의 권속과 두 신이 대면했다.

"그래서 용건은?"

전제도 깔지 않고 소프라노의 아름다운 목소리가 물었다.

다리는 꼬지 않은 채 그저 요염하게, 그리고 당당하게 미소 짓는 프레이야에게 헤르메스는 가늘고 긴 눈을 스윽 뜨며 대답했다.

"이미 알고 있겠지만 벨 크라넬이 던전에서 돌아오질 않아. 난 이제부터 헤스티아 일행과 함께 그를 찾으러 갈까 해, 프레이야 님."

"그래서?"

"그러니 미리 양해를 구해놓을까 하고."

"왜 일부러 나에게 양해를 구해야 할까?"

얼굴에 띤 미소를 바꾸려고도 하지 않는 프레이야에게 헤르메스도 웃어주었다.

"감싸주었잖아, 프레이야 님? 지난번 신회 때, 벨을."

"……."

"아름다운 미의 신인 당신이 점찍어둔 모험자라니, 나도 궁금해서 견딜 수가 있어야지."

열흘쯤 전, 이곳 바벨에서 열린 신회 때 분명 프레이야 는 벨을 감싸주었다. 정확하게는 그의 성장요인을 캐물으 려는 로키가 규칙을 위반하려 든다고 주위에 호소했다.

신회에 참가한 신들, 특히 남신들은 대부분 프레이야의 입김이 닿은 자들이다. 프레이야의 '아름다움'에 반쯤 사로 잡힌 그들은 순식간에 그녀의 말을 받아들였으며, 동시에 그녀의 행동 이면을 캐려는 생각조차 하지 않았다.

헤르메스도 그런 똘마니 중의 하나였을 터.

프레이야의 심중을 읽었는지 그는 오른손을 들고 가슴 앞을 턱 두드렸다.

"나도 프레이야 님께는 푹 빠졌지. 하지만 아무 생각도 하지 않을 정도로 침을 질질 흘리고 다니는 건 아니야."

……다시 말해, 광대놀음이었다는 소리다.

프레이야에게 넋이 나갔던 것도, 주위와 똑같이 떠들어

댔던 것도 모두.

'방심 못하겠는걸.'

유약한 척 연기하는 눈앞의 신에게 프레이야는 속으로 중얼거렸다.

"이제까지와는 수법이 달랐으니 다른 신들 중에서는 알아차린 녀석이 별로 없을 것 같지만."

프레이야의 남자 수집벽은 공공연하지만, 여느 때 같으면 즉시 스카우트하러 나서서 직접 **함락시킨다**.

평소의 그녀 같으면 강렬하게 접근을 감행했을 것이다. 벨에게만은 이제까지와 분명히 경향이 달랐다고 할 수 있다. 예전의 프레이야 같으면 이렇게 번거로운 짓은 절대 하지 않는다.

반쯤 소년을 방치해둔 이번 움직임은 '매료'되지 않은 신들조차 알아차리지 못했다.

"그만 됐어."

프레이야는 귀찮다는 듯 헤르메스의 말을 끊었다. 자신이 벨을 점찍어두었음을 감추려 하지도 않고, 본론으로 넘어가라며 은색 눈동자로 채근했다.

"당신의 장난감에 손을 댈 마음은 없어. 그저 난 그의 힘을 눈으로 보고 싶을 뿐."

진지한 표정으로 여기까지 역설한 헤르메스는.

다음으로는 웃는지 우는지 알 수 없는 표정으로 애원했다.

"그러니——내 【파밀리아】에 쳐들어오지 말아줘, 프레이야 님!!"

"......"

제발 봐 달라는 양 울먹이는 시늉을 하는 헤르메스에게 어이가 없어진 프레이야는 정말로 오랜만에, 버러지를 보는 듯한 눈빛을 했다.

【프레이야 파밀리아】는 【로키 파밀리아】와 나란히 오라리오의 최강 파벌이다. 프레이야가 마음먹고 밟으려 들면 【헤르메스 파밀리아】는 순식간에 사라지고 만다.

보험을 들러 왔다는 말도 사실일 것이다. 헤르메스도 자신의 【파밀리아】에 애착은 있는 모양이었다.

그런 한편, 거짓말은 하지 않았지만 사실을 말하지도 않았다.

프레이야는 그렇게 간파했다. 소년의 힘을 확인하고 싶다는 그의 진의를 꿰뚫어보고자 눈을 가늘게 뜬 그녀는······

이내 그만두었다.

바보 같은 짓이라고 한숨을 쉬었다.

눈앞의 신과 서로 속내를 캐려해봤자 시간 낭비임을 깨달았기 때문이다.

"뭐, 됐어."

여전히 애원하는 헤르메스를 무시하며 프레이야는 그의 행동에 눈을 감아주기로 했다. 벨에게 위해를 가하려는 것이 아니라는 말만은 진실임을 알았다.

허락을 받은 헤르메스는 눈에 뜨이게 안도했다.

"오오, 프레이야 님, 고마워! 이 은혜 평생 잊지 않을게! 앞으로 무언가 힘든 일이 있으면 말해달라고. 그때는──."

"단."

프레이야는 헤르메스의 말을 끊으며 일어난다.

다시 광대놀음을 하려는 그의 어깨에 손을 얹고 자세를 낮추더니 그의 귓가에 입술을 가져간다.

"기억해둬. 그 아이와 놀아도 되는 건 **나뿐이야.**"

요염한 목소리로 속삭인다.

의지도 이성도 상관없이, 오싹 소름이 돋게 만드는 목소리에 헤르메스는 한순간 시간이 멈춘 것을 느낀 후 입가를 뻣뻣하게 굳혔다.

"아, 알았어, 당신에게 맹세코……."

"그래. 믿고 있을게."

땀을 흘리면서 고개를 끄덕이는 그에게 프레이야는 웃음과 눈웃음을 보내며 몸을 일으켰다. 먼저 나가라고, 출구인 참나무문을 가리키며 길을 터주었다.

작별 인사도 어중간하게 남긴 채 재빨리 퇴실하는 헤르메스.

"죽는 줄 알았네……."

오탈에게 압도되었던 아스피와 함께 중얼거리는 그의 뒷모습을 프레이야는 잠자코 지켜보았다.

콰당, 커다란 쌍여닫이문이 닫혔다.

"괜찮으시겠습니까."

헤르메스 일행이 방에서 사라진 후 오탈이 입을 열었다.

"말은 저렇게 했지만 눈이 닿지 않는 곳에서 간섭을 할지도 모릅니다. 주제넘은 말씀이오나…… 저 신은, 수상합니다."

오탈의 충언——그 가차 없는 말——에 프레이야는 후후 웃음을 흘렸다.

"그때는 그때."

방 한가운데에서 이동해 거대한 창문 앞으로 다가간다.

벽 한 면을 통째로 메운 장방형 유리에서는 달밤의 빛이 스며들어 프레이야의 발치를 적셔주었다.

"최근 이슈타르가 내 움직임을 눈여겨보고 있어. 함부로 정보를 주었다가 파고들 여지를 만드는 것도 귀찮고……. 헤르메스가 무슨 짓을 할 생각이라면 그래도 상관없어."

신회에서 대들었던, 같은 '미의 신'을 떠올리며 오탈에게 말했다.

헤르메스는 벨에게 해를 입히지 못한다는 사실만 알아두면 충분했다.

창밖을 내려다본다.

바벨 최상층에서 내려다보이는 것은 오라리오의 전경이다. 이곳에서는 조그만 입자로밖에 보이지 않는 인파의 흐름이 각자 메인 스트리트를 중심으로 움직인다. 대로 양옆을 따라 이어진 가로등 불빛은 은하수처럼 현란했다.

프레이야는 천천히 그 가녀린 턱을 끌어당겼다.

탑 바로 아래에 펼쳐진 센트럴 파크.

바벨 문 앞에 모여 있는 어떤 한 집단을 발견하고 그녀는 미소를 보냈다.

"왜 이리 늦었어, 헤르메스!"

지금 막 바벨에서 나온 헤르메스에게 헤스티아는 노성을 질렀다.

장소는 바벨 서문 앞. 밤의 장막이 내려온 센트럴 파크는 낮에 비해 인파가 확 줄었다. 빈 공간이 눈에 뜨였으며, 드문드문 심어진 활엽수는 적막감을 유지했다.

수색대 준비는 이미 갖춰졌다. 헤스티아는 신이라는 사실이 들통 나지 않도록 여행용 로브를 걸치고 소형 백팩까지 짊어졌다. 서포터인 릴리의 차림과도 비슷했다. 미코토를 비롯한 【타케미카즈치 파밀리아】도 모여, 이제는 출발만 하면 된다.

기다리다 못해 화가 난 헤스티아에게 아스피와 함께 다가온 헤르메스는 쓴웃음을 지었다.

"아~ 개인적인 용무랄까 수속이랄까……. 이것저것 있어서 말이지."

조금 지친 표정으로 바벨 최상층을 올려다본 후, 늦어서 미안하다고 솔직하게 사과하는 헤르메스.

조바심이 나려는 마음을 억누르지 못하는 헤스티아는 빨리 출발하자고 호령하려 했다.

"……헤스티아 님."

"!"

그때 미코토가 가까이 다가와 귓속말을 해 헤스티아도 알아차렸다.

그녀들 앞에 한 사람, 정체 모를 인물이 다가오고 있음을.

허리까지 오는 후드 달린 케이프 차림이었다. 후드를 깊이 눌러써서 얇은 입술을 제외하고는 얼굴이 잘 보이지 않았다. 아래쪽은 반바지와 함께 허벅지를 절반 정도 감싸는 롱부츠를 착용했으며 꺾여버릴 듯 가느다란 각선미가 눈에 뜨였다.

케이프 끝자락 너머로 허리에 꽂힌 긴 목검과 소태도 두 자루가 언뜻 엿보였다.

가녀린 몸집으로 보건대 여성이 아닐까. 모험자의 배틀 클로스로 몸을 감싼 그녀는 아무 말도 하지 않고 헤스티아 일행의 정면에서 발을 멈추었다.

긴장하는 일행에게 헤르메스가 웃으며 말했다.

"그녀는 도우미야. 엄청 강하다고. 걱정하지 않아도 돼."

의아해하는 눈으로 헤르메스를 돌아본 헤스티아는 다시 한 번 도우미라 불린 인물을 살펴보았다.

후드 안에서 엿보인 눈은 맑디맑은 하늘색이었다.

복면 모험자를 더해, 수색대는 바벨의 문 앞을 출발했다.

벨의 파티를 구하기 위해 헤스티아 일행은 광대한 지하미궁으로 진입했다.

3장

미궁결사행

짐승의 흉포한 포효가 금세 비명으로 바뀌었다.

가느다란, 그러면서도 날카로운 바람 가르는 소리에 단말마의 비명이 연속으로 이어졌다. 허공을 내달린 목검은 주위에 잔상마저 남기며 일방적인 활약을 연출했다.

심상찮은 속도로 펄럭이며 요란하게 공기와 부딪치는 케이프. 인광을 받아 후드 안에서 엿보이는 하늘색 눈동자가 빛난다.

열 마리는 될 법한 몬스터에 포위된 가운데 그녀는 회오리바람처럼 적을 쓸어 넘기고 있었다.

『키익?!』

『카악——?!』

앞으로 파고든 오른발에 반응하지 못한 알미라지가 대각선으로 잘려나갔다. 돌아온 칼날에 바로 옆에 있던 한 마리가 날아가고, 다시 이어지는 올려베기에 또 한 마리. 도합 세 마리의 몬스터가 한순간에 격파되었다.

몬스터들의 포위망은 의미를 이루지 못했다. 케이프를 두른 복면 모험자의 속도를 따라갈 수 없었다. 등을 드러낸 그녀에게 헬 하운드가 송곳니 사이로 타액을 뿌리며 달려들었지만, 팽이처럼 회전한 목검의 먹이가 되어 아래턱이 박살난 채 날아가버렸다.

『키아악!』

찢어지는 울음소리를 내며 네이처 웨폰인 토마호크를 투척하는 두 마리의 알미라지.

토끼 몬스터의 일격필살 공격에 대항하여 복면 모험자는 두 발 중 한 발을 목검으로 쳐내고——나머지 하나를 한 손으로 척 잡아냈다. 지체하지 않고 도로 집어던진다.

눈을 크게 뜬 알미라지는 안면에 토마호크가 박혀 뒤로 날아가 쓰러졌다.

남은 한 마리가 바로 옆에서 사라진 동료에게 아연실색하고 있으려니 그림자가 머리 위로 드리워지고, 흠칫 앞을 돌아본 순간에는 이미 목검이 이마로 빨려 들어갔다.

『끼이익?!』

짓이겨진 울음소리와 함께 새빨간 눈알이 눈구멍에서 튀어나오며 알미라지는 숨이 끊어졌다.

"세, 세다……."

"저 숫자를, 혼자서."

"아, 아으으……."

시선 너머 전방의 광경을 쳐다볼 수밖에 없었던 【타케미카즈치 파밀리아】 멤버 미코토, 오우카, 치구사는 하는 말은 다를지언정 충격을 공유했다.

현재 위치는 던전 제13계층.

헤스티아 이하 벨 수색대는 출발한 지 몇 시간 만에 이미 '상층'을 돌파해 '중층'으로 접어들었다. 진행 속도는 당초 예상을 아득히 넘어섰다.

이 진행상황은 어디까지나 복면 모험자의 활약 덕에 가능했다.

다른 자들은 나설 틈도 없이 그녀가 몬스터를 격퇴했다. 현재 미코토의 경지와는 아득히 떨어진——과거 【질풍】이라는 별명으로 불렸을 정도로——그녀의 실력은 Lv.4.

헤르메스의 심복인 아스피조차 넋이 나갈 만한 속도와 강인함은 상층, 중층의 몬스터가 떼로 몰려들어도 당해내지 못했다.

『워어어어어어어어어어어어어어어!!』

격렬한 회전음과 함께 통로 안쪽에서 아르마딜로 몬스터, 하드 아머드가 돌진했다.

밀려드는 거대한 포탄에 맞서는 복면 모험자는 조용히 소태도를 뽑았다. 접촉하기 직전, 잽싸게 적의 진로에서 몸을 틀어 엇갈리면서 역수로 쥔 칼날을 수평으로 번뜩였다.

격렬한 회전도 개의치 않는 참격의 선이 똑바로 내달리자 주르륵 미끄러져 떨어지는 몬스터의 몸.

네 개의 고깃덩어리로 분리되어 허공을 춤추며, 아연실색한 미코토 일행의 눈앞에 털썩털썩 떨어진다.

"뭐, 편하고 좋군요. 중층에서도 전열은 그녀 한 사람에게만 맡겨도 전혀 문제가 되지 않을 것 같습…… 어이쿠."

강력한 전열을 쳐다보며 말하던 아스피는 파티의 후방, 통로에 뚫린 수평굴에서 출현한 몬스터에게 의식을 돌렸다. 【타케미카즈치 파밀리아】도 흠칫 돌아보고, 헤스티아와 헤르메스를 지키기 위해 등으로 감쌌다.

"실례, 이쪽으로."

"예?"

뒤에서 헬 하운드 두 마리를 무시하고 아스피는 백팩을 짊어진 치구사의 어깨를 끌어당겼다. 벽 쪽에 서 있던 그녀를 등 뒤로 밀어붙이자──바위굴 벽면에서 두더지가 땅 속을 파고 지나간 것 같은 융기가 일직선으로 나아갔다.

아스피는 장착한 순백색 망토의 안쪽, 허리춤에서 단검을 뽑았다.

그와 거의 동시에 벽 속을 뚫고 나아가던 '던전 웜'이 힘차게 튀어나왔다.

얼굴은 없으며 이빨이 늘어선 입만이 존재하는 지렁이와 비슷한 몬스터는 추악한 몸통을 꿈틀거리며 허공을 갈랐다. 벽 내부를 뚫고 이동해 튀어나온 미궁의 포식자에게 아스피는 정면으로 검신을 날려 입부터 꼬리까지 단숨에 베어버렸다.

피를 뿜으며 두 쪽으로 갈라지는 던전 웜. 깔끔하게 등분된 길다란 몸이 좌우로 흘러나가는 광경에 치구사는 뻣뻣하게 굳어버렸다.

"냉큼 해치워버리지요."

아스피는 그대로 헬 하운드를 쳐다보더니 다시 허리에 손을 가져갔다.

그녀의 가녀린 허리에 감긴 것은 두꺼운 가죽제 벨트

였다. 단검 칼집도 꽂아놓은 그 허리띠에는 수많은 홀스터가 매달려 있었으며, 안에는 각자 다른 아이템을 수납해두었다.

홀스터 하나에서 꺼낸 것은 이끼 색 액체가 담긴 조그만 병이었다. 아스피는 이를 헬 하운드에게 집어던졌다.

『끅?!』

『……우, ……읍읍?!』

명중한 병은 깨지고 안에서 넘쳐난 액체가 몬스터들의 얼굴을 덮었다. 끈적끈적한 용액은 강한 점성으로 달라붙어 화염을 머금은 헬 하운드들의 입을 막아버렸다.

달라붙은 이끼색 점액을 떼어내려고 발버둥을 치는 몬스터들에게, 아스피는 이번에는 나선이 새겨진 다트를 뽑아 투척했다.

두 개의 다트는 정확하게 이마에 꽂혀 몬스터들의 숨통을 끊었다.

"이렇게만 가면 후열 또한 저 혼자서 충분하겠군요."

도구를 구사하여 어려움 없이 몬스터를 쓰러뜨린 그녀에게 미코토 일행의 시선이 모였다.

아스피 알 안드로메다.

【헤르메스 파밀리아】소속 상급모험자. 신들에게 받은 칭호는 【만능의 페르세우스】.

오라리오에서도 다섯 명만이 가진 레어 어빌리티 '신비'의 보유자이며, 동시에 희대의 아이템 메이커이기도 하다.

"……헤르메스, 너희 단원은 다들 Lv.2 아니었어?"

"하하하, 그러고 보니 【랭크 업】 신청하는 걸 깜빡했네!"

헤스티아가 노려보며 묻자 헤르메스는 웃으며 뻔뻔하게 대답했다. 중층 몬스터를 가볍게 상대하는 아스피의 실력은 분명 Lv.2를 넘어선 것이었으며, 그도 선선히 이를 인정했다.

모난 돌이 정 맞기 때문은 아니겠지만, 【헤르메스 파밀리아】는 일부러 지위와 명성을 버리고 중견 이하에 머물려는 변종들인 것 같았다.

두드러지는 것을 좋아하지 않고 중간을 자처하는, 실로 헤르메스다운 처세술이라고 천계에서도 오랫동안 알고 지낸 사이였던 헤스티아는 속으로 생각했다.

"……어둡군."

몬스터와의 조우가 끊어져, 제13계층을 나아가면서 헤스티아가 중얼거리는 소리가 공연히 주위에 크게 울려 퍼졌다.

광원이 일정량 확보되던 상층이라면 모를까, 인광이 부족한 중층은 매우 어둡다. 아이들은 언제나 이런 곳에 내려온단 말인가.

【스테이터스】로 시각을 비롯한 오감이 강화되는 그들은, 조금이라고는 하지만 인광이 존재하는 덕에 시야는 충분히 확보할 수 있을 것이다. 하지만 '아르카눔'을 봉인하고 일반인 이하의 몸으로 전락한 헤스티아에게 이 지하미궁

은 너무나도 어둡고, 또한 으스스했다. 발밑이 잘 보이지 않아서, 솔직히 뛰는 데도 용기가 필요했다.

어둠은 심신을 압박하고 평소보다도 불안을 조장한다. 그것은 신이라 해도 다를 바가 없다. 답답하게 여겨질 정도로 숨이 막히는 감각을 잊고자 헤스티아는 오른손에 든 램프 비슷하게 생긴 휴대용 마석등으로 이곳저곳을 비춰보았다.

회색의 공허한 암벽에 '랜드 폼'이라 불리는——네이처 웨폰이 들어 있는——불룩한 바위, 그리고 지면에 굴러다니는 반쯤 부서진 검의 잔해.

응? 그 잔해를 따라가며 비춰보니 피에 물든 헬 하운드가 빛을 잃은 눈으로 헤스티아를 올려다보고 있었다.

"끼야악?!"

"어이쿠."

소리를 지르며 흠칫 몸을 젖히는 그녀를 헤르메스가 뒤에서 받쳐주었다.

지면에 드러누운 헬 하운드는 이미 죽은 상태였다. '마석'을 추출하지 않아 원형이 남은 시체는 오랫동안 방치되었는지 코를 찌르는 썩은 냄새가 풍겼다. 쿵쾅쿵쾅 뛰는 심장을 진정시키며 헤스티아가 뒤를 돌아보자 헤르메스가 눈썹을 늘어뜨리며 슬쩍 쓴웃음을 지었다.

여행에 익숙하고 밤눈까지 밝다는 그는 헤스티아보다도 훨씬 던전에 잘 적응한 것 같아 조금 얄미웠다. 자신도 모르게 입술을 비죽거리며 헤르메스를 올려다보았지만, 무언가 떠오르는 바가 있어 다시 아래를 내려다보았다.

부서진 검, 피에 물든 주검. 마치 그것은 모험자와 몬스터가 서로를 동시에 해쳤음을 보여주는 것 같았다. 적어도 마석을 회수할 여유가 모험자에게 없었다는 뜻이다.

벨의 안부에 불안을 품은 헤스티아는 검의 잔해에 소년의 모습을 겹쳐보고 말았다.

목을 꼴깍 울리는 헤스티아의 옆에서 오우카가 나직한 목소리로 아스피에게 물었다.

"……안드로메다, 그래서 어딜 찾는 거지? 무턱대고 뒤져봤자 벨 크라넬 일행은 발견하기 어려울 텐데."

어깨도 널찍하고 키는 190C에 이르는 우락부락한 그의 질문에 아스피는 흘끔 시선을 보내더니 다시 앞을 보았다.

"당일치기 장비로 중층에 갔던 벨 크라넬 일행이 미궁 내에서 체류하지는 않았을 것입니다. 무언가 사고를 만나 이 층역을 탈출하지 못하는 상황이라고 생각하는 것이 타당하겠지요."

"사고, 라고요?"

"예. 전멸을 면했으면서, 아울러 하루 이상 중층에 머물고 있는 그들의 움직임은 도무지 이해하기가 힘이 듭니다. 아마 수직굴에 떨어진 것이 아닐는지요."

미코토와 치구사가 눈을 크게 뜨는 가운데 아스피는 안경을 고쳐 썼다.

"자력으로 돌아오지 못할 만큼 깊은 계층에 떨어진 그들이 취할 행동은 무엇일까요. 몬스터의 위협 속에서 광대한 미궁을 무턱대고 헤맬 가능성은 낮습니다. 그런 어리석은 선택을 할 파티라면 하루도 버티지 못하고 전멸했을 것이라고…… 저는 그렇게 봅니다."

여기서 잠시 말을 끊고 그녀는 결론을 내렸다.

"지상으로 귀환하는 길을 버리고, 일부러 세이프티 포인트인 18계층으로 가고 있다……. 일고의 가치가 있지 않겠습니까."

오우카는 믿을 수 없는 말을 들은 것 같은, 그런 표정이었다.

"……정말로 실행했을까, 그런 짓을? 제정신으로?"

던전의 두려움을 겪어본 자라면 미도달계층에 함부로 발을 들이는 것이 얼마나 위험한 일인지 뼈에 사무치게 잘안다. 그것은 말 그대로 스스로 무덤을 파러 가는 짓이나 마찬가지다.

"저라면 그렇게 하겠습니다."

방울소리와도 같은 목소리가 울렸다.

이제까지 한 번도 말을 하지 않았던 복면 모험자가 입을 열었다.

파티의 선두에 선 그녀의 등을 오우카 일행이 홱 돌아보았다.

"그리고 그들도——아니, 모험을 한 차례 넘어선 그들

이라면 돌아보지 않고 앞으로 나아갔을 것입니다."

낭랑한 목소리는 일행 사이에 울려 퍼졌다. 복면 모험자는 그 이상 아무 말도 하지 않았다.

케이프에 가려진 그 옆얼굴을 한동안 바라보던 아스피가 물었다.

"헤르메스 님은 어떻게 생각하시는지요?"

"응, 나도 두 사람의 의견을 지지해."

"으음, 나도……벨은 밑에 있는…… 그런 기분이 드네……."

헤르메스의 옆에서 머리에 두 손을 가져다대며 헤스티아가 대답했다.

벨에게 내려준 '은혜'의 존재는 막연하게 느껴지는 정도이므로 자세한 장소까지는 알 수 없다. 현재의 헤스티아는 인간의 범주를 넘어설 수 없다. 그러나 권속과의 유대를 더듬어나가듯, 자신의 발보다도 깊은 장소에 의식을 돌렸다.

눈을 감자 칠흑의 포니테일이 다우징이라도 하듯 지면을 향해 꾸물꾸물 물결쳤다.

"찬성이 넷……. 그럼 결정 났군요. 18계층행을 당면 방침으로 삼겠습니다."

아스피가 자신을 포함한 찬성표를 헤아리고 오우카나 미코토, 치구사도 그 다수결에 이의를 제기하지는 않았다. 일행은 수색을 하면서 더욱 낮은 계층으로 나아갔다.

대열은 그대로 유지해 복면 모험자를 전열에 두고, 헤스티아와 헤르메스를 에워싸듯 아스피와【타케미카즈치 파밀리아】멤버들이 뒤를 따랐다. 강력한 전열이 몬스터를 거의 다 물리치고 길을 깔끔하게 열어주니, 다른 사람들은 기습에만 대비하면서 미궁을 나아갔다.

서포터인 치구사에게서 빌린 창과 방패를 구사해 미코토와 오우카는 안전하면서도 착실하게 몬스터의 습격을 물리쳤다. 여기에 아스피의 원거리 근거리를 가리지 않는 유격이 더해지면 파티에 사각은 존재하지 않았다.

"하지만 이제 막 중층에 진출한 파티가 18계층으로 가겠다는 결단을 하다니……."

"예. 그들 중에는 배짱이 두둑한 참모가 있는 모양입니다."

미코토와 아스피의 대화가 미궁에 메아리를 치는 가운데 그들은 탁 트인 룸에 도착했다.

이곳에 오기까지 몇 번인가 보았던, 암벽으로 에워싸인 돔 형태의 공간. 중심부에는 밑으로 이어지는 우툴두툴한 계단이 다음 계층까지 이어졌다.

계층과 계층을 이어주는 계단이다.

"정규 루트를 따라가고 있는 것 같네만, 도중에 있었던 수직굴에 뛰어드는 편이 빠르지 않겠나?"

"아닙니다, 헤스티아 신. 중층의 수직굴은 열렸다 닫히기를 반복하며 무작위로 출현합니다. 함부로 뛰어들면 현재 위치를 파악할 수 없게 되므로…… 2차 조난의 우려가 있습니다."

"게다가 벨 군이 귀환을 시도할 가능성도 버릴 수는 없으니 말이지. 딱 맞닥뜨릴지도 모르니까 올바른 길을 따라가는 편이 나아."

미궁을 탈출하기 위한 계단…… 상부로 이어지는 연결로를 이용한다. 이는 절대조건이다. 만에 하나 벨 일행과 엇갈리지 않기 위해서라도 정규 루트를 최고속도로 나아가는 것이 가장 좋은 방법이라고 【헤르메스 파밀리아】는 대답했다.

헤스티아가 이해하고 고개를 끄덕이는 한편 복면 모험자가 움직였다.

케이프 자락을 펄럭이며 계단을 내려가는 그녀를 따라 일행은 다음 계층으로 향했다.

한계까지 잡아당긴 활시위처럼.

공기가 긴장을 머금고 팽팽해졌다.

"냄새 주머니가, 다 떨어졌어요……."

당장이라도 흔들릴 듯 긴박한 릴리의 목소리.

그 선언에, 벨프의 머릿속에서는 팽팽하던 활시위가 끊어지는 환영이 보였다.

장소는 16계층, 어떤 통로. 아래쪽 계층으로 이어지는 수직굴을 발견하기 위해 계속 걷던 세 사람은 동굴 형태의 길 한복판에서 발을 멈추고 있었다. 멈출 수밖에 없었다.

공기가 무거웠다. 호흡이 뜨거웠다. 중압감은 이루 말할 수가 없었다.

몬스터의 습격으로부터 세 사람을 지켜주었던 악취는 이미 사라졌다. 그리고 그 악취 대신 나타난 것은 짙은 살기였다.

알몸뚱이나 마찬가지인 자신들에게 밀려드는 압박감은 숫제 벨프가 허용할 수 있는 정도를 넘어섰다. 심장이 뛰는 충격 때문에 시야가 흔들리는 경험은 처음이었다. 자칫 끊어질 것 같은 의식을 이를 악물고 필사적으로 붙들어 맸다.

곁에서 어깨를 지탱해주는 벨의 몸도 뜨거웠다. 투욱. 릴리의 떨리는 손에서 미끄러진 냄새 주머니가 바닥에 떨어져 터졌다.

벨프 일행의 눈앞은 전방에 못 박혔다.

시선 저 멀리, 막막한 어둠 안쪽에 도사린 존재가 땀을, 심장 고동을, 전율을 환기시켰다. 지금 당장이라도 몸을 좀먹을 만큼 강렬한 기적은 틀림없이 저 어둠 너머에서 솟아나고 있었다.

말도 안 돼. 뭐야. 이게. 웃기고 앉았어──.

생각할 수 있는 모든 단어가 벨프의 머리를 가로질렀다.

몰라, 이런 건 몰라. 이렇게 부조리한 건 이제까지 만나

본 적이 없어. 벨프는 그렇게 단언할 수 있었다. 이 흉흉한 살기를 정말로 몬스터가 뿜어내고 있느냐고, 누구에게든 좋으니 캐묻고 싶었다.

이윽고. 쿠웅, 쿠웅.

어둠 안쪽에서 땅울림이 다가왔다.

단두대가 자기 발로 다가오는, 그런 악몽 같은 착각에 사로잡혔다.

이것은. 이것은. 이것은.

벨프의 머리가 최대급의 경종을 울려댔다. 저항하듯 등에 장비한 대도 자루를 손이 새하얗게 변할 정도로 움켜쥐었다.

그리고 억지로 눈썹을 치켜세우며, 노려보듯 어둠 속을 응시하니——지나갔다. 거대한 화톳불처럼 타오르는 천장 부근의 인광에 비쳐 적동색 피부가 뚜렷이 나타났다.

거친 콧김을 뿜으며, 엄청난 근육을 부풀리며, 바위 같은 발굽을 내디디며.

굵은 뿔을 과시하듯, 몬스터는 벨프 일행의 앞에 나타났다.

"——."

우두인신.

2M을 넘는 거구.

배틀액스와 분간이 가지 않는 특대급 네이처 웨폰을 두 손으로 들고, 이쪽을 내려다보는 맹우(猛牛) 몬스터.

처음으로 마주친 적, '미노타우로스'에게 벨프는 호흡을 빼앗겼다.

『부우워어어어어어어어어어어어어어어어어어어어어어어어어어어어어어어어!!』

항전은 불가능했다.

우선 의지가 꺾였다. 다음으로 전의가 꺾이고, 마지막으로는 맞설 기력이, 본능이.

강렬한 '하울링(포효)'.

생물의 몸과 마음을 '공포'로 옭아매는 무시무시한 위협. Lv.2로 분류되는 미노타우로스의 포효를 받아 Lv.1인 벨프는 속절없이 강제정지에 빠지고 말았다. 손에 쥔 대도 자루를 칼집에서 뽑지 못한 채 얼어붙었다.

지체하지 않고 지면을 박차며 달려온 미노타우로스가 거대한 돌도끼를 쳐들었다.

맹우의 두 눈에 비친, 공포에 빨려 들어간 자신의 모습.

──죽었다.

밀려드는 몬스터를 앞에 두고 벨프는 자신의 최후를 각오했다.

다음 순간── 휘청.

"?!"

벨프의 시야가 흔들렸다.

이제까지 몸을 지탱해주었던 어깨가 사라졌다.

중심을 잃고 쓰러지려는 그 몸을 릴리가 재빨리 받쳐주었다. 무릎을 꿇고 쓰러지려는 것을 간신히 버틴 벨프가 고개를 들자.

그 등이 달려나가고 있었다.

『워어어어어어어어어어어어어어어어어어어어어——
——어어!!』

포효를 지르는 미노타우로스에게 정면으로, 백발 소년이 돌진한다.

마치 벼락처럼. 멧토끼처럼.

두 눈을 한껏 뜬 벨프의 목이 떨리기도 전에.

그 고속의 검광이 뿜어져나갔다.

『부우웍?!』

참격이 몬스터의 정중선을 포착하고 충격을 받아, 거대 돌도끼를 두 손에서 지면으로 떨어뜨린다.

피보라를 뿜는 미노타우로스에게 오른손에 칠흑의 나이프, 왼손에 붉은 단도를 쥔 소년은——멈추지 않았다.

신속으로, 베어냈다.

『 _____

——워어어어어?!』

엄청난 수의 검광이 미노타우로스의 몸을 메웠다.

남보라색, 비홍색, 다시 남보라색. 공격과 함께 새겨지는 빛의 원호. 역수로 장비한 두 자루의 나이프가 교대로,

그리고 잇달아 날아가, 터져나오는 절규마저 갈기갈기 갈라버렸다.

눈앞의 장렬한 광경에 릴리와 함께 눈을 껌뻑이는 벨프는 깨달았다.

벨이 **스위치**를 넣었다.

아무도 의심할 수 없는 강적을 앞에 두고 전력으로 쓰러뜨리려 한다. 이제까지와는 차원이 다른 속도와 날카로운 움직임——빨라도 너무 빠르다. 벨프와 릴리의 눈으로도 따라갈 수 없는 참격의 폭풍은 미노타우로스에게 반격을, 저항을 허용하지 않고, 그 강인한 몸에 치명상을 꽂아나 갔다.

눈에도 보이지 않는 연속베기.

속도와 공격횟수를 살린 토끼의 맹공. 말하자면 래빗 러시.

마지막의 수평 강베기를 몸통으로 받은 미노타우로스는 갈기갈기 찢긴 몸으로 물러나더니 휘청거리고, 다음에는 단말마의 비명과 함께 뒤로 쓰러져버렸다.

몬스터의 몸이 완전히 침묵했다.

"……!"

쓰러진 미노타우로스를 보고 벨프와 릴리가 아연실색한 것도 찰나, 벨은 지면에 떨어진 조금 전의 돌도끼를 들고 자세를 잡았다. 그가 시선을 보내는 곳, 통로 안쪽에서는 새로이 세 마리의 미노타우로스가 나타나 이쪽으로 달려오고 있었다.

밀려드는 울음소리에 이번에야말로 할 말을 잃었다. 지금의 벨이라도 미노타우로스를 세 마리 동시에 상대할 수는 없다.

그러나 소년은 도망치지 않고, 지릉, 지릉.

종과 비슷한 조그만 소리를 내며 도끼를 든 두 손에 하얀 빛의 입자를 모아나갔다.

──저건.

전에 본 적이 있는 빛의 입자에 벨프가 기억을 되살려내려 하는 한편, 미노타우로스 세 마리는 바로 코앞까지 육박하려 했다.

시간으로는 10초 남짓한 차지(charge). 벨은 돌도끼를 오른쪽 어깨 위로 치켜들고 질주했다.

눈 깜짝할 사이에 사라진 간격. 뿔을 내밀고 돌격하는 세 마리의 맹우에게 그 일격이 내리꽂혔다.

"──────하아아!!"

빛의 대참격이 해방되었다.

눈부신 순백색 광채. 도끼에 충전된 빛의 일격은 적의 돌진마저도 집어삼키며 쩌렁쩌렁한 폭음 너머로 미노타우로스를 지워버렸다. 통로와 함께 박살을 내버린 것이다.

원형으로 터져나가는 지면, 균열이 벼락 모양으로 내달리는 암벽과 천장. 인펀트 드래곤을 물리쳤던 그때의 광경과 같다. 부서져나간 돌의 파편과 모래먼지가 곳곳에서 피어나 통로 일대를 유린했다.

이윽고 파편의 비와 연기가 가라앉았을 무렵.

산산이 부서진 돌도끼가 후두둑 소리를 내며 지면에 떨어졌다.

적의 모습은 이미 어디에도 존재하지 않았다.

"……."

한 걸음도 움직이지 못했던 벨프와 릴리는 말을 거는 것도 잊고 가만히 서 있었다.

이쪽에 등을 돌리고 선 벨은 가쁜 호흡과 함께 어깨를 들썩거렸다.

미노타우로스의 연속격파.

Lv.이나 스킬의 존재를 제외하더라도 엿볼 수 있는 날카로운 기술과 공격의 응수.

벨프는 이때 소년의 미노타우로스 단신격파가 뜬소문이 아님을 확신하기에 이르렀다.

──옥스 슬레이어(Ox Slayer).

그 소년의 등을 벨프는 숨을 죽이며 계속 바라보았다.

⊡

"이제 그만 설명 좀 해주지 않겠어, 헤르메스?"

헤스티아는 조용히 물었다.

수색대는 어스름에 휩싸인 던전 안을 여전히 나아가고

있었다. 헤스티아의 걸음에 따라 램프형 마석등이 하늘하늘 흔들려 미코토나 오우카, 치구사의 얼굴을 어렴풋이 비췄다.

헤르메스도 빛을 받아 얼굴에 음영을 드리웠다.

"뭘 말이야?"

"네가 벨을 구하려는 이유."

파티의 진형은 신들을 중심에 둔 편성이었다. 헤스티아와 헤르메스를 지키기 위해 전방에는 복면 모험자, 좌우에는 미코토와 오우카, 후방에는 치구사, 그리고 맨 마지막에 아스피가 섰다.

주위를 보호받으며 헤스티아는 곁에 있는 헤르메스를 빤히 올려다보았다. 헤르메스가 대꾸했다.

"어허, 이미 말했는데? 친구를 돕는 건 당연하다고!"

"그딴 건 이제 됐으니까. 여기까지 왔으면 이젠 시치미 뗄 필요도 없잖아? 확실하게 말해줘, 헤르메스."

헤스티아는 어조에 힘을 주었다. 파르스름한 기운이 담긴 눈동자는 진지한 빛으로 단단하게 다져진 것 같았다.

자신도 눈을 돌리지 않고, 상대가 눈을 돌리는 것도 용납하지 않는 그녀의 기백에 헤르메스는 체념했는지 잠시 후 힘이 빠진 듯 쓴웃음을 지었다.

"알았어, 헤스티아."

활처럼 구부러진 눈을 가늘고 긴 상태로 되돌리더니, 입가에는 웃음을 남긴 채 이야기를 시작했다.

"애초에 내가 이번 여행에서 빨리 돌아왔던 건 어떤 부탁을 받았기 때문이었어."

"부탁……?"

"그래. 어떤 인물이 벨 군을 좀 살펴봐달라고 했거든."

타케미카즈치도 수상쩍게 여겼던 빠른 귀환의 이유는 그 부탁이었다고, 주위 사람들에게는 들리지 않을 만큼 목소리를 낮추며 헤르메스는 털어놓았다.

"그 어떤 인물이라는 게 누구지?"

"자칭 '벨 군의 **양부모**'."

돌아온 대답에 헤스티아는 눈을 크게 떴다.

벨과 이야기를 하면서 몇 번이나 나왔던, 얼굴도 목소리도 모르는 존재. 소년의 할아버지.

그러나 그의 이야기에 따르면 그 사람은…….

"……벨의 할아버지는 돌아가셨다고 들었는데."

"어쩔 수 없는 사정이 있어서, 귀여운 손자에게도 설명을 못하고 죽은 척 몸을 감출 수밖에 없었다던걸."

어깨를 으쓱하는 헤르메스. 벨이 할아버지를 얼마나 좋아하는지 잘 아는 헤스티아는 복잡한 표정을 짓고 말았다.

"뭐, 아무튼 벨 군과 생이별한 후 은거하듯 살아갔는데……. 그 왜, 예전 신회 때 별명이랑 같이 레코드 홀더라는 명성도 세계에 쫙 퍼졌잖아? 차를 마시다가 듣는 바람에 그 자칭 양부모는 '푸허업?!' 하고 입에 든 걸 뿜어버렸다더라고."

재미있다는 듯 헤르메스는 말을 이었다.

"그래서 이것저것 궁금해졌지만 자신은 움직일 수 없고, 그러다가 우연히 나한테 이야기가 돌아오게 된 거지. 오라리오를 자주 드나드는 나에게 말이야."

간단한 얘기 아니냐며 헤르메스는 길고 가느다란 손가락을 척 세워 흔들어 보였다.

전방에서는 몬스터의 무리가 나타나 복면 모험자가 즉시 반격에 나섰다. 일방적인 전투가 벌어지는 가운데, 아스피나 다른 모험자들도 다른 방향에서 급습할지 모르는 몬스터에 대비하며 주위 경계를 게을리 하지 않았다.

파티 전체가 발을 멈춘 동안, 입을 다물고 있던 헤스티아가 꽉 억누른 목소리로 물었다.

"너를 심부름에 이용하는 **신**이라면, 설마……."

"난 의뢰주가 신이라는 말은 한마디도 안 했는데? 뭐, 이 사실은 비밀로 해 달라고 그랬으니까 알아서 착각해주면 대환영이지만?"

씨익, 헤르메스는 방심 못할 얼굴로 웃었다.

이야기를 얼버무려버리니 헤스티아는 내심 안달이 났지만 그 말에 거짓은 없다고 판단했다. 적어도 벨에게 위해를 가할 생각은 아닐 거라고, 공교롭게도 어떤 '미의 신'과 같은 결론에 이르렀다.

그 부탁이라는 것을 수행하는 이상 헤르메스도 벨이 죽는다면 난처해질 것이다.

"……헤르메스의 사정은 알겠어. 하지만 그렇다고 이런 곳까지 찾아와서 벨을 살펴야 할까? 기회는 얼마든지 있을 텐데. 네가 던전에까지 나올 이유를 나는 모르겠군."

헤르메스는 헤스티아의 반감을 사지 않도록, 혹은 성의를 보이기 위해 사실을 이야기하고 있다. 그러면서도 진의는 털어놓지 않는다.

그의 진짜 뜻은 어디에 있을까, 헤스티아는 단아하기 그지없는 그의 얼굴을 올려다보았다.

"부탁을 받은 것도 있지만, 나 자신도 벨 군에게 흥미가 있거든."

헤르메스는 웃었다.

난봉꾼 한량의 웃음이 아니라 신의 위엄이 엿보이는 조용한 표정으로.

"나는 이 눈으로 확인하고, 알아내고 싶은 거야, 헤스티아."

그 등황색 눈동자를 크게 뜨며 헤스티아의 눈앞까지 얼굴을 가까이 가져다댔다.

그리고 속삭이듯 말했다.

"시대를 짊어지기에 충분한 영웅의 그릇인지 아닌지를."

격렬한 폭염이 연속으로 터졌다.

강제로 자폭시킨 헬 하운드의 무리는 불똥에 휩싸이면

서 지면에 쓰러졌다. 벌써 몇 번인지도 모를 광경을 보며, 안티 매직 파이어를 발동한 벨프는 앞으로 내민 오른팔을 축 늘어뜨렸다.

내 귀 바로 옆에서 끊어질 듯한 숨소리를 토해냈다.

"_____."

"어?! 벨프!"

벨프의 머리가 축 늘어졌다. 그와 함께 몸에서도 힘이 빠져나가, 부축하는 내게 체중이 확 쏠렸다. 재빨리 허리와 다리에 힘을 주어 쓰러지는 것을 면했다.

엄청난 땀과 꽉 감긴 눈. 황급히 살펴본 내 눈에 완벽하게 정신을 잃은 벨프의 옆얼굴이 들어왔다.

'마인드 다운……!'

벨프에게 너무 많은 부담을 주었다. 거듭되는 마법사용으로 마인드를 잔뜩 소비해 몸이 한계에 이르고 만 것이다. 의식을 놓쳐버린 동료의 모습에 나는 처량할 정도로 눈가를 일그러뜨리고 말았다.

마인드 포션도, 듀얼 포션도 이미 다 떨어졌다.

벨프를 회복시킬 방법이 지금 우리에게는 없었다.

"……아."

갈라진 목소리와 함께 털썩 하고 뒤에서 무언가가 쓰러지는 소리가 들렸다.

돌아보니 릴리 또한 힘없이 눈을 감고 지면에 쓰러져 있었다.

"릴리……!"

몸을 질질 끌며 무릎을 꿇었다. 벨프와 마찬가지로 릴리도 기절했다.

극도의 긴장과 피로——'상층'과는 차원이 다른 '중층'의 중압감은 릴리의 몸을 연신 좀먹었던 것이다.

제대로 보급도 하지 않고, 오히려 나와 벨프가 아이템을 쓰게 했다. 파티에서 가장 【스테이터스】가 낮은 릴리의 체력은 분명 한참 전부터 바닥을 보였을 것이다.

"……!"

숨소리가 자신의 것 이외에는 들리지 않게 된 순간 단숨에 주위가 캄캄해진 기분이 들었다.

단순한 환각이다. 던전은 아무것도 바뀌지 않았다.

그러니 이것은 틀림없이……. 지금 내가 품은 심경이 드러난 것이다.

더는 동료들에게 매달릴 수 없는 상황. 오직 나 혼자라는 불안과 공포. 절망이 마음속에서 모습을 드러내려 했다.

심장 소리가 들렸다. 멍하니 눈을 깜빡이는 나를 거짓된 냉기가 에워쌌다.

"……큭!!"

이가 부서져 나갈 정도로 악물었다.

곁에 있는 릴리의 조그만 손을 잡고. 지금도 지탱하고 있는 벨프의 어깨를 붙들고.

약한 마음을 짓이겨버릴 것 같은 불안과 함께 나 자신을 후려쳐 날려버렸다.

겁을 먹을 틈이 없다. 움직여라. 나아가라. 일어나야 한다.

모두 함께 살아 돌아가야 한다……!

"미안해……!"

벨프의 대도, 릴리의 백팩을 포함해 짐을 모두 버렸다.

최소한도의 무장만을 남기고 나는 동료들의 몸을 들어 올렸다. 벨프는 오른쪽 어깨에 지고, 조그만 릴리는 왼쪽 옆구리에 끼었다.

통로에 파티원들의 장비를 남겨놓은 채 나아갔다.

"큭, 윽……!"

의식을 잃은 벨프와 릴리의 팔이 늘어져 진자처럼 흔들렸다.

기절한 사람의 몸은 당연하다는 듯이 무겁다. 그래도 옮길 수 있다. 움직일 수 있다. 【스테이터스】 덕에 내 빈약한 체격으로도 2인분 몸을 짊어지고 이동할 수 있다.

숨을 토해내고, 다리를 움직이고, 지면을 디딘다.

벨프가 만들어주었던 그리브(판금 정강이받이)가 잡음과 함께 크게 삐걱거렸다.

'몬스터와 맞닥뜨리기 전에, 수직굴을……!'

지금 몬스터에게 습격을 당했다간 끝장이다.

제대로 전투도 하지 못한 채 유린당하고 말 것이다. 릴리와 벨프도 지켜주지 못한다. 도망칠 수나 있을지 어떨지.

온몸에서 쏟아지는 땀, 비명을 지르는 온몸의 근육. 앞뒤 가리지 않고, 힘을 쥐어짜내 전진하고 또 전진했다.

"!"

발견했다.

십자로의 오른쪽, 10M만 걸어가면 막다른 곳이 되는 짧은 외길. 그 가장 안쪽에, 암벽에 반쯤 파묻히다시피 수직 굴이 뚫려 있었다.

고개를 돌려 몬스터가 없음을 확인하고, 빨려 들어가듯 구멍 쪽으로 서둘러 나아갔다.

한순간 눈 아래를 들여다보고, 구멍 가장자리에 발을 걸친 다음 단숨에 뛰어내렸다.

공기를 가르는 소리가 이어진 후 충격이 왔다.

"──으윽?!"

착지에 실패했다. 꼴사납게 다리부터 쓰러지고, 동시에 릴리와 벨프의 몸도 앞쪽으로 굴러갔다.

시큰시큰, 마비된 것 같은 통증을 떨쳐냈다. 한껏 눈에 힘을 주면서, 떨리는 손으로 싸늘한 지면을 짚고 일어나 두 사람이 있는 곳으로. 축축해진 뺨에 달라붙은 모래가 소리를 내며 떨어졌다.

땅에 내팽개쳐진 릴리와 벨프의 몸을 안고, 어스름이 지배하는 동굴을…… 제17계층을 나아갔다.

'몸에, 힘이 안 들어가…….'

납을 매달아놓은 것 같은 팔다리의 무게에 의식을 돌렸다.

분명 몸 상태가 이상했다. 몸이 아주 오래 전부터 호소하던 체력저하가 이제는 표면으로 드러나려 했다.

짐작 가는 것이 하나 있다.

【아르고노트】

밀려드는 미노타우로스를 상대로 구사했던 '스킬'의 힘. 그 차지 공격을 쏜 후 온몸에서 무언가가 쑥 빠져나가는 듯한 탈력감에 사로잡혔다. 마치 체력도 마인드도, 송두리째 가져가버린 것처럼.

그런 무시무시한 위력의 공격에 아무런 대가도 없다니, 그런 일이 있을 리 없다. 【아르고노트】의 반동을 질질 끌면서 나는 필사적으로 몸을 채찍질했다.

"허억, 허억……!"

벌써 던전 안을 얼마나 헤맸을까. 시간감각은 이미 망가져버렸다. 꼬박 하루, 혹은 그 이상의 시간이 지났을지도 모르지만 햇빛이 이렇게 그리워진 것은 처음이다.

제17계층은 상부 계층보다도 한층 어두워진 것 같았다. 몬스터는 여전히 나타나지 않았으며, 헐떡이는 숨을 고르지도 못한 채 몇 번이나 턱에 힘을 주었다.

이젠 그냥 무릎을 꿇어버리라고 몸 곳곳이 비명을 질러댔다.

머리도 찢어지는 환청을 울려댔으며, 이 바보 같은 고행에서 해방되고 싶어 한다.

이런 지하 깊은 곳의 어둠 속을 그저 혼자, 전혀 나타날 줄 모르는 출구를 찾고 있다니. 도달한다 해봤자 정말 그곳에 희망이 있을지 어떨지도 모르는데.

모든 것을 내던지고, 힘을 다 소진해버리고 싶었다.

그 충동은 매우 달콤하고 무엇보다도 매력적이라 지금 당장이라도 뛰어들고 싶었다.

"웃기고, 앉았어……!!"

동료의 몸을 고쳐 들었다. 벨프의 말버릇이 내게 옳은 것 같았다.

남은 것은 나 혼자. 내가 쓰러지면 릴리도 벨프도 끝난다. 끝나버린다. 극한상태 속에서 동료의 유대만을 의지해 중압을 밀쳐냈다.

갑자기――던전 속의 탁한 공기가 소리를 내며 구부러지더니 낫을 든 사신으로 바뀌었다. 그것은 내 목 뒷덜미를 저벅저벅 따라오며 몇 번이고 팔을 감아 속삭였다.

궁지를 넘어선 그 너머까지 몰려보고 알게 된 것이 있다.

이 유혹에 패배한 순간, 죽는다.

미궁에서 귀환하지 못했던 수많은 모험자들과 마찬가지로.

'진로는, 맞아…….'

바위굴은 점점 규모가 커져 수십 명의 집단이 지나갈 만큼 개방적인 구조가 되었다. 길도 갈림길이 적은 단순한 외길이 되어, 마치 입을 벌린 커다란 뱀의 몸속으로 걸어 들어가는 것 같았다. 천장도 높아서 횃불처럼 일렁이는 인광이 빛의 입자로밖에 보이지 않았다.

길이 넓어지는 방향으로 나아간다. 그러면 제17계층 가장 안쪽의 홀에 도달할 수 있다. 제18계층을 향해 출발하기 전에 릴리가 지시했던 대로 나는 점점 커져가는 통로를 따라갔다.

던전은 고요했다.

"······왜."

제17계층은, 너무나도 **지나치게 고요했다**.

억누르지 못했던 의문이 입에서 새나오고, 자연스레 먼 곳까지 울려 퍼졌다. 그리브가 걷어찬 돌이 소리를 내며 굴러가고, 조용하기 그지없는 어둠 속으로 빨려 들어갔다.

몬스터가 나타나지 않는다.

조금 전부터 기척을 느끼고 있는데도 이쪽을 습격하려 들지 않는 것이다. 부자연스러울 정도로 조우가 뚝 끊어지고 말았다.

마치 무언가를 고대하듯——아니, **무언가의 탄생을** 두려워하듯.

몬스터들은 몸을 숨긴 채 숨을 죽이고만 있다.

"······."

등줄기가 싸늘해졌다.

오한이 내달렸다.

하지만 멈출 수는 없었다.

이성이 본능을 꺾어, 발을 앞으로 내는 속도를 높였다. 온몸을 질타해 조금이라도 빨리 앞으로 나아갔다. 이 정적이 살아 있는 동안은 아직 늦지 않은 것이다.

나는 몇 번이고 넘어질 뻔하면서 거대한 괴물을 위해 마련된 것 같은 거대한 통로를 곁눈질도 하지 않고 나아갔다.

그리고.

"......!"

도달했다.

광대하고, 정말로 장대한, 거대한 홀.

형상이 엉망진창이었던 이제까지의 중층 룸과는 달리 질서정연한 직방체를 이루고 있었다. 내가 서 있는 커다란 원형 입구에서 홀 안쪽까지 200M은 되지 않을까. 깊이만 따지면 던전 팬트리(식량고)보다도 크다. 폭은 100M 정도이며, 지면에서 천장까지는 20M이 될까 말까.

벽도 천장도 우툴두툴한 암석 덩어리로 이루어진 대형 홀은 왼쪽 벽면만이 구조가 달랐다.

누군가가 잘 갈아놓은 것이 아닐까 눈을 의심할 정도로 표면에는 요철 하나 없다. 마치 수많은 석공의 손을 거친 것처럼 이음매가 존재하지 않는 벽면은 홀 끝에서 끝까지

© Suzuhito Yasuda

뻗어나가 시야를 가득 메웠다.

아름답기까지 한, 그러나 무엇보다도 부자연스럽고 기이한 그 벽을 나는 두 눈을 일그러뜨리며 올려다보았다.

"'통곡의 대벽'……!"

이것이 바로 그 유명한——.

그저 압도된 감정이 솟아났다가 사라졌다.

이 대형 홀에 도달해, 살아서 돌아온 모험자들이 이름을 붙인 제17계층 최후의 벽.

단 한 마리, 특정한 몬스터밖에 낳지 않는 이 방의 주인을 위한 거대 벽.

숨을 멈춘 나는 '통곡의 대벽'에서 힘차게 시선을 돌리고 홀로 발을 들였다.

이 장소에도 몬스터의 모습은 전혀 보이지 않았다. 시야 왼쪽에서 존재감을 뿜어내는 대벽에 몇 번이나 의식이 끌려 들어가는 가운데, 끊임없이 가슴을 떨면서 홀의 어둠을 헤치고 나아갔다. 눈을 감고 있는 릴리와 벨프의 몸에 손가락이 깊이 파고들어 풀릴 줄을 몰랐다.

아직 늦지 않았다.

지금이라면 아직, 아무 일 없이 이 장소를 그냥 지나칠 수 있다.

시야 안쪽, 저 벽 한복판에 뚫린 공동으로 도망쳐 들어가기만 하면——.

그렇게 일사불란 출구를 향하는 나를 비웃기라도 하듯.

쩌적.

"_____."

울렸다.

그 소리가.

휙 옆을 돌아본 곳.

경악으로 눈을 크게 뜬 내 정면.

거대한 균열이, 대벽 위에서 아래를 향해 벼락처럼 내달리고 있었다.

"……!!"

머리가 새하얗게 물든 한순간 후에는 달리고 있었다.

릴리와 벨프의 몸을 떨어뜨리지 않도록 꽉 붙들고, 무거운 두 다리를 열심히 들었다.

아직 공간의 절반도 나아가지 못했다. 멀다. 너무 멀다. 왜 이렇게.

흔들리는 시야 속에서 출구는 전혀 다가올 줄을 몰랐다.

그러는 동안에도 벽에 금이 가는 소리는 이어져 쩌적 쩌적, 더더욱 크게 울려 퍼졌다. 그것은 차츰 신음하고 괴로워하고 탄식하는 듯 무거운 소리로 바뀌어 홀 전체를 뒤흔들었다. 산사태 같은 소리의 해일에 고막이 비명을 질러댔다.

늘어나는 탄식의 규환. 더욱 크고 더욱 깊어지는 몇 줄기나 되는 균열. 진동하는 제17계층.

임계점이 다가오고 한층 강한 충격이 안쪽에서부터 벽

을 후려친──다음 순간.

거대한 파열음이 폭발했다.

숨이 멎었다.

뒤를 잇는, 바윗덩어리가 터져 날아가 떨어지고 굴러가는 굉음. 등 뒤에서 터진 거대한 벽의 파편이 흩어졌다.

그리고 쿠웅.

거대한 무언가가 대지에 내려서는 듯, 한층 커다란 착지음.

"……."

보이지 않는 실에 붙들린 것처럼 발이 멈췄다.

관둬, 안 돼──보지 마.

그렇게 소리치는 이성의 호소를 무시하고 고개가 저절로 돌아갔다.

귀에 박히는 정적이 흐르는 가운데 나는 뒤를 돌아보았다.

『…….』

피어나는 흙먼지 속에, 그것이 있었다.

너무나도 거대한 윤곽. 굵은 목, 굵은 어깨, 굵은 팔, 굵은 다리. 인간의 체격과 흡사한 형상. 어둠 속에서 한순간 엿보인 피부는 회갈색이었다.

뒷머리에서는 기름을 바른 것처럼 번들거리는 뻣뻣한 흑발이 목을 지난 위치까지 잔뜩 늘어져 있었다.

단언할 수 있다. 오늘 이날까지 보아왔던 생물들 중에서

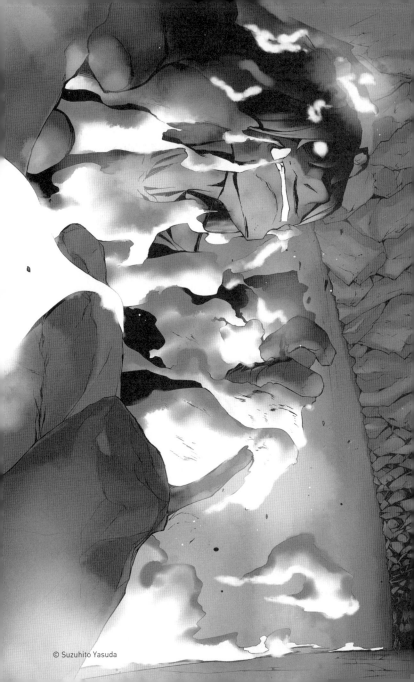

© Suzuhito Yasuda

도, 시선 너머의 저것은 가장 거대한 괴물이라고.

　──이것이.

　전율이 온몸을 휘감았다.

　미노타우로스 때와는 달리, 트라우마에서 오는 공포가
아니었다.

　두려움. 종족으로서, 개체로서 가진 차원이 다른 힘의
차이.

　──이것이, 계층 터주.

　키는 7M는 될 것 같은 거인.

　몬스터렉스──'골라이아스'.

　『────어어.』

　차츰 맑아져가는 흙먼지 너머에서 인간의 머리통만한
시뻘건 안구가 움직였다.

　그 눈알 안에 경직된 내 모습을 비추고, 천천히 땅울림
을 수반한 발소리를 내며 이쪽으로 돌아선다.

　한순간 몸이 열기를 되찾았다.

　마비되었던 경종이 최대한으로 울려 퍼지고, 멈추었던
시간이 깨져나갔다.

　『워어어어어어어어어어어어어어어어어어어어
어어어어어어어어어어어어어어어어어어어어어어
어어어어어어어어어어어어어어어어어어어어어어
어어어어어억!!』

뛰어나갔다.

온 힘을 다해 그 자리를 벗어나려 했다.

찢어지는 포효를 지른 골라이아스가 나를 쫓아왔다. 거인의 발이 내려올 때마다 지면이 갈라지고 땅울림이 일어나 홀을 요란하게 뒤흔들었다.

그저 달렸다. 그저 달렸다. 그저 달렸다.

맹렬히 다가오는 거대한 압력과 살기 속에서, 말 그대로 죽을힘을 다해 멀어졌다. 피로도 생각도 공포도 깡그리 내팽개치고, 그저 동료의 몸만을 든 채 시선 너머의 출구로.

홀의 경치가 잇달아 잇달아 시선 옆을 스쳐 지나간다. 제18계층으로 이어지는 동굴이 쑥쑥 밀려들어 이쪽으로 다가왔다. 그리고 무엇보다도 빠르게, 무자비하게, 거인의 추격이 급속도로 다가왔다.

뛰어, 뛰어, 뛰어, 뛰어, 뛰어뛰어뛰어뛰어뛰어뛰어어어어어어어어어어어어어어어어어?!

골라이아스의 거대한 음성에 지워지기는 했지만 나도 고함을 지르고 있었다.

뒤에서 크게 바람이 갈라졌다. 몬스터가 그 커다란 팔을 머리 위로 치켜드는 기척. 모든 것을 분쇄하는 일격이 날아든다.

더 빠르게. 더 크게. 1초라도 먼저. 한 걸음이라도 많이.

지면을 박차는 다리에 온 힘을 다 담아.

돌진하듯, 그대로 관통할 기세로.

나는 동굴에 뛰어들었다.

『워어어어어어어어어어어어어어어어어어어어어어어
어어어어어어어어어어어어어어억!!』

거대한 철퇴가 내리꽂혔다.

머리카락 하나 차이로 동굴 안에 뛰어든 내 바로 뒤에서
폭발하는 소리와── 충격파가 발생했다.

"커억?!"

날아갔다.

어마어마한 폭풍이 등을 후려쳐 허공에 뜬 내 몸은 멀리
날아갔다.

그 직후에 찾아온 뻐억 하는 둔탁한 소리.

온몸이 돌벽에 부딪치고, 그 후에도 기세는 멈추지 않아.

좁은 동굴 안에서 충돌을 되풀이했다.

"끅, 으극, 꺽──?!"

천장, 벽, 지면. 구슬처럼 이리저리 튕겨 다니는 몸.

세상이 두 바퀴 세 바퀴 돌고 거듭되는 격돌까지 더해지
니 릴리도, 벨프도 팔에서 놓치고 말았다. 셋이서 함께 날
아가 구르면서 동굴 안으로 안으로.

온갖 각도에서 밀려드는 충격과 몸을 후려치는 아픔에
머리가 몽롱해지면서 완만하게 아래쪽으로 끌려 내려가는
듯한 기분이 들었다.

내리막길을 이루고 있어야 할 동굴 안을 엉망진창으로 나아가고, 마침내——.

"윽——?!"

촤아아악.

출구로 보이는 구멍에서 튀어나와 지면에 나뒹굴었다.

낙하의 충격에 이어 지면을 깎으며 겨우 멈추었다.

쓰러진 몸은 이제 꼼짝도 하지 않았다. 고개를 1C도 움직일 수 없었다.

옆으로 누운 시야는 붉고 뿌옇다.

몸 곳곳이 아팠다. 분명 상처투성이일 것이다. 이마에 입었던 열상이 또 벌어져서 얼굴을 적실 정도로 피가 흘렀다.

온몸을 받아준 부드러운 감촉은 풀일까.

주위도 햇살을 받은 것처럼 따뜻하고 밝다. 왜 그럴까. 모르겠다.

"……윽."

쏴아아. 그런 조용한, 풀잎이 쓸리는 것 같은 소리를 들으며 동료들의 모습을 찾았다.

릴리와 벨프는…… 있다. 미미한 호흡이 느껴졌다. 셋이 사이좋게 나란히 쓰러진 걸까.

멀어지려 하는 의식을 열심히 붙들었다. 아직, 아직은 안 된다고.

두 사람을, 릴리와 벨프를…… 구해야 한다. 어서, 치료를.

그리고 움직여라 움직여라, 돌처럼 싸늘한 몸에 명령을 내리고 있으려니…… 누군가가 다가오는 기척이 났다.

"……!"

바스락, 바스락. 조용히 풀을 밟는 소리가 다가왔다.

그 인물은 바로 내 앞까지 다가와선 내려다보듯, 그림자로 내 몸을 가렸다.

그 순간──혼신의 힘을 쥐어짜냈다.

오른손을 들며 상대의 그 가느다란 다리를 꽉! 움켜쥐었다.

동요하는 기척을 손에 붙들린 부츠 너머로 느끼면서, 떨리는 입을 열었다.

"동료들을, 구해주세요……!"

쥐어짜내듯 애원했다.

눈만으로 상대의 얼굴을 올려다본 후.

빛나는 금발의 환영을 어렴풋이 본 것이 마지막이었다.

나는 의식을 놓쳤다.

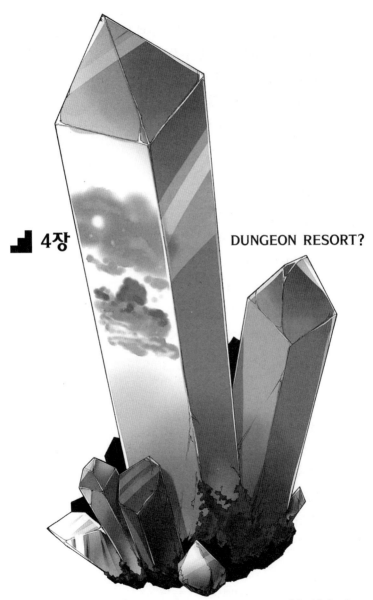

4장   DUNGEON RESORT?

© Suzuhito Yasuda

처음으로 느꼈던 것은 한없는 몸의 피로감이었다.

진흙 같은 권태감에 빠져 각성의 경계를 왔다갔다 되풀이한다. 호흡곤란이 함께 하는 졸음과 무아지경 속에서 싸우는 동안, 이윽고 의식은 천천히 떠올랐다.

뿌연 시야가 트이기 시작했다.

머리가 텅 빈 시간이 지나, 눈을 두세 차례 깜빡이자 상이 뚜렷하게 맺혔다.

천으로 이루어진 천장…… 텐트 안일까.

드러누운 채 자고 있었다는 사실을 확인한 다음 높은 천장을 한동안 바라보았다.

생각이 또렷하게 떠오르고, 주위를 확인할 여유도 생기기 시작했을 때——눈을 크게 떴다.

"릴리, 벨프?!"

중층에서부터 시작된 도망극, 출현한 계층 터주 골라이아스, 제18계층. 모두 떠올랐다.

현재 상황, 특히 두 동료는 어떻게 됐는지를 나는 황급히 확인하려 했다.

그리고 벌떡 일어나려던 다음 순간, 어마어마한 통증이 온몸을 엄습했다.

"~~~~~~~~~~~~~~~~~~~~~~~~아윽?!"

일으킨 상체가 금방 움츠러들고 말았다.

목소리를 이루지 못하는 비명. 아니, 비명은 온몸에서 일어나는 것 같다.

모든 일이 시작되었던 제13계층부터 이곳까지 계속 고통을 받았던 몸은 비유가 아니라 말 그대로 걸레짝이 된 것 같았다. 몸도 마음도 혹사했던 반동이 이제 와서 온몸에 휘감겼다.

나는 머리가 이상해진 것처럼 움직이며 끙끙거렸다.

"괜찮아?"

──다시 눈을 크게 떴다.

바로 곁에서 들려온 아름다운 목소리에, 설마 환청까지 들리는 거냐고 자신의 제정신을 의심한 다음 홱 고개를 들었다.

탁 트인 시야 속에는 텐트 내부인 듯한 하얀 천으로 이루어진 벽, 그리고 내 곁에 오도카니 앉은 금발금안의 모험자가 있었다.

"에, 허, 에엑⋯⋯?!"

"⋯⋯무사해?"

입을 벌리고 괴성을 질러대는 나에게 그녀는 눈썹을 살짝 늘어뜨리며 한층 불안한 듯 물었다.

아, 아이즈 씨, 아이즈 발렌슈타인 씨⋯⋯?!

환각이 아니네?! 진짜?!

마음속으로 외치면서, 왜 나 같은 놈 옆에, 라고 생각했을 때 정신을 잃기 직전의 마지막 기억이 되살아났다.

뿌옇게 흐려진 눈동자에 비쳤던 것은 빛이 떨어지는 아름다운 금색 머리.

목 안쪽에서 숨을 삼켰다. 그때 내가 도움을 청했던 게……
아이즈 씨였어?

내가 이 사람 다리를 잡았던 거야……?! 몸속에서 일어
난 불꽃에 활활 불타며 떨리는 목소리로 물었다.

"여, 여긴 어떻게……?!"

"지금은 '원정'에서 돌아오는 길이고…… 이곳 18계층에
서, 머물다가……."

현재 아이즈 씨가 속한 【로키 파밀리아】는 심층영역의
미답파 계층을 개척한 후 돌아오는 도중이라고 한다. 세이
프티 포인트인 이곳 제18계층에서 야영, 다시 말해 휴식을
취했던 것이다.

릴리가 했던 이야기를 떠올렸다. 【로키 파밀리아】는 약
2주 전 '원정'을 떠났다고……. 그들이 '심층'에 갔다가 돌
아올 무렵과 타이밍이 겹쳐질지도 모른다고 했다.

아이즈 씨의 말하는 모습에 연신 두근거리다 문득 흠칫
어깨가 떨렸다. 그러고 보니——

"제 동료들은——?!"

——동료들은 무사한가요, 라고 물으려다가 몸을 내밀
었을 때.

지면에 짚은 팔이 푹 꺾였다.

눈을 크게 뜬 상태로 휘청거렸다. 너덜너덜 상처 입은
몸은 갑작스런 움직임을 전혀 따라가지 못해 내 의지와는
상관없이 균형을 잃었다.

앞으로 머리부터 넘어지려던 그런 나를.

바닥에 앉아 있던 아이즈 씨가 몸을 들어 두 팔을 내밀어.

포옥.

"……."

"……."

내 어깨에 두 손을 얹은 아이즈 씨. 아이즈 씨의 가슴께에 얼굴을 묻고 있는 나.

코언저리를 감싸는 듯 서늘한 금속의 감촉.

가슴을 지키는 아이즈 씨의 라이트아머가 내 얼굴을 받아내고 있었다.

가, 가슴받이가 있어서 다행이다————아니, 그게 아니고?!

"죄송합니다앗?!"

골라이아스의 공격에 날아갔을 때보다도 빠르게 떨어졌다.

얼굴을 새빨갛게 물들이며 아이즈 씨의 가슴에서 긴급 이탈을 시도했다. 절규하는 몸을 무시하고 온 힘을 다해 뒤로 물러났다.

당연히 내 몸은 벌렁 뒤집어졌다. 뒷머리부터 지면에 쓰러져 시야에 별이 튀었다. 그 후에는 바보자식이라고 욕하듯 온몸에 통증이 훑고 지나갔고, 나는 복근을 두 손으로 붙들며——하필이면 아이즈 씨의 눈앞에서——요란하게 끙끙거렸다.

수치와 아픔에 어쩔 수도 없이 신음하고 있으려니……

부스럭, 머리에 무언가가 닿았다.

"아…… 벨프."

내가 쓰러진 곳에는 이불을 덮은 벨프가 누워 있었다. 아픈 몸을 꾹 참고 다시 일어나 주위를 둘러보니 그보다도 안쪽에는 릴리의 모습도 있었다.

눈을 감고 숨소리를 내며 잠든 두 사람의 모습에 어깨에서 힘이 쭉 빠져나가고 진심으로 안도했다.

"둘 다, 괜찮아……. 리베리아랑 동료들이, 치료해줬으니까."

살펴보니 벨프가 왼쪽 다리에 입었던 부상은 물론 두 사람의 상처도 치유된 것 같았다. 경상은 가벼운 처치만으로 끝냈는지 붕대를 감아놓았다.

"이 사람들 부상도 심했지만…… 네 부상도, 위험했어……."

아이즈 씨의 말에 뒤늦게 내 머리에도 붕대가 감긴 것을 알아차렸다. 그녀는 가만히 내 앞머리를 쓸어 넘기더니 그 가녀린 손가락으로 이마를 쓰다듬었다.

위로하는 듯한 손길의 움직임과 간지럽기도 한 이마의 감촉에 금세 얼굴이 새빨갛게 물들었다.

그러자 괜찮냐는 듯 눈앞에서 고개를 갸웃. 그 동작이 결정타가 되어버렸다. 이젠 온몸이 새빨개졌다.

"고, 고맙, 습니다……. 구해주셔서, 정말로……."

이마를 쓰다듬도록 내버려둘 수밖에 없었던 나는 간신히 몸을 떼고 인사를 했다.

손을 뗀 아이즈 씨는 아니라며 고개를 가로저었다. 괜찮다고 말해주는 것 같아서, 이유도 없이 기뻐졌다.

그리곤 이제부터 어떻게 해야 할지, 아무 행동도 하지 못한 채 금색 눈동자를 빤히 바라보기만 했다.

아이즈 씨가 천천히 고개를 들더니 텐트 출입구를 보았다.

"이젠, 움직일 수 있겠어?"

"아…… 네, 넷!"

"핀이…… 우리 단장이, 연락하라고 그랬으니까, 같이 갈래?"

즉시 고개를 끄덕이는 나를 보고 아이즈 씨는 몸을 일으켰다.

나도 황급히 일어났다. 아이즈 씨가 손을 내밀어주기는 했지만, 이 이상 꼴사나운 모습을 보여주지 않으려고 남자의 오기로 괜찮다고 사양했다. 그러자 어깨를 축 늘어뜨린다. 끄아아아아……?!

이번에는 부축을 받지 않도록 세심하게 주의를 기울이며 두 다리를 단단히 딛고 일어났다. 몸이 시큰시큰 아팠지만 참았다. 출구를 빠져나간 아이즈 씨를 따라 나도 텐트 밖으로 나갔다.

"와……?!"

시야에 펼쳐진 것은 대규모 야영의 풍경이었다.

녹색 나무들이 드문드문 자라난 탁 트인 숲의 한곳을 연상케 하는 장소에 수많은 천막이 설치되어 있었다. 중심에 뻥 뚫린 공간을 에워싸는 듯한 배치였다. 나무 한 그루 밑에는 물자 운반용 카고를 모아놓았다.

드워프에 수인, 엘프…… 어쩐지 여성 단원이 조금 더 많은 것 같았으며, 다양한 종족의 데미휴먼들이 진지한 표정으로, 혹은 가벼운 분위기로 대화를 나누었다. 풀에 뒤덮인 지면에 쪼그려 앉은 2인조 수인, 나무줄기에 기대 팔짱을 끼고 혹은 손짓을 하며 담소를 나누는 남녀 드워프와 휴먼……. 그들이 저마다 두른 무기와 방어구는 흠집이 나고 마모된 것 같기는 했지만 마치 장비한 사람들의 실력을 보여주듯 강하고, 날카롭고, 눈부시게 빛났다.

오라리오 내에서도 최강이라 불리는 【파밀리아】의 파티……. 격이 다른 모험자들을 보며 금세 몸이 굳어버리는 것을 알 수 있었다. 그들이 내는 다양한 소리가 나를 에워쌌다.

【로키 파밀리아】 단원들도 하나씩 둘씩 이쪽을 쳐다보았다.

아이즈 씨를 보고, 그다음에 나를 본다. 시선은 대부분 우호적이지 못했다. 그야 파벌간의 관계를 생각해보면 당연하지만……. 뭐랄까, 명확한 살의가 섞인 듯한 기분이 드는걸. 아이즈 씨도 고개를 갸웃했다.

혹시 이 사람이——극진하게——간호해주었던 것이 원인 아닐까 땀을 삐질삐질 흘리며 생각하고 있으려니 아이즈 씨가 걸어나갔다. 나는 떨어지지 않고자 황급히 따라갔다.

바늘방석이랄까, 호기심 어린 시선을 받으며 걷기를 한동안. 역시 이곳은 숲 속인 것 같다고 나는 어두운 머리 위쪽을 올려다보며 생각했다. 나뭇가지와 수많은 잎이 돔을 이루고 있었다.

나뭇잎 틈으로는 **햇살**이 새어 들어오고 있었다.

뺨을 비추는 빛은 분명 따뜻했다. 게다가 무수한 나뭇잎 너머에는 어렴풋이 파란 것이 보였다.

여긴 햇빛이 들지 않는 던전 안일 텐데——. 나는 나뭇잎에 뒤덮인 머리 위를 올려다보며 매우 당황했다. 나뭇가지가 이루는 저 지붕 너머에는 하늘이, 태양이 있는 걸까.

"왜 그래?"

"어, 아뇨, 그게……."

동요하는 기척이 전해졌는지 아이즈 씨가 이쪽을 돌아보았다.

혼란을 드러낸 나는 망설인 후, 호기심을 억누르지 못하고 그녀에게 질문하고 말았다.

"여긴 18계층…… 던전이죠? 어떻게 이런 빛이……."

위를 올려다보며 물었다. 에이나 누나에게 미리 설명을 듣지 못했던 내용에 대해선——아무리 그래도 중층에 들어온 첫날에 세이프티 포인트까지 오게 될 줄은 누나도 몰랐을 테니까——거의 무지한 나를 아이즈 씨가 가만히 바라보았다.

내 움직임을 따라하듯 그녀도 가녀린 턱을 위로 들었다.

"……잠깐, 어디 좀 들렀다 갈래?"

다시 한 번 나를 쳐다본 아이즈 씨에게 눈을 깜빡인 나는 뻣뻣하게 고개를 끄덕였다.

목적지에서 살짝 진로를 바꾸고, 야영지에서도 떨어져 걸어간다. 사람 손길이 전혀 닿지 않은 숲 속은 나무들이 크고 간격도 넓은 탓인지 개방감이 있었다.

금색 머리카락을 찰랑이는 그녀의 뒤를 따라 걸어가니, 잠시 후 느닷없이 눈길을 빼앗는 광경이 나타났다.

수정이다.

투명하고 푸른 광채가 깃든 아름다운 크리스털.

발밑에 돋아난 조그만 것도 있고, 마치 거인의 단검처럼 나를 통째로 집어넣을 수 있을 만한 큰 것도 있다. 크기도 형상도 다양한 청수정이 숲 곳곳에 있었다.

고개가 연신 좌우로 돌아갔다. 정적을 띤 숲 속에서 수많은 수정 결정이 가느다란 햇살을 난반사해 숲 전체를 엷은 남색으로 물들였다. 지면을 가르는 거목의 뿌리에도 이끼와 함께 푸른 파편이 달라붙어 있었다.

신비하고도 환상적이었다.

경탄하지 않을 수 없을 만큼.

귀를 기울이면 들려오는 졸졸 물소리. 숲에는 시냇물도 흘러 【로키 파밀리아】 단원들이 물을 긷고 있었다. 아이즈 씨를 알아본 엘프 소녀가 손을 흔들었다.

인간 세상을 떠난 깊은 숲 속에 있다는 엘프의 마을.

본 적은 한 번도 없지만, 주위에 펼쳐진 아름다운 광경을 나는 그렇게 느끼고 말았다.

"아……."

숲을 빠져나갔다.

나무들이 드문드문해지더니 이윽고 출구가 반원형으로 뻥 뚫렸다. 하얀빛으로 가득 찬 그 너머로 아이즈 씨가 나아갔다. 나도 어스름한 숲과의 경계선을 넘어가자 금세 눈이 아찔해질 것 같은 밝은 빛에 휩싸여 반사적으로 눈을 감고 말았다.

천천히 눈을 뜨자, 그곳에는.

"……굉장하다."

대자연이 펼쳐져 있었다.

처음에 눈에 들어온 것은 웅대하다는 형용이 딱 들어맞는 대초원이었다. 지상에서도 좀처럼 보기 힘든 온통 녹색인 대지가 시야를 거의 다 채우고 있었다. 곳곳에서 움직이는 조그만 그림자는 몬스터일까. 이곳에서도 경치 곳곳에 수많은 수정이 보였다.

왼쪽 방향에는 늪지……. 거의 호수 정도 규모일지도 모르는, 그런 커다란 물구덩이가 있었다. 나도 모르게 목을 꼴깍 울릴 정도로 수면은 신선한 검푸른색이었으며, 그 한가운데에는 어마어마하게 큰 암석——아니, '섬'이 보였다.

오른쪽 방향으로는 여전히 나무들이 이어져 이 숲도 상당히 크다는 것을 짐작케 했다. 정면에 위치한, 멀리 보이는 대초원의 한복판 언저리에는 구멍이 뻥 뚫린 거목이 높이 솟아 있었다.

그리고 그렇게 위로 위로 고개를 든 거목에 이끌리듯.

상당히 높은 계층 천장을 올려다보니…….

"……저, 저건."

"응, 전부 크리스털이야."

아연실색한 내게 아이즈 씨가 대답해주었다.

그녀의 말대로 제18계층의 천장은 환하게 빛나는 수정으로 가득했다.

활짝 핀 국화처럼, 어마어마한 양의 수정이 구석에서 구석까지 돋아났다. 색깔은 두 종류여서 중심부는 태양을 방불케 하는 흰색, 그 주위는 하늘을 연상케 하는 푸른색이었다.

던전에 푸른 하늘이 있었던 것이 아니다.

저 무수한 수정이 빛을 내 푸른 하늘을 이루었던 것이다.

"시간이 지나면 크리스털의 빛이 사라져서…… 여기에는 '밤'도 와."

그 설명에 나는 눈을 크게 떴다.

아이즈 씨의 말에 따르면 수정의 빛은 시간대에 따라 변화해서 지금은 '낮'이라고 한다. 진짜 하늘과는 아무래도 시차가 있는 것 같다지만……

어쩌면 던전이 지상을 흉내 내 마련한 건 아닐까, 만들어진 수정 하늘을 말없이 바라보며 나는 그렇게 생각했다.

"……."

세이프티 포인트, 제18계층.

수정과 대자연으로 가득한 지하세계.

별명, 미궁의 낙원――'언더 리조트'.

대초원과 호수, 그리고 하늘이 떠 있는 장대한 광경을 나는 아이즈 씨와 나란히 바라보았다.

숲 속에 설치된 야영지 안쪽, 주위의 천막보다 한층 커다란 막사.

【로키 파밀리아】엠블럼이 들어간 깃발이 옆에 세워진 그곳의 내부에서.

나는 어떤 유명인들과 면담을 하고 있었다.

"아이즈에게 보고는 들었지만…… 설마 네가 우리 캠프에 실려 오게 될 줄이야."

아이즈 씨의 머리 색깔과 비슷한 부드러운 황금색 머리

카락. 호수처럼 깊은 푸른색이 깃든 벽안은 쓴웃음으로도 생각할 수 있는 모양으로 부드럽게 구부러졌다.

눈앞에서 미소를 짓는 그 파룸 소년에게 나는 몸을 뻣뻣하게 굳혔다.

아니, 그에게만이 아니다. 그의 양옆에 있는 두 명의 데미휴먼에게도 시선과 의식은 몇 번이나 끌려갔다.

"호오? 이 친구가 자네들이 말했던 그 모험자인가, 리베리아?"

"그래, 가레스. 그가 벨 크라넬이지."

근골이 우락부락한 드워프와 절세 미녀 엘프. 마치 품평이라도 하는 듯한 그들의 언동 또한 긴장을 한층 부추겼다.

【로키 파밀리아】의 두령인 파룸 용사 핀 디무나. 굴강한 드워프 노병 가레스 랜드록. 그리고 미궁도시 최강의 마도사 리베리아 리요스 알브.

세 사람 모두 오라리오를 대표하는 제1급 모험자였다.

"이, 이, 이렇게 구해주셔서! 저저저저정말 감사합니다……!!"

이제 막 상급모험자가 된 나에게는 그야말로 구름 위의 존재였다──아니, 아이즈 씨도 그렇지만.

무례함을 보이지 않도록 최대한 겸손하고자 노력하고 있는데, 뭐랄까, 혀도 제대로 돌아가지 않아 그들에게 불쾌감만 주는 건 아닐까. 곁에 따라와준 아이즈 씨가 이 처량한 모습을 의아한 표정으로 바라보았다.

새빨간 살라만더 울 이너웨어 안에서 온몸이 후끈거렸다.

"너무 그렇게 어려워하지 말고 편히 지내. 모험자라고는 해도 이럴 때는 서로 도와야 하는 법이니."

핀 디무나 씨가 그렇게 말하며 어깨를 슬쩍 으쓱해 보였다.

"그리고 아이즈의 지인이라고 들었는데, 죽게 내버려두었다간 내가 그녀에게 원망을 살 거 아냐? 밤에 안심하고 자려면 어떻게든 도와줘야지."

너스레를 떠는 그를 어리둥절 쳐다본 나는 정신이 들고 보니 그를 따라 웃고 있었다. 황급히 웃음을 거두기는 했지만 어쩐지 어깨의 짐을 던 기분이었다.

이상한 소리 하지 말라고 항의하는 듯한 아이즈 씨의 말 없는 분위기를 어깨로 느껴 더더욱 웃음이 나올 것 같았다.

그렇게 긴장이 풀린 나에게 핀 씨는 나이에 어울리는 소년 같은 웃음을 지었다.

"너희의 사정은 대충 알 것 같지만, 한번 설명을 해줄 수 있을까? 우리의 현재상황도 말해줄 테니 정보를 교환하자."

"아, 네."

대화를 이끌어가는 기술이 참 대단하다고 생각은 했지

만 결코 기분이 나쁘지는 않았다. 분명 단장인 그의 수완일 것이다. 고개를 끄덕이고 내가 먼저 입을 열었다.

이곳 제18계층으로 피난을 왔던 경위를 꾸밈없이 설명했다.

"크하하, 중층에 진출한 날에 18계층이라니! 정말이구만. 핀, 리베리아. 이 미숙자는 정말 재미있는 친구야!"

껄껄 웃는 드워프 가레스 씨에게 엘프 리베리아 씨가 한쪽 눈을 감고 주의를 주었다.

"가레스, 우리 식구들만 있는 자리가 아니야. 자제해."

솔직히 이곳에 오기로 결단할 수 있었던 건 릴리의 생각 덕이었지만……. 그런 줄은 조금도 모르는 드워프 전사는 용케 계층 터주를 피해 도망쳐왔다며 전사를 축복하듯 칭찬해주었다. 나는 어정쩡하게 뻣뻣한 웃음을 지을 수밖에 없었다.

"우리 쪽은 보다시피 곧장 지상으로 귀환하려고 했는데…… 돌아가는 도중에 몬스터에게 성가신 '독'을 입었거든."

핀 씨의 말에 따르면 【로키 파밀리아】는 여기로 오면서 어떤 계층에 있는 몬스터의 무리에게 습격을 당해, 제1급 모험자를 제외한 말단 단원 중 많은 분들이 '독'에 당해버렸다고 한다. 혼자서는 움직이기도 힘들 정도로.

물자를 소비한 '원정' 귀환길……. 다시 말해 아이템 재고가 다 떨어져가는 상황인 만큼 독에 괴로워하는 사람들을 전부 해독할 수도 없어 그들은 사실상 행동불능에 빠졌다고 한다.

"베이트…… 우리 【파밀리아】에서도 제일 발이 빠른 단원에게, 일단 지상으로 가서 해독제를 모아다 달라고 했어. 빠르면 내일 정도는 돌아올지도 모르지만, 그가 돌아올 때까지는 우린 여기서 머물 예정이야."

지상에는 악랄한 '독'을 치료할 전용 아이템이 있어서, 이를 조달하러 간 사람은 우리가 제18계층에 오기 조금 전에 출발했다고 한다. 수직굴을 이용해 간신히 도착한 우리하고는 깔끔하게 길이 엇갈렸던 모양이다.

"식량을 비롯한 물자는 이제 별로 남지 않았어. 나눠줄 수 있는 양이 그리 많진 않을 텐데, 그 점은 이해해줘."

"아, 아니에요! 나눠주시는 것만도 감지덕지인걸요!"

우리가 쓰는 텐트도 '독'의 증상 때문에 드러눕는 사람이 속출해 천막에 여유가 없는 상황에서 어렵게 마련해준 것일 텐데. 이 사람들의 온정에는 고개를 숙일 수밖에 없었다.

"짧은 기간이지만 너희를 손님으로 맞이하겠어. 주위와 말썽만 일으키지 않는다면 그 텐트는 마음대로 써도 상관없어. 단원들에게도 내가 전해둘게."

"……고맙습니다, 정말로. 하나에서 열까지……. 정말 고맙습니다."

말 한 마디 한 마디에 모든 감사를 담아 인사했다.

빚 하나 진 걸로 해두겠다며 웃는 【로키 파밀리아】 분들에게 다시 한 번 감사하고, 나는 아이즈 씨와 함께 막사를 나왔다.

🔥

"괜찮겠어, 핀?"

벨이 나간 후 리베리아가 핀에게 물었다.

매끄러운 비취색 장발을 찰랑거리며, 그녀는 조그만 단장에게 지금 막 나눈 대화에 대해 언급하는 것이었다.

"아이즈가 신경을 쓰고 있다는 것도 딱히 거짓말은 아니고……. 게다가 벨 크라넬의 파티원 중 한 사람은 【헤파이스토스 파밀리아】 사람인걸."

"그게 정말인가?"

"그래. 동행한 스미스들이 가르쳐줬어."

핀 일행의 원정대에는 【헤파이스토스 파밀리아】의 하이스미스들도 있다. 벨 일행이 실려 왔을 때 벨프를 본 그들의 이야기를 핀이 전해주었다.

"헤파이스토스 신의 입장에서는 열 손가락 깨물어 안 아픈 손가락 없을 텐데, 단원 한 명 안 받아줬다가 그녀의 반감을 사선 안 되겠지."

그 설명을 듣고 리베리아는 고개를 끄덕였다. 지당한 말이다.

수긍하는 기색을 보이는 그녀의 얼굴을 핀은 눈만을 움

직여 올려다보았다.

"게다가 리베리아도 벨 크라넬을 마음에 두고 있지 않았어? 다른 사람도 아닌 아이즈가 그에게 관심을 보이니."

"……부정은 않겠어."

"크하하. 완전히 엄마가 다 됐구만, 리베리아."

"놀리지 마, 가레스."

리베리아는 살짝 뾰로통한 표정을 지었다.

몸집이 커다란 드워프는 큭큭, 어깨를 흔들며 웃었다.

"그 아이가 스스로 흥미를 가지고 움직였다면…… 그것이 모종의 계기가 되어주었으면 해. 내 생각은 그렇다 쳐도 【파밀리아】의 단장 생각은 어때? 전에 아이즈가 아침 일찍 홈을 빠져나갔던 것도 아마 벨 크라넬과 접촉하기 위해서였을 텐데."

핀과 마찬가지로, 리베리아는 벨과 아이즈가 했던 아침 특훈을 어느 정도 눈치채고 있었다. 원정을 떠나기 전, 아이즈로부터 모험자를 가르칠 때는 어떻게 하느냐는 질문을 받았던 적이 있기 때문이다.

"음— 나도 아이즈가 변하는 건 좋은 일이라 생각하지만……. 일단 로키에게는 비밀로?"

"이보게, 핀. 벨 크라넬과 씨름을 해봐도 될까? 로키에게 들은 대련의 일종인데, 그 친구의 역량을 나도 좀 알고 싶구먼."

"음— 안 돼.

자신들 수뇌진이 함부로 나서면 다른 단원들이 모조리 벨 크라넬에게 달려들어 제재를 가할 가능성이 있다고, 지금도 아이즈에게 이끌려 나가는 흰 토끼를 바라보며 핀이 말했다.

"뭐, 아무튼 이번에는 너그럽게 봐줘도 되겠지. 벨 크라넬도 주위와 반발을 일으킬 만한 친구는 아닌 것 같으니까."

한동안 관찰을 할 필요가 있겠다고, 핀은 벨이 나간 막사 입구를 바라보며 말했다.

✦

핀 씨 일행과 면담을 마친 나는 여전히 아이즈 씨의 뒤에서 야영지 안을 걷고 있었다.

이곳에 설치된 천막은 어림잡아도 열 개가 넘었다. 안에는 '독'에 쓰러진 사람들을 눕혀 놓았는지, 입구마다 단원들이 한 명씩 지키고 서 있었다.

상공을 뒤덮은 수많은 나뭇가지와 나뭇잎 틈으로 스며드는 빛은 부드럽다. 나뭇잎 스치는 소리가 살랑살랑 흐르는 조용한 야영지는 우리 이외에도 많은 사람들이 돌아다니고 있었다.

"아이즈 씨, 수고하세요."

"수고……."

주위를 오가는 단원들은 모두 아이즈 씨에게 인사를

했다.

그렇구나. 이 사람은 【로키 파밀리아】의 간부였지…….

완전히 잊어버리고 말았던 것을 재확인하며 몸을 움찔거렸다. 다른 파벌 소속인 내가 그녀의 안내를 받는 지금 상황이 이 자리에 어울리지 않는다는 것은 분명하다.

그 증거로, 나에게 보내는 단원들의 태도는 환영이라는 말과는 거리가 멀었다. 남자들도 여자들도 수상쩍다는 시선을 보내거나 혹은 냉혹한 눈초리를 띠거나 둘 중 하나였다.

마도사로 보이는 엘프 여자애에게서는 엇갈려 지나가면서 강렬한 시선을 받았다. 무, 무셔……!

나보다 훨씬 실력이 뛰어난 그들이 덤벼든다면 순식간에 뻗어버릴 텐데. 그런 역학관계 때문에 이렇게 야영지 안을 돌아다니는 것도 조마조마했다.

"18계층…….”

"네?"

갑자기 앞을 본 채 아이즈 씨가 입을 열었다.

"벌써 18계층까지 왔구나…….”

"어, 그게……. 핀 씨에게도 말씀드렸지만, 그건 사고가 겹쳐져서 어쩔 수 없었달까, 여기까지 올 생각은 없었달까……. 모, 목숨이 간당간당해져서 말이죠?"

그녀가 무슨 의도로 말했는지 짐작이 가질 않아 나는 더듬더듬 애매한 대답을 하고 말았다. 감긴 붕대 위로 이마를 긁었다.

그런 영 멋없는 태도를 보이는 나에게 아이즈 씨는 발을 멈추고 돌아보았다.

"미노타우로스 잡고, Lv.2 됐어?"

빠안히 쳐다보는 금색 눈에 다소 압도되며 나는 고개를 끄덕였다.

그녀는 한동안 그대로 있다가 흘끔, 이쪽의 등 뒤로 시선을 보냈다.

이윽고 사사사삭 옆으로 이동하는 아이즈 씨. 내 후방으로 돌아가려는 듯한 움직임에 당황하고 땀을 흘렸다.

······등짝을······【스테이터스】를 보려고?

어째서인지 그런 기분이 든 나는 사사사삭 위치를 바꾸었다. 아이즈 씨도 다시 사사사삭 이동한다. 사사사삭, 사사사삭, 사사사삭. 뭐냐 이거.

주위의 단원들에게서 모여드는 기이한 시선. 식은땀이 날 것 같았지만 꾹 참으며, 내가 약간 얼빵한 아이즈 씨와 수수께끼의 공방전을 벌이고 있으려니──.

"우와~ 진짜로 아르고노트 군이다~!"

밝은 목소리가 들렸다.

커다란 환성에도 놀랐지만 그 명칭에는 문자 그대로 펄쩍 뛰고 말았다.

황급히 목소리가 들린 방향으로 돌아서자 갈색 피부를 한 소녀 둘이 이쪽을 향해 다가오고 있었다.

"티오나, 티오네……."

"수고, 아이즈. 단장한테 갔다 왔다며?"

"실려 왔다는 말은 들었는데 눈을 떴구나! 잘 됐다~ 아르고노트 군!"

티오나, 티오네라고 아이즈 씨에게 불린 이 사람들은…… 쌍둥이인가? 까만 세미 쇼트와 롱헤어에 복장도 차이가 있긴 했지만 얼굴은 판박이였다. 그리고 키도.

노출이 많은 복장과 갈색 피부인 것을 보니 아마조네스인 것도 알 수 있었다. 장발 소녀가 아이즈 씨와 이야기를 나누고 세미 쇼트 소녀는 싹싹하게 나에게 말을 걸었……는데.

두 번이나 나를 【아르고노트】라는 스킬명으로 부르니 냉정해질 수가 없었다.

스킬이 탄로 난 거야?! 내심 갈팡질팡한 나는 입을 열었다 닫았다를 되풀이한 후 간신히 그녀들에게 물었다.

"아, 아르고노트라니, 무, 무슨 뜻으로……?"

"아, 신경 쓰지 마. 이 떠벌이가 혼자 그렇게 부르는 거니까."

"우리, 네가 미노타우로스랑 싸우는 거 계속 봤거든! 그래서 나, 옛날에 좋아했던 동화가 생각이 났어~. 응, 진짜 대단하더라!"

들자 하니 제9계층에서 나와 미노타우로스가 맞붙었을 때, 동화 '아르고노트'를 겹쳐 봤다는 모양이었다. 스킬명이 아니라 내키는 대로 붙인 별명임을 알고 안도해 가슴을 쓸어내렸다. 【스테이터스】의 어빌리티나 '마법', '스킬' 정보는 모험자에게는 생명줄이다.

그 후 우리는 자기소개를 마쳤다.

나를 별명으로 부른 세미 쇼트 소녀가 티오나 히류테 씨, 장발이 티오네 히류테 씨……라는데, 아마조네스 히류테 자매라면 아이즈 씨네랑 맞먹을 만큼 유명한 제1급 모험자잖아!

얼굴과 이름이 일치하지 않았다고는 해도 눈치 좀 채라, 벨.

"중층에 온 걸 보니 Lv.2가 됐구나. 미노타우로스 잡았던 것도 그렇고. 대단한걸, 너."

"아, 얼굴 빨개졌다~. 귀여워~."

"……."

티오네, 티오나 씨가 놀리듯 웃음을 터뜨렸지만 솔직히 신경을 쓸 여유는 없었다.

건강한 갈색 맨살이 몇 번이나 시야에 들어왔다.

티오나 씨의 옷이라곤 얇은 가슴가리개와 허리에 감은 파레오가 전부라 배꼽이 그대로 보였고, 티오네 씨는 속옷이라 해도 좋을 만한 윗도리와 바지뿐이라…… 그게, 매우, 눈 둘 곳이 난감했다. 흔들리는 커다란 가슴이며 잘록한 허리며…….

자극이 너무 강하다.

연상일 것이 분명한 여자들에게 에워싸여 나는 눈이 빙글빙글 돌아 졸도할 것 같았다.

　""""──저게 어디서 까불고 앉았어.""""

　"＿＿＿＿."

　저주의 목소리가 들려온 것 같았다.

　구체적으로는 드래곤도 죽일 수 있을 만한 시선을 보내는 남성단원들 방향에서.

　안색이 엄청난 기세로 창백해졌다.

　"저, 전, 동료들 좀 보고 올게요!!"

　"아~ 가버렸다~." 그런 늘어진 목소리를 등으로 들으며.

　핏기를 잃은 나는 아이즈 씨에게서 황급히 도망쳤다.

　숲 내부가 서서히 어두워졌다.

　수많은 나뭇잎에 가로막혔던 머리 위쪽 저 너머에서 햇빛과도 같은 흰빛이…… 천장의 수정이 발하는 빛이 흐려져간다.

　던전의 '낮'이 끝나고 '밤'이 시작되려 했다.

　'정말로 어두워지는구나…….'

　텐트 입구에서 바깥을 살폈다.

　붉은 기운에 잠기지 않고 푸른 하늘에서 밤하늘로 가는 변화. 저녁놀도 잔조도 없는 하늘의 변천에 무언가 신비함을 느끼며, 나는 밤이 찾아오는 모습에 감탄의 한숨을 내쉬었다.

입구 옆을 슬쩍 떠나 텐트 안으로 돌아갔다.

릴리와 벨프는 아직도 자고 있었다. 두 사람의 얼굴을 바라보며, 할 일도 없는 주제에 간병하는 시늉을 계속했다.

시간이 지나자 텐트 바깥은 차츰 북적거려, 어쩌면 식사 준비를 하는 건지도 모르겠다고 나는 멍하니 생각했다.

"음……."

그리고 벨프의 몸이 움직였다. 동시에 릴리가 쓴 이불이 꿈틀 떨렸다.

흠칫, 두 사람의 얼굴을 바라보았다.

"……어디야, 여긴."

"벨 님……?"

눈꺼풀을 서서히 뜬 벨프와 릴리에게, 목숨에는 지장이 없었음을 알았다고는 해도 나는 겨우 마음이 놓이는 기분이었다.

얼굴에 안도감을 드러내며 두 사람에게 말을 걸었다.

"릴리, 벨프, 괜찮아? 나 알아보겠어?"

"……릴리가, 벨 님 얼굴을 못 알아보다니, 말도 안 돼요."

"아―…… 릴리돌이의 밉살맞은 목소리가 들리는 걸 보니 나도 문제 없나보다. 여, 벨."

천천히 미소를 짓는 릴리에게 여느 때와 다를 바 없는

분위기로 대꾸하는 벨프.

　나는 나도 모르게 활짝 웃으며 두 사람이 주위에 적응하기를 기다렸다.

　눈을 뜬 직후라 조금 얼떨떨했던 릴리와 벨프는 의식이 또렷해지자 자신의 힘으로 몸을 일으킬 수 있었다. 이불을 무릎께에 걸치고 앉은 두 사람에게 우선 상황을 설명해주었다.

　무사히 제18계층에 도착했다는 것, 【로키 파밀리아】에 신세를 지고 있다는 것.

　간결하게 이런 사실을 전하자 릴리와 벨프는 가만히 나를 바라보더니…… 사과했다.

　"정말 죄송합니다, 벨 님……."

　"완전히 짐만 돼버렸구만…… 미안하다."

　"그, 그렇지 않아!!"

　입을 꾹 다물어버리는 두 사람에게 나는 황급히 목소리를 높였다.

　반쯤 화를 내는 기세로 마구 주워섬겨댔다. 릴리가 없었으면 활로도 찾지 못하고 미궁을 우왕좌왕했을 거고, 벨프가 없었으면 헬 하운드에게 금방 통구이가 됐을 거라고. 노도와 같은 기세로 내가 그렇게 받아치자 릴리도 벨프도 눈을 껌뻑거렸다.

　"두 사람 덕에, 파티원이 모두 있었으니까……. 그러니까 살아남을 수 있었던 거야."

"……그렇구만."

"누구 하나만 없었어도 안 됐겠네요."

쓴웃음이 이어진 후 두 사람의 얼굴이 밝아졌다.

안도하고, 설교 같은 소리를 해버린 자신에게 부끄러움을 느끼기도 하면서.

셋이 얼굴을 한껏 구기고 웃음을 나누었다.

"……식사 준비가 됐는데, 괜찮아?"

"아, 네!"

밖에서 목소리가 들려 벌떡 일어나며 대답하자 장막을 젖히며 아이즈 씨가 들어왔다.

【검희】라는 이름으로 알려진 제1급 모험자의 모습에 릴리도 벨프도 놀란 표정을 지었다.

"고, 고맙습니다, 정말로 음식까지 나눠주시고……."

"괜찮아……. 밖에, 나올 수 있겠어?"

으음…… 밖에 나가기는 좀 민망하지만, 신세를 지고 있는데 한 번도 얼굴을 안 비치는 것도…… 실례겠지?

고민한 끝에 동료들을 돌아보고 괜찮겠느냐고 시선으로 묻자, 두 사람은 뻣뻣하게 고개를 끄덕였다.

이쪽의 의향을 전달하고, 아이즈 씨의 안내를 받아 텐트 밖으로 나갔다.

"야, 벨. 너 【검희】랑 알고 지내는 사이냐?"

"어…… 일이 좀 있어서."

"벨 님? 나중에 그 얘기, 제대로 들려주셔야 해요?"

벨프는 어깨를 붙들고, 릴리는 생긋 웃으며 말을 거는 바람에 어째서인지 압도당해버렸다. 계속 창피한 꼴만 당했으니 그런 얘기는 좀…….

헛웃음을 지으면서 나는 두 사람과 나란히 아이즈 씨의 뒤를 따라갔다. 릴리와 벨프가 두리번두리번 흥미진진하게 주위를 둘러보는 가운데 이내 야영지의 중심에 도착했다.

탁 트인 중심지에는 수많은 사람들이 커다란 원을 만들고 앉아 있었다. 한가운데에 여러 개 설치된 휴대용 마석등이 밝게 켜져 모닥불처럼 보이기도 했다. 캠프파이어라고 해야 할까.

문득 벨프가 흠칫 놀랐다.

"허걱, 저 녀석들은……."

보아하니 이 커다란 원에는 【로키 파밀리아】만이 아니라 【헤파이스토스 파밀리아】의 하이 스미스들도 섞여 있었던 모양이다. 아이즈 씨에게 사정 설명을 들으면서 자기네 단원들의 모습을 발견했는지 벨프가 신음소리를 냈다.

"시, 실례합니다……."

다른 사람들의 주목에 쭈뼛거리고 있으려니 빈자리로 안내를 받았다.

그 자리에 앉자 아이즈 씨가 내 오른쪽 옆에 사뿐 앉고 왼쪽 옆에는 릴리가, 그 옆에 벨프가 앉았다. 자연히 정해진 서로의 위치관계에 나는 긴장하고 말았다.

예전 아침 훈련 때도 바로 곁에 앉은 적은 있지만…… 동경하던 사람과의 이 거리감은 역시 아무리 시간이 지나도 익숙해지질 않았다.

슬쩍 옆을 훔쳐보자 즉시 이를 알아차린 아이즈 씨와 눈이 딱 마주쳤다. 금발이 흘러내리고, 목욕이라도 했는지 시원한 맑은 물 냄새가 감돌았다.

"왜 그래?"

"……아, 아무것도 아니에요!"

얼굴을 붉히기 전에 나는 황급히 앞을 보았다. 핀 씨가 혼자 일어나 우리를 소개해주었다.

"다들 들어봐. 이미 이야기가 전해졌으리라 생각하지만, 오늘 밤에는 손님이 왔다. 동료를 위해 몸을 내던지면서 이곳 18계층까지 도달한 용기 있는 모험자들이지. 사이좋게 지내라고까진 안 하겠어. 하지만 같은 모험자끼리, 조금이라도 좋으니 경의를 가지고 대해주었으면 해. ……그럼 식사들 하지."

"와아, 말솜씨 좋네요……."

다툼을 막기 위해 모험자들의 자긍심에 호소하는 그의 말에 릴리가 감탄한 모양이었다.

이윽고 식사가 배급되었다. 한 사람에 두세 개씩 과일이 나왔다.

표주박처럼 생긴 붉은 과일, 호박색에 달콤해 보이는 과즙을 듬뿍 담은 폭신폭신한 목화솜처럼 생긴 과일…… 지상에서는 본 적이 없는 이런 과일들은 이곳 제18계층에서 나는 것이라고 한다. 나는 후자의, 솜을 벌꿀에 적신 것 같은 하니클라우드라 불리는 과일을 시험 삼아 한입 먹어보았다.

그 순간 넘쳐나는 진하고 달콤한 과즙이 입 안에 가득 퍼지고——토할 뻔했다.

달다. 너무 달다. 원래 단것을 잘 먹지 못하는 나는 치사량이 아닐까 싶을 정도의 당분에 눈물을 머금었다. 넘어오려는 것을 열심히 참고 주위의 눈치를 살피자, 【로키 파밀리아】의 여성 단원들은 하니클라우드를 한입 먹고는 녹아드는 것 같은 표정으로 뺨에 손을 가져다댔다. 전율한 것은 두말할 나위도 없다.

"벨 님, 벨 님? 그거 혹시 입에 안 맞으시면 릴리가 대신 먹을까요?"

"으, 응, 줄게……."

"그, 그럼——아~."

"나한테 맡겨라, 벨. 내가 먹어주지…… 윽, 이건 진짜 너무 달다."

일부러 내 정면으로 와서 새처럼 입을 벌리는 릴리에게 먹여주기 전에 벨프가 그 먹다 만 하니클라우드를 옆에서 가로채 깔끔하게 처리했다.

얼굴이 새빨개져 눈물을 머금고 키잉키잉 울며 벨프를 뻥뻥 걷어차대는 릴리. 벨프는 벨프대로 속이 메슥거리는 듯 가슴만 쓸어내릴 뿐 어디서 뭐가 짖느냐는 식이었다.

내 옆에서 아이즈 씨는 그런 모습을 어리둥절하게 바라보고 있었다.

"그건 그렇고 소문으로는 들었는데…… 진짜 신기한 곳이다, 여긴."

메슥거림에서 회복된 벨프가 주위를 슥 둘러보았다.

계층 천장에서는 완전히 침묵한 백수정 대신 청수정만이 희미하게 빛나 숲 전체에 푸르스름한 어둠이 내려앉았다. 나무들 저편에는 지상의 하늘을 모방한 밤하늘이 존재했다.

마석등으로 만든 캠프파이어를 에워싼 우리는 어둠 속에서 주황색 불빛 속에 먹고 마시고 담소했다. 웃음소리도 나고, 유쾌한 모험자들의 얼굴은 인광을 받아 밝게 타올랐다. 마치 어두운 숲 속, 달빛 아래에서 모닥불과 함께 저녁을 먹는 영웅담의 한 장면 같았다.

핀 씨나 리베리아 씨, 가레스 씨는 다른 단원들에게서 잔을——그 표주박 모양 과일이다——받고 있었다. '원정'은 이게 거의 다 끝난 거나 마찬가지인지【로키 파밀리아】에 어두운 그림자는 전혀 보이지 않았다.

다만 경계는 태만히 하지 않는 듯, 캠프파이어에서 먼 야영지 주위에는 몇 명이 단단히 보초를 서고 있었다.

"희한한 열매가 있고, 하늘도 있고……. 듣기로는 분명 '마을'도 있다고 그러지 않았어?"

"뭐…… 마, '마을'?!"

벨프의 입에서 나온 생각지도 못한 단어에 깜짝 놀랐다.

지하에 '하늘'이 있는 것도 대단한데, 던전에 '마을'이 존재한다니.

나도 모르게 아이즈 씨를 돌아보자, 블록 형태의 휴대용 식량을 먹고 있던 그녀는 고개를 들고 고개를 끄덕였다.

"……내일, 가볼래?"

"네, 네엣!"

고속으로 고개를 끄덕였다.

별안간 흥분한 나는 벌써부터 그 던전 '마을'에 상상을 부풀렸다. 어떤 곳일까, 누가 뭘 하고 있을까…… 상상만 해도 가슴이 두근거렸다. 이 마음이 모험자의 참맛 중 하나일 거라고 볼썽사납게 들뜨는 마음이 변명을 해주었다.

내 얼굴이 반짝거렸는지 아이즈 씨는 옆에서 바라보다가…… 살짝 웃은 것 같았다.

"아르고노트 군~!"

그러자 금방 누가 말했는지 모를 이름을 부르며 티오나 씨가 다가왔다.

그 뒤에는 언니 티오네 씨도. 쌍둥이 아마조네스 자매는 눈앞에 멈춰 서는가 싶더니…… 털썩, 내 좌우에 앉았다.

"엑."

"이것저것 얘기 좀 들려주겠어? 한 끼 하룻밤의 은혜가 있으니 괜찮지?"

"응, 듣고 싶어 듣고 싶어~."

억지로 끼어든 티오네 씨에게 릴리는 깜짝 놀라고 아이즈 씨도 끼어든 티오나 씨에게 고개를 갸웃했다. 바로 옆자리를 점령당한 나는 너무 가까운 그녀들의 몸에 숨이 막혔다. 아니, 새빨개졌다.

릴리가 눈썹을 곤두세우고 험악한 분위기를 풍기는 가운데, 오른쪽 옆의 티오나 씨는 천진난만한 웃음을 지우지 않으며 질문해댔다.

"어떻게 하면 어빌리티 올 S를 찍을 수 있어?"

내 얼굴이 굳었다.

경련하는 웃음을 짓고 왼쪽을 보니 눈을 가늘게 뜬 티오네 씨가 희미하게 웃고 있었다. 자백할 때까지 놓아주지 않겠다는 듯.

어빌리티를 많은 사람들 앞에서 들킨 건가, 애초에 어떻게 예전 수치를 알고 있는 걸까, 요란하게 조바심이 치밀었다. 심장이 동요 때문에 마구 뛰며 멈추질 않았다.

애초에 물음에 솔직히 대답하려 해봤자…… '노력인데요'라고 곧이곧대로 대답한들 수긍해줄지 어떨지. 나는 그저 동경을 쫓아왔을 뿐이고.

그 동경의 대상은 어떤가 하면 무릎을 끌어안고, 아무렇지도 않은 척하면서 귀를 우리 쪽에 기울이고 있었다. 온 신경을 집중해 엿듣는다. 동경은 때로 잔혹하다.

멀리서는 핀 씨와 리베리아 씨가 이 광경에 한숨을 쉬면

서도 아무 말 하지 않았다. 가레스 씨는 재미나다는 듯 긴
수염을 쓰다듬었다.

벨프는 어떤가 하면.

"뭐냐, 벨식이. 우리 뒤를 따라온 게냐? 후후, 귀여운 놈."

"야, 관둬, 이게, 오지 마?!"

스미스 선배들에게 붙들려 진심으로 비명을 질러대며
끌려갔다. 릴리는 릴리대로 티오나 씨와 함께 나를 노려
본다.

고립무원.

식은땀이 멎질 않는 나는 가능하다면 지금 당장 의식을
놓아버리고 싶었다.

"——끄우아악?!"

그때였다.

"?!"

누구보다도 귀에 익은, 그러나 미궁에서는 결코 들릴 리
가 없는 그 목소리가 들렸던 것은.

릴리와 홱 얼굴을 마주 보았다. 눈을 곤두세웠던 그녀도
내 생각을 긍정하듯 고개를 끄덕였다.

"죄송합니다, 잠깐 좀 갈게요!"

티오나, 티오네 씨의 대답을 기다리지도 않고 일어났다.
달려가는 나를 릴리가 쫓아오고, 뒤늦게 벨프도 뛰어왔다.

목소리가 들린 방향으로 나아가자 야영지 밖으로 벗어나, 바로 숲이 드문드문해졌다. 시야 안쪽에 보인 것은 높이 솟은 바위벽, 그리고 입을 벌린 동굴이었다. 분명 저것이 제17계층과 18계층을 이어주는 연결로일 것이다.

나무들이 끊어진 동굴 앞에는 이미 【로키 파밀리아】의 보초들이 모여 있었다. 가장 먼저 달려왔던 그들의 어깨 너머로 고개를 내미니──.

"우워어어어……?! 저, 저렇게 거대한 몬스터가 있단 말은 못 들었단 말이다!!"

"아하하하하하하!! 죽는 줄 알았네!"

팔다리로 땅을 짚고 헥헥 숨을 몰아쉬는 주신님이 계셨다.

눈을 크게 떴다. 헤스티아 님의 곁에는 지면에 주저앉아 껄껄 웃는 남신이 있었고, 그 외에도 요란하게 어깨를 들썩거리는 모험자들──안경을 낀 여성 모험자가 어쩐지 제일 피폐한 눈치였다──도 있었다.

우리와 마찬가지로 계층 터주를 피해 도망쳐왔을 것이라고, 공감에 가까운 기시감이 가르쳐주었다.

"……아."

속속들이 모이는 사람들의 모습을 보고 고개를 든 주신님의 눈이 나에게서 머물렀다.

푸르스름한 두 눈이 동그랗게 커지더니, 다음에는 구르듯이 달려왔다.

"——벨!!"

인파가 갈라지고 길이 열리고. 일직선으로 뛰어든 주신님의 머리가 내 배에 직격했다.

"어흑?!"

뻣뻣하게 서 있던 나는 쓰러지고 털썩 엉덩방아를 찧었다.

"벨, 벨! 너 진짜 우리 벨이냐?!"

"주, 주신님……?!"

반쯤 나를 덮쳐 쓰러뜨린 꼴로 온몸을 철썩철썩 두드리더니 마지막에는 뺨을 쭉쭉 잡아당기신다. 얼굴이 변형된 나는 간신히 주신님의 손을 잡았다.

몸을 일으켜 어떻게 여기 오셨느냐고 물으려 했지만.

말을 가로막듯 목에 두 팔을 감더니 힘껏 끌어안으셨다.

"——?!"

눈을 크게 뜨고 얼굴을 붉혔다.

조그맣고 부드러운 감촉에 에워싸였다. 밀착한 몸과 몸 사이에서 꾸우욱 강한 포옹의 소리가 울려 퍼졌다.

매달리듯 헤스티아 님은 자신의 얼굴을 내 목에 묻었다. 뜨거운 숨결이 피부를 타고 전해져 어깨에도 등에도 한층 긴장감이 돌았다.

입을 뻐끔거리며 무어라 말을 못하고 있으려니.

"……다행이다아."

꺼져 들어가는 그 목소리가 귓전에 닿았다. 몸에서 힘이 빠져나가며 냉정해졌다.

헤스티아 님의 몸은 어린아이처럼 떨고 있었다. 그 가녀린 팔로 나를 더욱 끌어당겨 안으려 한다. 무언가를 훌쩍거리는 소리가 목덜미를 타고 전해졌다.

어떻게 오셨느냐고, 물을 필요도 없었다.

나를 걱정해서, 체면도 뭣도 다 내팽개치고 여기까지 와주신 것이다.

가만히, 내 얼굴 바로 옆에 있는 칠흑의 머리카락을 바라보았다.

몸도 숨결도, 마음도 가깝다. 피부를 통해 섞여드는 서로의 온기는 바꿀 수 없는 무언가로 가슴속을 가득 채워주는 것만 같았다.

한껏 고민한 끝에, 헤스티아 님의 가녀린 등을 안아주려고 배짱도 없는 주제에 겨우 손을 들려다…… 주위의 시선을 알아차렸다.

한참 전부터 수많은 사람들에게 지금의 모습을 보이고 있었다.

한번 뻣뻣하게 굳어지자 수치심이 부활했다. 두 손은 어정쩡한 위치에서 갈 곳을 찾지 못하고 헤맸다.

그때 릴리가 주신님의 목덜미를 붙잡았다.

"그만 좀 하시죠? 헤스티아 님."

"아, 이놈! 감동의 재회에 찬물을 끼얹지 말거라!! 이, 이거 놓지 못하느냐—?!"

주신님은 바동바동 필사적으로 저항했지만 【스테이터스】가 있는 릴리가 더 강하다. 질질질, 소녀가 소녀를 끌고 간다.

주신님의 포옹에서 해방된 나는 땀을 흘리며 그 광경을 보았다.

"크라넬 씨, 무사하셨습니까."

"에…… 류, 류 씨?!"

주저앉아 일어나지 못하는 내게 다가온 복면 모험자가 귓전에 속삭였다.

기억에 있는 목소리에 눈을 깜빡거리며 돌아보자, 그 가녀린 손가락으로 살짝 치운 케이프 안쪽에서 고운 외모의 일부와 하늘색 눈동자가 엿보였다.

틀림없다. '풍요의 여주인' 점원인 아름다운 엘프 소녀였다.

"어떻게 류 씨까지……."

"어떤 신께서 퀘스트를 의뢰하셨습니다. 당신의 수색대에 가담해 달라고."

후드 안의 하늘색 눈이 시점을 돌렸다.

그녀의 눈을 따라가니 그곳에는 조금 전의 남신이 있었다. 조금 전부터 계속 주저앉아 있던 그는 등황색 머리카락을 찰랑거리며 주위를 둘러보더니 탁탁 흙을 털고 일어났다.

"오케이, 상황은 알겠어."

모여든 아이즈 씨를 비롯한 【로키 파밀리아】 단원들의 얼굴을 보고 이해했다는 양 웃음을 지었다.

그리고 남신은 이쪽의 시선을 알아보고 다가왔다. 나는 황급히 일어났다.

"네가 벨 크라넬이니?"

"어, 네!"

가늘고 긴 등황색 눈이 가만히 내 얼굴을 바라보았다.

내가 아무것도 못하고 있으려니 그는 눈을 가늘게 떴다.

"그래…… 만나보고 싶었다."

그렇게 말하며 그는 눈을 다시 활처럼 구부렸다.

"내 이름은 헤르메스. 앞으로 잘 부탁해."

"헤르메스, 님……?"

"그래. 친하게 지내자, 벨 군."

손을 내미는 바람에 잠시 시선을 떨군 후 나도 조심스레 손을 잡았다.

싱글싱글 웃으며 악수를 하는 헤르메스 님의 첫인상은 호의적인 남신, 이라는 솔직한 것이었다.

"헤, 헤르메스 님? 그래서, 저기……."

"아, 낯선 내가 너를 구하러 온 이유 말이지?"

"네……."

"뭘, 나는 헤스티아의 친구니까 도와준 것뿐이야. 너를 구하고 싶다는 그녀의 바람을 말이지."

릴리와 말다툼을 벌이는 주신님 쪽을 보며 헤르메스 님

은 싱글싱글 웃었다.

눈을 크게 뜬 나는 감사 인사와 함께 고개를 숙였다.

"고, 고맙습니다."

헤스티아 님이 던전 중층까지 오실 수 있었던 것도 분명 이분 덕택일 것이다. 이것저것 손을 써주신 모양이었다.

헤르메스 님은 친근한 미소를 지었다.

"감사라면 나 말고 다른 아이들에게 해줘. 저기 있는 복면 모험자나 저 친구들 덕에 여기까지 올 수 있었던 거니까."

헤르메스 님의 시선을 따라가니 아직 동굴 앞에 있던 모험자들과 눈이 마주쳤다.

아쿠아블루 머리카락에 안경을 낀 여성모험자와, 통일된 장비──배색이나 양식을 똑같이 갖춘 방어구와 배틀 클로스──를 입은, 아마도 같은 【파밀리아】 소속으로 보이는 세 사람의 모험자…….

"……야, 벨."

뒤에서 벨프가 그렇게 말하기도 전에 나도 깨달았다.

저 사람들은──.

눈에 익은 자청색 눈동자. 당시 눈물을 머금고 있던 저 소녀와 엇갈렸던 것은 제13계층.

이곳 제18계층까지 도달하게 되었던 첫 번째 이유……. 몬스터의 대군을 몰고 왔던 모험자들.

얼굴을 뻣뻣하게 굳힌 그녀들의 갑옷 위에서, 지면에 박힌 검의 엠블럼이 나무라듯 둔중하게 빛나고 있었다.

"──정말 죄송합니다."

우리가 빌려 쓰는 텐트 안.

헤스티아 님과 재회한 우리는 일단 이 천막 안으로 돌아왔다. 류 씨, 그리고 헤르메스 님과 권속인 아스피 씨는 이곳에는 없다.

눈앞에서는 한 소녀가 무릎을 꿇고 앉아 손바닥과 이마까지 지면에 붙인 채 절도 있게 사죄하고 있었다. 신성하기까지 한 그 평복 자세에 나와 주신님은 둘이 나란히 오오 하고 전율했다.

이것이 본가 원조의 오체투지……!

"……아무리 사과해도 간단히 용서할 순 없어요. 릴리네는 죽을 뻔했다고요."

"하기야 그렇게 쉽게 털어버릴 수 있는 일은 아니지."

목을 꼴깍 울리는 나와는 달리, 릴리와 벨프는 미코토 씨의 오체투지를 보고도 험악한 목소리로 말했다. 아니, 조금 압도된 것 같기는 했지만.

성실하게도 한 발 먼저 과감하게 사죄하는 미코토 씨에게 난감해하던 오우카 씨와 치구사 씨는 고개를 들고 릴리와 벨프의 시선을 정면으로 받아들였다. 미코토 씨도 무릎은 꿇은 채 몸을 일으켜 오체투지를 풀었다.

"저기, 저, 정말…… 죄송, 합니다……."

"릴리 공과 벨프 공의 분노는 지당합니다. 규탄은 달게 받겠습니다."

눈을 앞머리로 가리며 쭈뼛거리는 치구사 씨, 절도 있게 딱 잘라 말하는 미코토 씨가 함께 사죄했다.

사실 몬스터를 떠넘기는 일은 미궁 내에서도 일상다반사라고 한다. 아니, 이를 잘 이용하는 것이야말로 던전에서 살아남는 한 가지 기술이기도 하다. 내일은 우리가 그러……지는 않겠지만, 언제 가해자가 될지 알 수 없는 모험자는 악의가 없는 '괴물증정'에는 어느 정도 이해를 가져야 한다, 고 들었다.

하지만 이번에는 우리가 사선을 죽을 만큼 넘나들었던 사례인 만큼 험악한 분위기가 이어졌다. 주신님도 난감한 듯 팔짱을 끼고 우리를 지켜보았다.

그러자 미코토 씨와 치구사 씨보다도 앞으로 나온 거한 오우카 씨가 단언했다.

"그건 내가 내린 지시였다. 그리고 나는 지금도 그 지시가 잘못되었다고는 생각하지 않는다."

나도 모르게 눈을 껌뻑거리기는 했지만, 뒤집으려 하지 않는 그의 신념 같은 것이 전해졌다.

아마도…… 오우카 씨는 저울질했을 것이다. 동료의 목숨과 낯선 이들의 목숨을.

이렇게 언젠가 다시 만나 원한을 받아들일 각오로, 그저 비정하게, 동료들을 위해.

그것이 옳은 일인지 나는 모르겠지만…… 그래도 이 사람은 파티의 리더로서 결단을 내렸는지도 모른다.

"……그 소리를 용케도 우리 앞에서 지껄일 수 있구만, 멀대?"

입술을 틀어 올린 벨프가 오우카 씨와 대치했다. 노려본다고 해도 과언이 아닌 눈빛.

일촉즉발의 분위기가 흘렀다. 모두들 긴장된 표정을 보이는 가운데, 나는 처량하게 고개만 연신 좌우로 돌렸다.

이대로는 위험하다고 필사적으로 좋은 합의점을 찾고 있으려니──.

"여어, 돌아왔어. 【로키 파밀리아】랑 이야기를 하고 왔지."

핀 씨에게 체류 허가를 받고 헤르메스 님과 아스피 씨가 돌아왔다.

"어이쿠…… 이게 무슨 상황이지, 헤스티아?"

"음─ 여차여차 저차저차해서."

헤스티아 님이 간략하게 설명하자 헤르메스 님은 과장스레 밝게 웃었다.

"그렇게 딱딱하게 굴 것 없잖아! 자네들은 이렇게 해서 미코토 일행에게 큰 빚을 하나 지웠다고 생각하면 되지. 미코토네도 죄를 갚을 생각은 있지?"

"그야, 물론……."

"이렇게 말하잖아, 릴리? 여차할 때는 짐말처럼 부려 먹으라구."

"……그런, 거라면야 뭐."

미코토 씨와 릴리에게 번갈아 말하던 헤르메스 님은 마지막으로 벨프를 보았다.

"벨프 군. 미코토 일행 때문에 험한 꼴 봤을지도 모르지만, 여기까지 구하러 와준 것도 다름 아닌 저 친구들 뜻이었어. 우리가 시킨 것도 아니고, 우리에게 주눅이 들어서도 아니고."

……한동안 침묵.

헤르메스 님의 말이 끝난 후 벨프는 오우카 씨에게 말했다.

"……털어주지. 하지만 수긍한 건 아니다."

"그래…… 그거면 충분해."

오우카 씨도 조용히 고개를 끄덕였다. 그의 앞을 떠나 벨프는 우리에게 돌아왔다.

눈 깜짝할 사이에 불온한 분위기가 불식되고 말았다. 역시 신이라고 하면 그냥 그뿐일지도 모르지만…… 이 자리를 원만하게 수습해버린 헤르메스 님의 수완에 나는 솔직하게 감탄했다.

"그럼 앞으로의 예정에 대해 이야기를 해보지!"

아무 일도 없었다는 듯 모두에게 미소를 짓는 헤르메스 님. 가시가 빠져나가버린 우리들 가운데 이의를 제기하는 사람은 없었다.

헤르메스 님이 아스피 씨를 불러서 슬쩍 자리를 비켜주었다. 아스피 씨가 설명했다.

"우선 지상으로 귀환해야 합니다만…… 【로키 파밀리아】가 계층 터주 골라이아스를 쓰러뜨려준 후, 우리는 이곳 18계층을 출발할 것입니다. 회피할 수 있다면 위험한 고비를 넘을 필요도 없습니다."

지당한 말이라고 우리는 고개를 끄덕였다.

"그리고 【로키 파밀리아】가 이동을 재개하는 것은 적어도 이틀 후라고 합니다."

"다시 말해 하루는 시간이 있지……. 기왕 이렇게 된 거, 내일은 마음껏 18계층을 관광해보는 게 어때!"

헤르메스 님의 그 제안이 받아들여졌다.

몬스터들이 태어나지 않는 세이프티 포인트라고는 해도 이곳은 던전이다. 모두들 함께 움직이기로 하고, 아이즈 씨와 내가 나눈 약속도 있었으므로 내일은 '마을'에 가보기로 결정이 되었다.

이야기가 휙휙 진행되는 바람에 이제는 자는 일만이 남았다.

"아, 맞다. 벨프 군."

"왜 그러십니까, 헤스티아 님?"

여성진이 텐트 안에 남고 남성진이 보초 겸 야숙을 위해 밖으로 이동했을 때 주신님이 벨프를 불러 세웠다.

주신님은 치구사 씨도 부르더니, 그녀에게서 흰 천에 싸인 무기 같은 것을 받아들었다.

"너희 주신에게 맡은 거다. 전할 말도 있었지. 어……
'오기와 동료를 저울질하는 짓은 그만둬'라고 했던가?"

"……."

주신님께 흰 천에 싸인 무기를 받아든 벨프는 입을 꾹
다물고 밖으로 나왔다.

"벨프?"

"……아냐, 아무것도. 신경 쓰지 마."

그렇게 말하고, 벨프는 손에 든 하얀 천 꾸러미만 계속
바라보았다.

🔥

제18계층의 '밤'이 끝나고 '아침'이 왔다.

아침을 먹은 우리는 약속대로 아이즈 씨에게 '마을'로 안
내를 받게 되었다. 그녀 말고도 시간이 남아도는지 티오나
씨, 티오네 씨도 동행했다.

'……류 씨는 역시 없나봐.'

어떻게 된 걸까. 어제 한 번 이야기를 나눈 후로 보이지
않는 그녀에 대해 생각했다. 텐트에도 오지 않았고…….
헤르메스 님은 그녀에게도 사정이 있으니 신경 쓰지 말라
고 했지만.

마음에 걸리면서도 나는 아이즈 씨와 야영지를 출발

했다.

'마을'은 호수 지역…… 호수에 떠 있는 '섬'에 있다고 한다. 계층 남쪽에 위치한 숲을 빠져나가 호수가 있는 서쪽으로 향했다.

"그러고 보니 주신님……."

"응? 왜 그러느냐, 벨."

"어제부터 어쩐지 분위기가 평소와 다르신 것 같아서요……."

아이즈 씨와 히류테 자매를 선두에 세우고 대초원을 이동하면서 곁에 있는 주신님에게 의문을 던졌다.

말로는 표현할 수가 없어 답답해하고 있으려니, 주신님이 짚이는 곳이 있는지 웃으며 고개를 끄덕였다.

"우리가 평소에 발산하는 신위(神威)를 지금은 억누르고 있는 거다. 내가 여기 있다~ 하고 밝히지 않도록 말이다."

신위…… 하계 사람들 눈에 '이분은 신'이라고 직감적으로 알게 하는 위광, 혹은 신들의 파동이다. '아르카눔'을 쓰면 반드시 이 파동이 일정량 발산되어 다른 신들에게 간파당한다고 한다. 다시 말해 규칙 위반을 저지른 신들은 이 신위 때문에 들켜서 천계로 강제송환되는 것이다.

"신은 던전에 들어와선 안 된다는 것이 암묵적인 규칙이거든."

"그건 왜요?"

"들키면 위험하니까."

누구한테 들킨다는 건지, 주어가 빠진 말에 나는 고개를 갸웃했다. 추궁해선 안 될 것 같은 분위기를 무의식중에 느끼고 그 이상은 아무것도 묻지 않았다.

"저 어마무지 커다란 섬에 간다는 건 알겠지만…… 어떻게 호수를 건너지?"

싹싹하게 질문하는 벨프에게 티오나 씨가 손가락으로 가리키며 말했다.

"나무를 베어 만든 다리가 있는데, 그걸 건너는 거야. 봐, 저기."

그곳을 보니 호면 위에, 여기서도 알아볼 수 있는 거목이 섬에 다리처럼 놓여 있었다.

다가감에 따라 점점 커지는 거대한 바위섬의 위용에 압도당하며, 나뭇가지나 이파리를 쳐낸 천연의 나무다리를 건넜다. 발을 디디고 지나간 흔적은 있지만 난간 같은 것은 전혀 없고, 울퉁불퉁한 나뭇결 때문에 발 디딜 곳도 좋지 못했다. 호수에 빠질 뻔한 주신님을 황급히 잡아드리며 나는 다리 위를 신중하게 나아갔다. '아침'인 만큼 어제 '낮' 보다는 덜 밝았지만 하늘에서 크리스털이 비추는 빛은 따뜻했다. 반짝거리는 검푸른 호면에 다리를 건너는 우리의 모습이 비쳤다.

"그러고 보니 '마을'이 있다면 【로키 파밀리아】도 그곳에서 숙박했으면 되는 거 아니었나요……?"

문득 떠오른 의문을 입에 담자 티오네 씨가 즉시 대답해주었다.

"바가지 쓸 테니까 안 돼."

무슨 소리일까 생각하면서도 섬에 발을 들였다.

'마을'이 있다는 꼭대기 부근까지 가는 길은 험준했다. 산이라기보다는 낭떠러지 틈을 오르내리는 기분이었다. 바위 틈새에서 초목과 청수정이 돋아난 광경에 에워싸여 우리는 경치 좋은 고지대로 나왔다.

"아, 이거 멋진걸."

"헥, 헤엑…… 으, 으음. 장관이로군."

여유가 있는 헤르메스 님과는 대조적으로 완전히 숨이 턱까지 찬 헤스티아 님이 그 광경에 같은 감상을 보였다. 우리까지도 눈길을 빼앗긴 그곳에는 제18계층 전체의 경치가 펼쳐져 있었다.

제18계층은 미로도 벽도 존재하지 않는 원형의 대공간이다. 계층을 통째로 에워싼 바위벽은 수정이 피어난 천장까지 이어진다.

남쪽 끝에는 제18계층으로 통하는 동굴이 존재하고, 야영지가 있는 곳도 그 부근이다. 숲은 남쪽 일대에서 동쪽까지 이어졌으며 푸른 시냇물이나 샘이 있는 것도 보였다. 북쪽은 나무가 드문드문한 습지대. 대초원과 마찬가지로 길을 가로막는 것은 무엇 하나 존재하지 않았지만 배회하는 몬스터로 보이는 까만 그림자가 눈에 뜨였다.

하늘에서 흰빛을 받아 새로 보이는 몬스터가 물가에서

일제히 날아올랐다.

"우리와 마찬가지로, 몬스터도 이 계층에 흘러들어
와……."

괴물들도 무수히 열린 과일이며 맑은 물을 찾아온다고
아이즈 씨가 설명하고, 아스피 씨가 보충해주었다.

"18계층은 우리의 공간이라기보다는 몬스터들의 낙원이
라고 하는 편이 적절하니까요."

서쪽에는 호수에 자리 잡은 이 바위섬, 그리고 그 중심
부에는 줄기가 어마어마하게 굵은 거대한 거목.

이러한 대자연의 풍경이 제18계층의 전모였다.

"릴리는 오라리오 주변 이외의 장소에 나가본 적은 없지
만…… 굉장히, 아름답네요."

"예. 이 경치를 능가하는 곳은 세계가 넓다 해도 그리 쉽
게는 찾아볼 수 없습니다."

"……고향의 산천이 생각나는군."

"응……."

릴리와 미코토 씨가, 오우카 씨와 치구사 씨가 마음을
빼앗긴 것처럼 말을 나누었다. 나도 이 아름다운 경치가
완전히 가슴속에 새겨져버렸다.

이윽고 고지대를 벗어나 얼마 안 되는 길을 다 올라가자
염원하던 목적지에 도착했다.

"와아……!"

우리를 제일 먼저 맞아준 것은 나무기둥과 깃발로 만들

어진 아치문이었다.

상부에는 코이네 공통어로 '리빌라에 온 것을 환영합니다, 모험자들이여!'라고 적혀 있었다.

"겉모습에 속으면 안 돼. 기분 좋게 만들어서 주머니 끈을 풀게 만들려는 속셈이니까."

티오네 씨가 다시 충고해주고, 우리는 아치문을 들어섰다.

섬 최상부, 단애절벽 위에 지어진 것은 지면에서 돋아난 백수정과 청수정에 장식된 아름다운 집락이었다.

집, 아니, 간판을 내건 수많은 '가게'들은 나무며 천막으로 지은 즉석 주택이었다. 바위에 뚫린 천연 동굴을 이용한 동굴형 상점이나 여관도 많았다. 산자락이나 같은 절벽 위라 그런지 드문드문 급격한 경사면이 보여 곳곳에 통나무 계단이 설치되어 있었다. 그리고 그런 거리의 어느 방향을 보더라도 검푸른 호수를 배경으로 한 아름다운 계층의 경치와 만날 수 있었다.

수정과 바위에 에워싸인 숙박촌…… '리빌라 마을'.

"이 마을을 경영하는 건 다름 아닌 모험자들입니다. 세세한 규칙이나 영주 같은 것은 존재하지 않으며 각자 알아서 장사를 하지요."

주신님과 릴리, 벨프와 나란히 서서 연신 주위를 둘러보며 아스피 씨의 이야기를 들었다.

광대한 던전 안에 존재하는 이 마을은 원래 길드가 미궁에 거점을 설치하려다 실패한 계획을 모험자들이 멋대로 이어받아 만든 것이라고 한다. 넓은 제18계층 내에서도 이곳이 선택된 이유는 주위가 호수에 에워싸인 입지가 요새 같은 역할도 할 수 있기 때문이라나.

우리가 들어온 남문과 정 반대쪽 위치에 있는 북문, 그리고 동쪽의 호수 쪽 절벽을 제외하면 마을은 벽에 에워싸여 있다. 지형까지 이용해 수정과 돌로 쌓은 마을벽은 물론 오라리오의 두꺼운 시벽과 비교할 수는 없지만 충분히 견고할 것 같았다.

제18계층 이하의 계층을 공략하기 위한 모험자들이 이따금 이용하는 이 베이스캠프에서는 숙박, 탐색, 숙박……의 반복을 체력과 물자가 유지되는 한 계속 이어나가는 것이 기본이라고 한다.

"그렇지만 마을이 몬스터에게 습격을 받거나 하진 않나요?"

"물론 받지. 겨우 한 달 전에도 몬스터들이 난리를 쳐서 궤멸당할 뻔했는걸."

"그거 진짜 위험했지~?! 우리도 그때 여기 있었는데 말이야~!"

질문에 가볍게 대답하는 히류테 자매의 말에 나는 입가를 실룩거렸다.

"하지만 이 마을 모험자들은 줄행랑이 굉장히 빨라. 그래서 다시 이곳에 돌아와서 또 마을을 만들어."

"만들고, 부서지고, 또 만들고…… 계속 반복해."

그녀들의 말에 따르면——아무리 세이프티 포인트라고는 해도 이곳은 미궁 안이기 때문에——'리빌라 마을'은 끊임없이 몬스터의 침공 위협에 노출된다고 한다. 제3급 이상 모험자가 상주해봤자, 이상사태가 발생하면 마을은 그때마다 무참하게 파괴된다. 그리고 그 후 돌아온 모험자들의 손에 몇 번이고 부활했다.

실제로 리빌라 마을은 지금이 제334대.

이름의 유래는 처음으로 마을을 세운 위대한 여성모험자 '리빌라 산티리니'를 기념하여 붙였다고 한다.

"저기, 아스피 님. 이 마을에도 수정이 굉장히 많은데요……."

"예. 지상에서라면 제18계층에 돋아난 크리스털은 모두 환전할 수 있습니다."

"——벨 님, 여기서 돌아갈 때는 꼭 수정을 잔뜩 채취해가요!"

눈을 빛내는 릴리에게 쓴웃음을 지으며 우리는 경치가 좋은 광장으로 나왔다.

헤르메스 님이 팔을 벌리며 제안했다.

"아무리 그래도 이 인원으로 돌아다니는 건 민폐니까, 여기서부터는 자유행동. 각자 가고 싶은 곳으로 흩어지는 게 어때?"

모두들 찬성했다. 혼자서만 행동하는 것은 금지하고 각

자 내키는 대로 그룹을 짰다.

"좋았어. 벨! 나와 함께 마을을 돌자꾸나! ——너는 따라오지 말고!!"

"엑, 주신님, 저기요……?!"

"……."

아이즈 씨에게 쏘아붙인 주신님에게 손을 잡아끌려 나는 광장에서 마을 안으로 들어갔다.

리빌라 마을은 성질상 설치된 즉석 오두막 대부분이 상점이다.

무기상이나 도구상, 비좁은 여관, 얼마 안 되는 술집 등 모두 모험자를 손님으로 장사를 한다.

마을 안을 오가는 사람들은 모험자와 일부 서포터뿐이다. 상급모험자인 그들의 무장은 모두 중후한 일등급 물건이라 부를 만한 것들이라——게다가 긴급상황을 대비해 즉시 전투에 임할 수 있도록 모두들 완전무장——투핸디드 소드나 할버드, 나아가서는 풀 플레이트 아머를 입은 자들이 곳곳에서 돌아다닌다. 지상의 '모험자 거리'와 비교해도 기이할 정도로 삼엄한 양상을 띠었다.

이 광경을 보고도 리빌라에 쳐들어오려는 자들은 없을 것이다. 그야말로 몬스터가 아니고서는.

"왜 따라오는 거냐, 너는?!"

"주, 주신님, 진정하세요!!"

"하하, 북적거리고 좋네."

투명한 수정 창공 밑에서, 벨은 교차하는 가느다란 바위 길을 나아갔다.

뒤를 따라오는 아이즈에게 속이 상한 헤스티아, 그리고 헤르메스와 아스피까지 더해 아름다운 거리를 관광했다. 단차며 기복이 많은 마을은 곳곳에 초목과 결정 기둥이 존재했다.

"저기, 아까부터 가게에 나와 있는 물건들이 전부…… 비, 비싸지 않나요?"

"그게, 리빌라의 특징이야…….."

벨과 아이즈의 시선 너머 각 점포에 진열된 무기며 도구 의 가격은 지상에서 판매되는 같은 물건과 비교해도 자릿 수가 한둘 달랐다.

가게를 돌아보며 아스피와 헤르메스가 설명했다.

"이곳에서는 무기나 도구, 식량 같은 것들을 통상 가격 의 몇 배나 되는 가격으로 판매합니다."

"던전에서는 물자를 쉽게 확보할 수 없으니, 아무리 값 을 올려도 잘 팔리거든."

헤르메스의 말대로 이 폐쇄된 지하미궁에서는 물이나 식량을 비롯한 물자 보급이 곤란하다. 리빌라 사람들은 일 정량 이상의 도구를 소지할 수 없는 모험자들의 약점을 노려 장사를 하는 것이다.

"사막에서 사는 물의 가치…… 그것과 원리는 같지."

염가, 혹은 무료로 살 수 있는 물건도 특정한 장소에 가져가면 가치는 변동한다.

거금을 지불하고 목숨줄인 아이템을 확보할 테냐, 지출을 아끼다 죽음을 택할 테냐.

리빌라 사람들이 제시하는 것은 그러한 양자택일이었다.

이곳에서는 마석등에 이르기까지 무엇이나 다 비쌌다.

"믿을 수가 없어요! 백팩 하나가 2만 발리스나 하다니……. 바가지를 씌워도 분수가 있다고요!"

"연마석에 이 가격은 말도 안 되지…….."

막 구입한 대형 백팩을 힘차게 짊어지며 부들부들 화를 내는 릴리. 벨프도 가게 앞에 놓인 무기정비용 연마석을 보고 신음소리를 냈다.

인적이 뜸한 가게는 길거리에서 호객행위를 하는 점원을 두지 않았으며, 오히려 희미한 웃음을 지은 채 뻔뻔할 정도로 가게 안에 찰싹 눌러앉아 영업을 했다.

모험자이기도 한 그들의 흉포한 인상은 아름다운 거리에 요만큼도 어울리지 않았다.

"이러니까 우리도 여기서 안 묵고 숲 속에다 캠프를 치는 거야."

"여기에서 '원정'을 할 만한 인원이 묵어가려면 어마어마한 돈이 나갈걸~."

표정이 이리저리 바뀌는 릴리와 벨프를 보며 티오나는 머리 뒤에 두 손을 깍지 끼고 쓴웃음을 지었으며, 티오네는 진저리가 난다는 듯 한숨을 쉬었다. 제18계층으로 오면서 소지품을 모두 잃어버리는 바람에 당장 장비를 맞추고자 가게를 도는 릴리와 벨프를 쌍둥이 자매는 선배로서 동행하며 지켜봐주었다.

"이러니까 모험자들은 싫어요! 돈 문제만 얽히면 치사해지고, 아무렇지도 않게 사람 약점을 잡고!"

"내가 아는 돈 문제에 치사한 파룸에게 들려주고 싶은 말인데……. 릴리돌이, 너도 여기서 가게 열면 어떠냐?"

"……."

"야, 생각하지 마."

지상의 가치관을 가지고 물건을 팔았다간 호된 꼴만 당한다는 것은 의심할 여지가 없었다.

"화, 환전소까지……."

"정말 막 나가는구나……."

"……괴, 굉장해."

미노타우로스며 남보라색 결정 같은 그림을 그려놓고 주위의 간판보다도 화려하게 장식해 존재감을 과시하는 곳은 '마석'이니 '드롭 아이템' 같은 것을 사들이는 가게였다.

아연실색하는 미코토, 오우카, 치구사의 눈앞에서 대형급 몬스터의 것으로 보이는 거대한 이빨이 거래되고 있었다. 물건을 가져온 모험자는 노발대발해 고함을 질러대며 대들었으나, 가게 모험자는 불만이 있으면 다른 데로 가라는 양 여유만만하게 몸을 젖혔다. 결국 이빨은 그 가게에서 사들였고, 판매한 모험자는 시뻘건 얼굴로 씩씩거리며 문을 박차고 나왔다.

지상의 절반도 안 되는 금액으로 마석 같은 것들을 사들였다가, 이를 길드에 가져가 원래 시가대로 환전하는 단순한 장사였다. 원래 같으면 모험자들이 격노할 만한 가격이지만, 한계 이상의 마석이나 드롭 아이템을 소지해봤자 들고 가지도 못하므로 이곳에서 일단 팔아치우고 다시 미궁탐색에 나서는 것이다.

가게 측 모험자의 입장에서는 고생도 안 하고 입수한 아이템이므로 단순한 차액 이상의 가치가 있을 것이다.

"완전히 바가지로군⋯⋯."

"오, 오우카 공⋯⋯. 정론이기는 합니다만, 자중하십시오!"

매매액을 더 얹어주겠다는 가격경쟁은 일어나지 않는다.

가장 뚝심이 있는——**완력으로 다른 가게를 잠재워버리는**——모험자의 가게가 마을의 최고액이기 때문이다.

이 가게에서도 곤봉을 짊어진 애꾸눈 거한이 부릅 노려

보는 바람에 미코토와 치구사는 오우카를 끌고 황급히 나왔다.

'싸게 사서 비싸게 판다'.

그것이 리빌라 마을의 매매소를 경영하는 그들의 모토였다.

"……하지만 헤르메스, 정작 돈은 어떻게 하지? 모험자들이 그렇게 많은 금화를 던전에 가져올 수는 없을 텐데?"

릴리 일행이나 미코토 일행과 마찬가지로 수많은 가게를 보며 돌아다니던 벨 일행 속에서 헤스티아가 물었다. 그녀는 어떤 물건…… 향수를 손에 들고 가만히 미간에 힘을 준 채 바라보고 있었다.

헤르메스는 양피지를 꺼내 모험자의 직필을 요구하고 있는 어떤 가게를 가리켰다.

"저런 식으로 증서를 만드는 거야. 본인의 이름과 【파밀리아】 엠블럼을 계약서에 쓰게 해서 나중에 청구하지."

리빌라에서는 매물은 모두 물물교환 내지는 증서로 이루어진다.

미궁탐색 때 짐이 무거워지는 금화를 가지고 다니는 일은 거의 없으므로, 상대의 이름을 기록하는 것은 물론 【파밀리아】 엠블럼까지 탁본을 떠놓는 것이다. 그리고 나중에 미궁에서 올라온 가게 사람이 증서를 들고 소속 파벌에 요금을 청구하러 간다.

매매소는 그 반대여서, 가게가 증서를 발행해주고 자신의 파벌에서 돈을 받아가게 한다.

따라서 리빌라에선 신원이 확실하지 않은, 수상한 사람은 거래를 하지 못한다.

"헤스티아는 아직 엠블럼을 만들지 않았지? 벨 군을 위해 마련해두는 게 좋을걸. 게다가 파벌 휘장은 신분증명이나 마찬가지니까, 도시 내에서는 그것만 있어도 이것저것 편리해져."

"으음~ 엠블럼이라~. 그렇군~……."

헤스티아는 팔짱을 끼고 지하의 하늘을 올려다보았다.

단원이 한 명뿐인 상황을 해결하는 것이 먼저일 테지만, 자신들만의 엠블럼이란 말에 벨은 조금 가슴이 뛰었다. 갑자기 【파밀리아】다워지는 것 같았기 때문이다. 아스피의 배틀 클로스에 새겨진 날개 달린 여행모와 샌들 엠블럼을 흘끔 보며 자기도 모르게 즐거운 상상을 부풀렸다.

그런 탓도 있었는지, 쿵 하고.

"아앙?"

"아…… 죄, 죄송합니다!"

스쳐 지나가려다 어떤 모험자와 어깨가 부딪치고 말았다.

좁은 길을 어기적어기적 활보하던 상대에게 벨은 황급히 사과했지만, 문득 그의 얼굴을 보고 기억을 자극받았다. 이마와 뺨에 상처가 있는 우락부락한 얼굴…….

"아!"

벨이 문득 떠올린 것과, 눈앞의 모험자가 눈을 크게 뜬 것은 동시였다.

"너 이 자식, 설마……!"

"틀림없어, 몰드! 이 자식, 그때 주점에 있던 그 꼬마야!"

몰드라 불린 우락부락하게 생긴 휴먼과 그 뒤에 서 있던 두 명의 남자들.

그들은 전에 '풍요의 여주인'에서 열렸던 벨의 랭크 업 축하 파티 때 류와 종업원들에게 혼쭐이 나 가게에서 쫓겨 났던 모험자들이었다.

벨이 놀라고 있으려니 몰드는 얼굴을 분노로 일그러뜨 렸다.

"어떻게 네놈이 여기에……!"

주점에서 추태를 보였던 데에 아직도 앙심을 품고 있 는지 벨의 멱살을 잡으려 하는 몰드. 그러나.

곁에 있던 【검희】를 보자마자 우뚝 손을 멈추었다.

눈가를 파르르 떨더니 벌린 입을 다물지 못한 몰드는 표 정도 희미한 소녀의 금색 눈에 꽁무니를 빼고 혀를 한 번 차더니 동료들과 함께 떠나갔다.

"어허, 벨 군. 또 모험자들과 시비가 붙은 건 아니겠지?"

"아뇨, 그런 건, 아니지만요……."

"그럼 그들과는 무슨 일이 있었던 게냐. 영 험악한 분위 기던데."

헤스티아와 헤르메스의 질문공세에 벨은 조금 난처해하며 사정을 설명했다.

이야기를 들은 일동 가운데에서 헤르메스는 흐음 하는 소리를 내며 고개를 들었다.

"저 친구들이, 벨을 눈엣가시로 생각한단 말이지……."

길 저편으로 조그맣게 멀어져가는 몰드 일행의 등을 그는 가만히 바라보았다.

❦

마을 광장에서 제18계층의 멋진 경치를 바라본다. 난간 너머는 낭떠러지여서, 아득히 아래로 펼쳐진 호수에 일직선으로 떨어졌다간 몸이 성치 못할 것 같았다. 아무리 그래도 여기서 뛰어내릴 모험자는 없겠지.

그룹 행동을 마치고 릴리 일행과 합류한 나는 혼자 집단에서 떨어져 이 광장으로 왔다.

주신님과 다른 사람들은 헤르메스 님이 한 턱 낸다고 해서 제18계층 명물인 '던전 샌드위치'란 것을 가게에서 먹는 중이다. 제18계층에서 나오는 과일을 아낌없이 사용한 빵 요리였다. ……하니클라우드도 쓰인다는 말을 듣고 나는 몰래 도망쳐나왔던 것이다.

참고로…… 던전의 지형은 제멋대로 수리되므로 땅을 파괴해 가옥을 지을 수는 없고, 천연 동굴 등을 이용하는 정도밖에 안 되지만——개중에는 지상에서 재료를 가져와 지하의 지형과 접목시켜 수제 가마를 만들어놓은 모험자도 있다고 한다. 굉장한 정열이랄까 집착이랄까 취향이랄까······. 아무튼 그런 사람들 덕에 리빌라 마을에는 빵을 비롯한 기호품이 나돌고 번영에 한몫을 하는 것 같았다.

"세상에서 가장 깊은 곳에 있는 마을이구나······."

모험자가 경영하는 마을.

사실상 지하미궁 개척의 선두.

이곳보다 더 깊은 계층을 공격할 수 있는 사람만이 공략 최전선인 '심층'으로 발을 들일 수 있다. 제2급, 제1급 모험자를 자청할 수 있게 된다.

그것이 그 사람이 있는 곳. 지금은 우러를 수밖에 없는, 동경의 경지.

녹슨 검과 망가진 창자루로 만든 난간 앞에 서서, 먼눈을 하고 나는 장대한 광경을 한동안 바라보았다.

"아······."

누군가가 접근하는 기척에 돌아보니 그 사람이······ 아이즈 씨가, 혼자서 이쪽으로 다가왔다.

뻣뻣하게 굳어버린 내 앞에서 잠시 발을 멈춘 그녀는 내 등 뒤, 제18계층의 풍경으로 시선을 돌렸다.

"뭘 보고 있어······?"

"어, 그게······ 시, 19계층에는 어떻게 갈 수 있을까, 길을 찾고 있었어요!"

질문에 대답하기가 힘들 것 같았던 나는 정신이 들고 보니 그런 말을 하고 있었다.

그렇게 되는 대로 주워섬긴 말을 아이즈 씨는 곧이곧대로 받아들였는지 내 곁에 서서 가만히 팔을 뻗었다.

"저기 중앙수……."

"한가운데에 있는…… 저 제일 커다란 나무요?"

"응. 그 뿌리 밑에 동굴이 있어서, 거기로 19계층에 갈 수 있어……."

계층 중심부에 우뚝 솟은 거대한 나무를 아이즈 씨는 똑바로 가리켰다.

그녀의 설명을 뒷받침하듯, 나무뿌리 근처에서는 여러 개의 검은 그림자가 나타나 제18계층으로 진출했다. 몬스터들은 주변을 배회하다가 북쪽의 습지대나 동쪽의 숲으로 각각 이동했다.

"……저기, 아이즈 씨는 여기 왜 왔나요?"

"네가, 혼자 없어져서……."

……조금 걱정이 돼서.

그렇게 말한 아이즈 씨에게 심장이 덜컥 뛰는 것이 느껴졌다.

새삼스레 생각이 난 것처럼 얼굴이 화악 달아올랐다. 바로 눈앞에 있는 금색 눈. 무언가 자칫 잘못하면 금방 손이 닿아버릴 것 같은 서로의 거리에 온몸의 열기가 폭주하기 시작했다.

"……방해됐어?"

"아, 아뇨, 그게 아니고?! 기기기뻐서——가아니고우 어억?!"

긴장한 채 아무 대답도 못하고, 불안한 표정을 보이는 아이즈 씨에게 황급히 설명하다가 본심이 새나와버렸다. 황급히 얼버무리려 했지만 이미 늦었다.

새빨간 과일로 변해버린 얼굴을 오른손으로 가리며 살짝, 쭈뼛쭈뼛 눈치를 살폈다.

시선을 들어보니 그녀는 눈을 살짝 크게 뜨고 있다가…… 분명히, 뺨을 붉히며 웃었다.

"벨은, 언제나 긴장하네……."

친근감이 깃든 그 목소리는 가까운 사람에게 건네는 말 같은 느낌이 들었다.

그녀의 입에서 흘러나온 내 이름. 할 말을 잃었다. 가슴이 먹먹해질 것 같았다.

이렇게도 가슴속이, 마음이 떨리는 순간이 있다는 사실을. 나는…… 처음으로 알았다.

"……."

안 되겠다. 머리에 쥐나겠어.

만약 이 옆에 계속 있는다면. 그녀 곁에 몸을 맡겨버린다면.

아무것도 이루지 못했는데, 어울리지도 않는데, 그녀의 온기에 빠져버린다면.

더 이상 쫓아가지 않고 멈춰버릴 것 같았다.

고개를 숙이고, 새빨갛게 물든 얼굴을 앞머리로 가려버렸다.

온몸을 가득 채운 가슴의 고동. 입을 꾹 다물고, 자제심에 필사적으로 호소했다.

등이 한층 더 뜨거워지고 타오르는 듯한 감각을 느끼면서.

"——아~ 경치 조오타!!"

"흐에악?!"

아무 예고도 없이.

곁에서 서로를 마주 보던 우리를 갈라놓듯 주신님이 눈앞에 나타났다.

불쑥! 밑에서 얼굴을 내밀어 그 조그만 몸이 나와 아이즈 씨 사이에 폭 끼었다.

아이즈 씨도 놀라 눈을 크게 뜨는 가운데 주신님은 눈을 흘겨 뜨고 실룩실룩 웃음을 짓는다.

"서운하구나, 벨! 경치를 보러 간다면 불러줘야지! **우리 사이에!!**"

"죄, 죄송합니다."

만면에 미소를 지으면서도 뺨을 실룩거리는 주신님께 나는 겁을 먹고 사과했다. 어째서인지 '우리 사이'를 강조하면서 엄청나게 살기등등하다.

"그런고로 발렌 아무개 군은 다른 데로 가버리게! 지금부터 나와 벨은 식구끼리 단둘만의 시간을 만끽할 테니!!"

"저, 저기……."

내 가슴께를 한 손으로 꾹꾹 밀며 멀어져가려 하는 주신님에게 난처해하는 아이즈 씨. 나는 황급히 주신님을 말리려 했다.

기분 탓인지 나에게 달라붙으며 아르르릉 아이즈 씨를 위협하는 주신님께 식은땀이 멈추질 않았다.

"어……? 주신님, 뭔가 뿌리셨어요?"

"오! 알아차렸느냐, 벨!"

내 쪽을 돌아보더니 활짝 표정을 변신시키는 주신님. 뒤적뒤적 파우치를 뒤지더니 꺼낸 손 안에는 투명한 병이 있었다.

"이건…… 향수인가요? 혹시 아까 가게 앞에서 보시던……."

"그래, 맞다! 숙녀의 소양이지! 검을 휘둘러대느라 땀내 나는 여자는 벨 너도 싫지 않느냐?!"

은은한 향기가 나는 몸을 바짝 붙이며 주신님은 악의 어린 말을 쏟아냈다. 눈을 깜빡거린 아이즈 씨도 팔을 코에 가져가 킁킁 소리를 냈다. 아니아이즈씨에게선맑은물향기밖에안나는데요! ……오늘 주신님은 왜 이렇게 공격적일까.

참고로 향수는 헤르메스 님께 엠블럼을 빌려 구입했다고 한다. 이래저래 하루 이상 던전에 틀어박혔으니 주신님도 자신의 몸에서 나는 냄새에 신경을 쓰신 것이리라.

"어…… 아이즈 씨는 계층 터주를 혼자서 쓰러뜨린 적이 있죠?"

이 애매한 공기를 타파하기 위해 어찌어찌 화제를 바꿔 보았다. 게다가 이 이야기는 지금 나에게도 필요했다.

주신님이 째릿 올려다보자 아이즈 씨는 살짝 고개를 갸웃하더니 대답했다.

"응. 하지만 리베리아도 도와줬어……."

"그래도……."

"……응. 잡았어."

──골라이아스에게서 도망칠 수밖에 없었던 자신.

──하지만 혼자서도 그 이상의 적을 타도한 그녀.

아직도 아득히 멀다. 지금 서로 바라보는 이 거리는 환상이라고 할 만큼, 엄연한 거리가 나와 이 사람 사이에는 존재한다. 손에 들어온 희미한 영광 따위 금세 빛이 바래버릴 정도로.

못난 자신과, 치밀어 오르는 동경을 재확인할 수 있었다.

"조바심 낼 것 없다, 벨! 나와 함께 둘이 꾸준히 영원히 해나가면 되지 않겠느냐!"

느닷없이 목소리를 높이는 주신님.

당황해버렸지만, 그래도 그 말을 듣고 표정에 웃음을 지었다.

동경하는 목표를 위해 필사적으로 강해져간다.

하지만 가족을 위해 무리는 하지 않는다. 이 사람을 혼자 두지 않는다.

오래 전에 나누었던 약속을 떠올렸다. 주신님과 아이즈 씨, 두 사람의 얼굴을 바라보며…… . 지금 자신이 할 수 있는 일에 조바심 내지 않고, 전력으로 매달리자고.

또 재확인했다.

"발렌 아무개 군, 내 허락도 없이 새치기를 하지 말거라!"

"죄송, 합니다……?"

눈앞에서 무언가 말다툼을 벌이는 주신님과 아이즈 씨의 그런 대화에.

나는 눈썹을 한껏 늘어뜨리고 쓴웃음을 짓듯, 하지만 낙천적으로 웃었다.

벨 일행이 야영지로 돌아오자 곧 제18계층에는 '낮'이 찾아왔다.

천장에 피어난 백수정과 청수정의 빛이 강해져, 거의 10분 만에 느닷없이 계층 내의 밝기가 바뀌었다. 던전의 은총에 감사하듯 북쪽 멀리서 몬스터의 께느른한 울음소리가 들려왔다.

"저기저기, 다 같이 목욕하러 가자~!"

정오와 오후의 경계가 애매해지는 가운데, 밝은 목소리

로 그렇게 제안한 것은 티오나였다.

여성진이 야영지 곳곳으로 흩어지기 전에 아이즈나 티오네, 헤스티아에게도 제안했다.

"또오? 넌 몇 번이나 가야 직성이 풀려?"

"뭐 어때~. 할 일도 없는데~. 여긴 물이 맑아서 엄청 기분 좋다구~."

"게다가 헤스티아 님 가슴을 봤다간 넌 미쳐버리지 않을까?"

"아, 안 그러거든?! 누, 누가 그런다고?!"

친언니와 자매 만담을 주고받는 티오나를 보며 릴리가 헤스티아에게 고개를 돌렸다.

"어떻게 하시겠어요, 헤스티아 님?"

"으음…… 역시 몸을 씻고 싶다는 충동은 드는구나."

자신의 몸과 지저분해진 옷을 내려다보는 헤스티아.

제18계층까지 내려오며 땀을 흘린 것은 물론 요란하게 땅바닥에 굴러 먼지투성이가 되기도 했다. 옷이야 어쩔 수 없다 쳐도 끈적거리는 몸은 가능하다면 씻고 싶었다.

"미코토 군은 어떻게 하겠나? 함께 가겠나?"

"가능하다면 저도 가고 싶습니다……. 치구사 공은?"

"저, 저도요…… 네."

"아스피 님은요?"

"……헤르메스 님."

릴리가 올려다보자 아스피는 시선을 주신에게 향했다.

"아～ 다녀와～. 호위는 잠깐 쉬고, 좋을 대로 해."

헤르메스는 등을 돌린 채 상관 말고 다녀오라는 듯 손짓을 했다. 안경 브리지를 손가락으로 밀어올린 아스피는 그러면 자신도 가겠다고 동의했다.

"아이즈도 가자!"

"응······."

"리네랑 다른 애들도 불러다, 교대로 보초 서면서."

등 뒤에서 티오나가 안기며 말하자 아이즈도 고개를 끄덕이고, 여성진은 우르르 이동을 시작했다.

티오네의 제안에 【로키 파밀리아】 여성단원들도 따라왔다. 몬스터가 서식하는 던전 속에서 무방비해지는 목욕을 보초 없이 하기란 두렵다.

야영지에 남자들을 남겨놓고 여자들은 티오나를 선두로 숲 안쪽을 향해 나아갔다.

"짜안～ 여기!"

"오오······."

헤스티아, 릴리, 미코토, 치구사가 입을 모아 감탄했다.

눈에 들어온 것은 10M 정도 되는 단차에서 물줄기가 떨어지는 큰 폭포였다.

가느다란 물보라가 엷은 안개처럼 피어나고 서늘한 냉기가 여기까지 닿는다. 피부를 부드럽게 적시는 물 입자의 감촉도 간지러웠다.

안내를 받아 온 곳은 폭포 아래에 있는 커다란 샘이

었다. 주위는 나무들과 수정에 에워싸였으며, 머리 위에는 커다란 나뭇가지가 있어 완전히 차단되었다. 남색으로 물든 주위의 광경과 맞물려 숲의 성역이라는 말이 저절로 떠오를 정도였다.

"멋지지~. 얼마 전에 탐색 나왔다가 찾았어!"

"예, 이건 정말 아름답군요……."

"티오네 님, 궁금한 게 있는데요. 이 물은 어디서 흘러나오나요?"

"만년설하곤 다르지만, 계층 깊은 곳에 수정 덩어리가 있는데 거기서 녹아서 흘러내리는 것처럼 물이 나와. 그냥 마셔도 문제없어. 사실 지상의 물보다도 훨씬 깨끗하고."

티오나와 미코토가, 티오네와 릴리가 각각 이야기를 나누었다.

이쯤 되면 여성진 사이에서는 이미 허울도 사양도 없어졌다. 말을 나누면서 몸에 걸친 옷을 벗는다. 티오네의 풍만한 가슴이, 티오나의 나긋나긋한 팔다리가 아낌없이 드러났다. 미코토도 아스피도 조용히 벗은 옷을 땅에 내려놓았고, 치구사는 혼자 얼굴을 붉히며 남들보다 늦게 옷을 벗기 시작했다.

그리고 아이즈는 어떤가 하면…… 가벼운 금속성을 내며 가슴받이와 건틀릿 같은 갑주들을 탈착한 후, 자신의 옷에 손을 가져다댔다. 옆에서 옷을 벗기 시작하는 그녀를——정확하게는 모양 좋은 두 언덕을 응시한 헤스티아는.

다음에는 호쾌하게, 힘차게, 자신의 옷을 벗어젖혔다.

"흐으응! 나의 압승이로군!"

가슴을 보고 가슴을 펴며.

그 거대한 볼륨을 과시하는 헤스티아에게 아이즈는 벗어놓은 옷을 든 채 당황했다. 속옷을 발에서 빼내 전라가 되려던 릴리가 진저리를 치는 시선으로 어린 여신을 보았다.

"참고로 이 머리장식은 벨이 사준 것이지! 그 아이의 참마음이 깃든 프레젠트다!"

"뭐라고요?! 헤스티아 님, 그 얘기 좀 자세히……!"

두 갈래로 묶은 머리카락을 풀고 작은 종 모양 머리장식을 보여주는 헤스티아, 그녀에게 힐문하는 릴리. 아이즈는 흥미진진하게 그 파란 머리장식을 훔쳐보았다.

일부 소동이 끊이질 않는 가운데, 보초를 서는 사람들에게 에워싸여 여성진의 입욕이 시작되었다.

"……때가 됐군."

슬쩍 턱을 든 헤르메스 님이 그렇게 중얼거렸다.

"네?"

"벨 군, 나 좀 잠깐 볼까?"

야영지에서 별로 할 일도 없이 시간을 때우고 있으려니 헤르메스 님이 내 눈앞까지 다가왔다.

마치 누가 들으면 안 되는 것처럼 살짝 목소리를 죽이고.

"나는 이때를 기다렸다네. 아니, 이때를 위해 이 미궁까지 왔다고 해도 과언이 아니지……. 너와 단둘이 남을 이때를 말이야."

나와, 단둘이 남기를 기다렸다고……?

중요한 이야기가 있다고, 헤르메스 님은 그렇게 말씀하시는 것 같았다. 크게 뜨인 가늘고 긴 눈은 평소의 장난스러운 분위기를 지운 채 진지한 눈빛으로 이쪽을 바라보았다.

한 번도 본 적이 없는 헤르메스 님의 표정에 꼴깍 목을 울렸다. 주위를 살펴보니 벨프도 오우카 씨도 조금 떨어진 곳에 있어서 이쪽을 신경 쓰는 기색은 없었다.

긴장을 느끼며 천천히 고개를 끄덕였다.

헤르메스 님은 따라오라면서 조용히 이동을 시작했다. 아무에게도 제지를 받지 않고 야영지를 나가, 한적한 숲 속으로 들어갔다.

"……저어, 헤르메스 님. 어디까지 가시나요?"

잠자코 따라가던 나는 좀처럼 걸음을 멈추려 하질 않는 헤르메스 님의 등에 그렇게 물었다.

이미 상당히 깊은 숲 속까지 들어왔다. 인기척은 완전히 끊어져 슬슬 밀담을 나누어도 좋을 것 같았다.

"……그래, 이게 좋겠군."

어떤 나무 앞에서 발을 멈추는 헤르메스 님.

줄기가 굵고 튼튼해 보이는 거목이었다. 헤르메스 님은

매우 익숙한 움직임으로 긴 팔다리를 가지며 나무 표면에 걸고 기어오르기 시작했다.

"자자, 벨 군도 어서 올라와."

멍청히 서 있던 나는 시키는 대로 황급히 뒤를 따랐다. 둘이서 나무를 기어오르다니, 아마도 상당히 한심한 그림이 되지 않았을까.

"저, 저기요, 헤르메스 님?"

"내 예상이 맞았어. 보게나, 벨 군. 이 정도면 충분히 가지를 타고 나아갈 수 있겠어."

나무 위에서 이야기를 꺼내려나 싶었더니 씨이익, 어딘가 남자답게 웃는다.

그 말씀대로 줄기의 제일 높은 지점인 이곳에서는 수많은 굵은 줄기가 말 그대로 가지를 치고 있어서 거의 구름다리를 이루었다. 영문을 몰라 얼빠진 표정밖에 지을 수 없는 나를 내버려둔 채 헤르메스 님은 기합성까지 넣으며 이리저리 얽힌 나뭇가지 위로 나아갔다.

"헤, 헤르메스 님? 저기, 하실 말씀이 있었던 게 아닌가요?"

"할 말? 이런. 벨 군, 내가 언제 그런 말을 했어?"

저기요?!

무어라 말할 틈도 없이 헤르메스 님은 가지를 타고 구불구불 다른 나무 위로 뛰어오르고, 햇살을 가로막는 나무들의 지붕 안을 나아갔다. 쓸데없이 뛰어난 균형감각.

몸이 가벼운 헤르메스 님을 필사적으로 따라가, 그럼 대체 왜 데려온 거냐고 소리를 지르려던 순간——우뚝, 헤르메스 님이 발을 멈추고 이쪽을 돌아보았다.

상큼한 웃음. 엄지손가락으로 척 가리킨 방향.

그 방향에서 들려오는 것은…… 두두두두두 하는 폭포 소리.

"여기까지 오면 알겠지? ——엿보려는 거야."

"?!"

눈을 휘둥그렇게 뜬 나에게 헤르메스 님은 세계의 섭리를 설파하듯 말하기 시작했다.

"여자들이 목욕을 하는데, 당연히 엿봐야겠지?"

"당연한 건가요?!"

"이제 와서 부끄러워하지 말라고, 벨. 어차피 맨날 헤스티아랑 서로 등을 밀어주고 그러잖아?"

"안 그러거든요?!"

이 사람이 지금 무슨 소릴 하는 거야?!

얼굴을 붉히며 소리 지르는 날 보며 방심 못할 남신은 하하하하 웃더니 나비처럼 전진을 재개했다. 나는 아등바등 따라가야 했지만, 헤르메스 님은 이미 위치를 파악해두었는지 흐트러짐 없는 발걸음으로 망설이지도 않고 폭포 방향으로 돌진했다.

내가 따라잡았을 무렵에는 폭포 소리가 이미 나뭇잎의 벽 한 겹 너머에서 들려왔다.

"안 돼요! 그만둬요, 헤르메스 님! 이런 짓은 하면 안

된다구요……!!"

"벨 군. 여기서 소란을 피웠다간 제1급 모험자들에게는 금세 들키고 말아."

흠칫. 반사적으로 입을 막았다. 나뭇가지 아래쪽을 내려다보는 헤르메스 님의 시선을 따라가 보니 적지 않은 여성 단원들——보초가 주위를 순찰하고 있었다.

눈을 크게 뜨고 고개를 드니 생글생글 상큼하게 웃는 헤르메스 님의 얼굴이 보였다. 이렇게 아름답고 저열한 웃음은 처음 봤다.

폭포 소리가 크게 울리고 녹음이 짙은 탓인지 보초를 서는 사람들도, 아이즈 씨 일행도 머리 위에 도사린 우리의 존재는 아직 알아차리지 못한 모양이었다.

"헤르메스 님, 헤르메스 니임! 안 돼요, 이러다 죽는다구요……!!"

"한심하구나, 벨 군. **여자들의 입욕을 엿보는 건 남자의 로망이야.** 너하고는 맛있는 술을 함께 나눌 수 있으리라 생각했건만……. 너의 양육자란 분은 대체 뭘 가르쳐주신 게냐."

몸을 숙인 채 슬금슬금 앞으로 나아가며 그런 말을 하는 바람에 흠칫 가슴이 떨렸다.

여자의 입욕을 엿보는 게, '남자의 로망'……?

가슴속에서 되살아나는 감각. 아득한 옛날, 어렸을 때, 할아버지는 어린 나에게 대체 무엇을 세뇌시켰던 걸까. 의식에 시커먼 독기가 피어나기 시작해 생각이 흔들렸다.

암흑과도 같은 기억의 뚜껑이 열리려 했지만——목욕을 즐기는 아이즈 씨 일행의 천진난만한 목소리가 들려와 온 힘을 다해 다시 뚜껑을 닫았다.

꺼내달라는 암흑의 목소리를 봉인하고 한순간이라도 치밀었던 삿된 감정을 떨쳐냈다. 현재가 과거를, 이성이 할아버지를 꺾고 나는 불경하게도 눈앞의 신을 붙잡았다.

"그, 그만 돌아가요, 헤르메스 님!!"

허리를 들고 몸을 숙이며 헤르메스 님을 억지로 끌고 가려 했다.

"앗, 그렇게 설치면……."

그 직후.

뚜둑, 하고 나뭇가지가 비명을 지르며 시야가 위아래로 흔들렸다.

나와 헤르메스 님이 엎드려 있던 굵은 가지가 아래쪽에서 어정쩡하게 부러진 것이다.

기울어져가는 가지 끝에서 헤르메스 님은 간신히 버티고, 몸을 앞으로 숙였던 나는.

투웅~ 너무나도 쉽게 허공으로 내팽개쳐졌다.

"——————으아아아아아아아아아아아아아아아아아?!"

눈 깜짝할 사이에 수면이 다가와 텀벙 물보라를 일으키며 착수했다.

"콜록, 쿨럭, 케헥?!"

Suzuhito Yasuda

수심이 깊었던 낙하지점에서 힘차게 고개를 내밀었다.

　폐에 물이 들어가는 바람에 혼란에 빠졌다. 앞으로 구르듯 황급히 여울로 피난해 철벅 수면에 손발을 짚고 엎드렸다.

　요란하게 기침을 한 후 허억허억 거친 숨을 되풀이하고 있으려니.

　"……아르고노트 군?"

　흠칫. 머리 위에서 들려온 목소리에 몸이 떨렸다.

　흔들리는 푸른 수면에 숨을 멈춘 내 얼굴이 비치는 가운데, 조심스레 시선을 들었다.

　"뭐야 뭐? 너도 목욕하러 왔어?"

　"얼굴은 얌전한 게…… 제법인데, 너."

　으——으아아아아아아아아아아아아아아아아아아아아아아아아아아아아아아아아아?!

　눈앞에 있던 것은 쌍둥이 자매. 티오나 씨는 내 얼굴을 들여다보듯 몸을 숙이고 서서. 티오네 씨는 긴 머리카락을 쓸어 넘기며 유유히.

　그 갈색 피부의, 올 누드를, 가리려고도 하지 않은 채 나를 내려다보고 있다.

　——아마조네스는 수치란 걸 몰라!!

　"뭐, 뭐뭐뭐뭐뭐뭐……?!"

　"에, 에에에에에엑……?!"

　"설마…… 헤르메스 님?!"

시야 오른쪽에는 새빨갛게 된 채 서 있는 미코토 씨와 그 자리에서 힘차게 물속으로 잠기는 치구사 씨.

　안경을 벗은 아스피 씨는 한번 눈길을 준 후 무시무시한 안광으로 머리 위를 노려보았다. 뜨끔 하는 기색으로 내가 떨어졌던 언저리의 나뭇가지가 흔들렸다.

　"벨, 너 이 녀석……!"

　"뭐, 뭐 하시는 거예요, 벨 니임?!"

　시야 왼쪽, 머리카락을 늘어뜨린 헤스티아 님은 밑바닥에 간신히 발이 닿는지 그 커다란 가슴의 위쪽을 수면에 띄운 상태로 새빨갛게 물들어 신음했으며.

　릴리도 비슷한 자세로 찢어지는 비명을 질러댔다.

　"……아."

　그리고 시야 안쪽. 광경의 중심.

　떨어져내리는 폭포를 등지고, 몸을 끌어안듯 가슴을 가린 아이즈 씨가 얼굴을 새빨갛게 물들인 채.

　물에 젖은 아름다운 금발과 옥 같은 피부, 그리고 늘씬한 목덜미에서 잘록한 허리까지 또르르 굴러내리는 한 줄기 물방울.

　그녀의 몸을 선명하게 눈에 새겨버린 나는 순식간에 시뻘겋게 달아올라.

　소리를 내며 머리를 폭발시켰다.

　"죄──죄송합니다아아아아아아아아아아아아아아아아아아아아아아아아아아아아아아아아!!"

샘에서 둑이 터진 기세로 뛰쳐나와, 나에게 달려드는 보초병들도 눈 깜짝할 사이에 뿌리치고 나는 생애 최고속도로 도망쳤다.

☙

숲을 종횡무진 달려나갔다.

어쨌든 전진하고 어쨌든 도망치고, 눈앞을 가로막는 거목이 나타나면 지각으로 꺾어져 진로를 바꾸었다. 머리가 이상해진 토끼처럼 뛰고 뛰고 뛰고 또 뛰었다.

잠시 후, 문득 깨달았다.

"기, 길을 잃었어……."

겨우 온몸을 태우던 열기가 가시고 냉정함을 되찾아 발을 멈추고 보니, 주위에는 어딘지도 모를 경치가 펼쳐지고 있었다. 전혀 기억이 없는 구불구불한 거목에 수정밭. 야영지 부근의 숲과는 다른 나무의 꼭대기는 얇아서 흰빛이 들어와 일대가 밝았다.

여기는 숲 남부? 동부? 아니면 남동쪽?

리빌라 마을에서 둘러보았던 대삼림의 전체 모습을 열심히 떠올리려 해도 현재 위치는 전혀 감을 잡을 수 없었다. 어제 막 찾아왔던 곳에 지리감각 같은 것이 있을 리만무했다.

완벽하게 미아가 되었다.

그때.

『그르르르…….』

불쑥 모습을 나타낸 곰처럼 생긴 커다란 그림자에 황급히 몸을 숨겼다.

'버, 버그베어……?!'

분명…… '힘'이나 '내구'는 미노타우로스보다 약간 떨어지지만 거구에 어울리지 않는 민첩성으로 사냥감을 몰아넣고 갈기갈기 찢어버린다는, 제19계층에서부터 나타나는 몬스터다. 재빠른 미노타우로스라니 정말 끔찍한 악몽이다. 버그베어는 배가 고픈지, 혹은 원래 좋아하는 음식인지 하니클라우드가 열린 나무에 열심히 달라붙어 과일을 모조리 먹어 치우고 있었다.

코와 입을 두 손으로 꽉 누르고 심장이 벌렁거리는 소리를 들으며, 등에 진 거목 뒤에서 몬스터가 멀어져가기를 기다렸다.

'저, 정말 이대로 있다간 위험하겠어……!'

평범하게 몬스터가 서식하는 이 숲에 위기감이 치밀었다.

아이즈 씨나 다른 분에게 들은 이야기에 따르면 제18계층에서는 다른 계층에서 흘러드는 몬스터가 너무 늘어나지 않도록 리빌라 마을의 모험자들이 정기적으로 사냥을 나온다고 한다. 그러나 아무리 그래도 이런 숲 속 깊은 곳——아마도 깊을 것이다——까지는 손이 미치지 않았으리라.

길을 잃고 들어온 숲, 주위에 발호하는 몬스터. 지금 자신이 얼마나 위험한 상황에 처했는지를 톡톡히 깨달았다.

어떻게든 '밤'이 오기 전에 숲을 빠져나가야 해……!

진흙탕에 잠겨드는 감각에 사로잡히며 나는 정처 없이 걷고 또 걸었다.

'아…… 물소리?'

귀에 들려온 소리에 의식이 달려들었다.

졸졸거리는 시냇물 소리가 아니라, 물을 떠서는 떨어뜨리는 듯한 소리……. 자연적인 것은 아니었다.

몬스터가 물가에서 무언가를 하고 있을 가능성도 부정할 수는 없었다. 오히려 확률로는 그쪽이 높다. 나는 망설인 끝에, 갈증에 등을 떠밀리기도 해서 소리가 나는 방향으로 발을 돌렸다.

지면에 쓰러져 겹쳐진 거목의 무리를 올라간 후 구멍 같은 틈새를 따라갔다. 자꾸만 달라붙는 녹색 이끼에 발이 미끄러지면서도 간신히 버티고, 서늘한 물소리의 음원으로 다가갔다. 끼익끼익, 새 같은 몬스터가 우는 소리가 어디선가 들려왔다.

숲은 다시 햇살을 차단해 어두워졌으며 남색을 띠기 시작했다.

마치 짧은 기둥이 늘어선 것처럼 지면에서 같은 간격으로 돋아나 희뿌옇게 빛나는 환상적인 수정에 이끌리듯 발을 옮기고 있으려니…….

"_____."

숲이 탁 트이고 샘이 나타났다.

그리고 나는 샘 중심에 있는 것을 보고, 해야 할 말을 어딘가에 잊어버렸다.

요정이 있었다.

실 한 오라기 걸치지 않은 모습으로. 눈 같은 하얀 맨살을——늘씬한 등을 이쪽에 돌린 채 목욕을 하고 있었다. 두 손으로 물을 떠서는 흘리지 않도록 천천히, 자신의 머리카락에 끼얹어 씻어내고 있었다.

농담이 아니라 정말로, 동화 속에 흘러 들어온 줄 알았다.

요정의 목욕. 숲 속을 헤맨 끝에 우연히 도착한, 샘의 아름다운 처녀.

이야기의 줄거리와 똑같다. 시간을 그녀에게 빼앗겨버렸으면서도 그런 생각만을 하는 자신이 존재했다.

찰박, 찰박 소리를 내며 수면에 파문을 일으키는 그 요정은 길고 뾰족한 귀와 살집이 별로 없는 가녀린 몸을 가졌다.

나무에 손을 짚은 채 그 광경을 빤히 바라보았다. 지금만큼은 얄팍한 감정이 솟아날 여지가 없었다.

분명, 이 다음에, 동화에서는.

요정의 목욕을 목격한 그 인물은 가차 없이 화살에 맞지 않았던가——.

"——누구냐!"

그 순간 빛이 날아왔다.

날카로운 목소리와 함께 칼날이 투척되어 내가 손을 짚었던 나무——내 얼굴 바로 옆에 소태도가 꽂혔다. 쿠왁, 귀 옆에서 비명을 지르는 나무줄기에 목이 히익 하고 얼어붙었다.

하늘색 눈을 치켜세운 요정, 아니, 엘프는, 류 씨는.

왼팔로 가슴을 가리고 소태도를 날린 오른팔을 쭉 편 자세로 노려보다가…… 엿보던 인물이 나라는 것을 알아차리자 의아한 표정으로 눈썹을 늘어뜨렸다.

"크라넬 씨?"

"……죄, 죄송합니다아아아아아아아아아아아아아?!"

이름을 불려 경직이 풀리고, 나는 그 자리에서 뛰어오르듯 오체투지를 실시했다. 무례를 사과하기 위해 이마로 땅바닥을 들이받으며.

뭘 하는 거야?! 뭘 하는 거야?! 얼마나 지났다고 또 똑같은 잘못을 저질러?! 벌써 두 번째라고!!

마음속으로 요란하게 자신을 욕했다. 이래서는 헤르메스 님을 뭐라고 할 수도 없다.

귀까지 새빨갛게 물들어 눈을 질끈 감고 있으려니 후우 하는 한숨 소리가 들렸다.

흠칫, 어깨를 떨자 류 씨의 목소리가 들렸다.

"뒤를 돌아봐 주십시오."

"아, 네!"

얼굴은 들지 않고 정좌한 채 회전. 시야가 샘에서 숲 쪽으로 바뀌었을 때 몸을 일으켜 돌처럼 굳어서는 시간을 기다렸다.

땀이 삐질삐질 흘러내리는 가운데 등 뒤에서 들리는 옷이 스치는 소리. 류 씨가 옷을 입는 것이다. 나는 아직도 정신을 못 차리고 얼굴을 새빨갛게 물들였다.

"이젠 됐습니다."

조심스레 돌아보니 류 씨는 어제 본 배틀 클로스를 입고 있었다.

쇼트 팬츠와 롱부츠. 윗옷 위에는 그 케이프를 걸쳤지만 후드는 쓰지 않았다. 가리지 않은 엘프의 미모가 내 눈에 들어왔다.

"우선, 변명을 듣겠습니다."

"네, 네헥?! 그, 그게, 말이죠, 어……!"

눈앞까지 다가온 류 씨에게 나도 일어나 자초지종을 설명하려 했지만……. 여기에 이르기까지의 경위가 너무 거시기해 입을 다물고 말았다. 엿보다 도망쳐서 또 엿보고 있었습니다, 라니 그게 뭐야.

재빨리 거짓말을 하려다…… 관두었다.

내 앞에 있는 맑은 하늘색 눈에 거짓말을 하는 것이 매우 수치스럽게 여겨졌기 때문이다.

입을 감질나게 열고 닫았다가, 이윽고 더듬더듬 말을 시작했다. 무한처럼 여겨지는 악행의 고백에 류 씨는 꼼짝도 않고 귀를 기울였다.

전부 이야기를 마친 나는 힘이 다한 것처럼 고개를 숙였다.

"크라넬 씨의 사정은 알겠습니다. 이따가 【로키 파밀리아】야영지까지 배웅해드리지요."

"……요, 용서해, 주시는 건가요?"

"용서고 뭐고, 당신에게는 잘못이 없습니다. 제가 책망하는 것도 번지수가 잘못된 일이 아니겠습니까."

"제, 제가 거짓말을 한다는 생각은……?"

"크라넬 씨…… 겸허는 미덕이기도 하지만 자신을 폄하하는 행위는 관두십시오. 당신의 나쁜 버릇입니다."

살짝 화난 듯이 보인 류 씨에게 나는 "죄, 죄송합니다."라며 순순히 사과했다.

자신을 폄하하는 행위…… 내가 나에게 주는 모욕도 이 사람은 진지하게 화를 내주는 걸까.

멍청히 서 있으려니, 류 씨는 잠시 나에게서 멀어졌다. 목욕을 위해 떼어놓았던 목검을 비롯한 무기를 회수하려는 모양이었다.

마지막으로 파우치를 케이프 안에 착용하고 그녀는 돌아왔다.

"오래 기다리셨습니다."

"……어, 인사가 늦어졌지만 구하러 와주셔서 고맙습니다. 이런 곳까지……."

"아닙니다, 신경 쓰지 마십시오. 저도 머잖아 이 계층에 올 예정이었으니까요."

생각지도 못한 대답에 나는 눈을 크게 떴다.

류 씨는 그대로 말을 이었다.

"먼저 들를 곳이 있습니다만, 시간을 할애해도 괜찮겠습니까?"

"아…… 네, 괜찮아요."

고맙다고 말하며 그녀는 걸어나갔다.

그 옆모습을 잠깐 지켜본 후 나도 얌전히 뒤를 따랐다.

"류 씨, 저기…… 혹시, 이제까지 계속 이 숲에 계셨어요?"

"예."

"왜 다 함께 야영지에 오지 않았어요? 몬스터도 있는데, 이런 곳에 혼자서……."

"조금 개인적인 용무가 있었고, 별로 얼굴을 보이고 싶지도 않았습니다."

평소와 다를 바 없이 류 씨는 담담히 얘기했다.

헤르메스 님도 말했던…… 모종의 사정과 관계가 있는 걸까?

"헤르메스 님께 저의 이야기는 이미 들으셨는지요."

"아뇨, 아무것도……."

"……정말입니까?"

"네, 네엣."

"제 지레짐작이었군요……."

앞을 보고 있던 그녀에게서 쓴웃음을 짓는 기척이 전해졌다.

"아니, 여기까지 온 이상 더 숨길 필요도 없을 테니까요. 가시지요."

뭘까……. 이 너머에 류 씨에 얽힌 무언가가 있는 모양이었다.

옛날에는 모험자였다는 그녀 자신의 말도 떠올리면서, 나는 떨어지지 않도록 눈앞의 등을 따라갔다.

류씨는 이 숲의 지리를 잘 아는 듯 확실한 걸음걸이로 나무들과 수정 사이를 나아갔다. 몬스터와도 조우하지 않고 20분 정도 시간이 지났을 때 그녀의 목적지에 도착했다.

"여기, 는……."

나무들로 이루어진 좁은 터널을 지난 곳에 나타난 것은 **묘지**였다.

주위가 줄기가 가느다란 나무와 수정으로 에워싸인 소소한 공간.

머리 위에서 밀려드는 한 줄기 빛 아래, 나뭇조각을 끈으로 엮어 만든 십자 묘비가 여럿 서 있었다.

"……그녀들에게 꽃을 바치기 위해, 이따금 미아 어머니에게 부탁해 시간을 내고는 하지요."

류 씨는 열 개도 넘는 묘에 손에 들고 있던 하얀 꽃을 하나하나 올려놓았다.

개인적인 용무란, 저 아름다운 흰 꽃을 이 숲에서 모으는 것이었을까.

그녀는 파우치에도 손을 넣더니 병을 하나 꺼내——술을 특정한 묘에 순서대로 뿌려나갔다.

"류 씨, 이건——."

"제가 소속했던【파밀리아】동료들의 무덤입니다."

아연실색한 나에게 류 씨가 조용히 말했다.

고개를 들고 바라보는 하늘색 눈에 한순간 빨려 들어갈 것 같았다.

"제 경력을 아는 사람이 나타나면 언젠가 당신에게도 알려지게 되겠지요. ……저 자신의 입으로 말하지 않았던 것을 후회하고 싶지는 않습니다. 제멋대로지만, 들어주시겠습니까?"

그렇게 묻는 류 씨에게 나는 고개를 끄덕였다.

"저는 길드의 블랙리스트에 올라 있습니다."

"?!"

"모험자의 지위도 이미 박탈당했지요……. 한때는 상금이 걸리기도 했습니다."

느닷없이 믿을 수 없는 말을 들었다.

얼굴을 감추고 타인에게 정체를 들키지 않으려고 우리와 별도로 행동했던 것도…… 그런 이유 때문에?

"제가 속했던 파벌은【아스트레아 파밀리아】……. 정의와 질서를 관장하는 여신 아스트레아 님 밑에서, 당시의 저는 적잖이 이름을 떨쳤습니다."

류 리온. 그녀의 진명(眞名). 별명은【질풍】.

본명은 알려지지 않았으며, 당시부터 정체가 수수께끼에 싸여 있던 복면 모험자.

"우리【파밀리아】는 미궁탐색 이외에도 도시의 평화를 어지럽히는 자를 단속했습니다. 그만큼 대립하는 자도 많았지요."

그녀의 말에 따르면, 겨우 5년 전까지만 해도 오라리오는 지금과는 비교도 되지 않을 만큼 '악'이 창궐했다.

정의의 검과 날개가 새겨진 엠블럼과 주신 아스트레아 님의 이름에 맹세코, 류 씨는 동료들과 함께 오라리오의 질서와 안녕에 힘을 쏟았다고 한다.

"어느 날, 적대하던【파밀리아】가 던전에 함정을 꾸며 저 이외의 단원은 전멸…… 시신을 회수하지도 못한 채 당시의 저는 이곳 18계층에 동료들의 유품을 묻었습니다."

"그게, 이 묘인가요……?"

"예. 그녀들은 이 계층을 좋아했지요."

자신들이 죽는다면 이곳에 묻어달라고, 언제나 농담처럼 이야기했다고.

당시의 일을 떠올리는지 류 씨는 입을 꾹 다문 채 눈을 슬쩍 내리깔았다.

"……살아남은 저는 아스트레아 님께 모든 사실을 밝혔으며, 이 도시를 혼자 떠나주십사 고개를 숙였습니다. 몇 번이나 애원하는 저의 청을 그분도 받아들여 주셨지요."

"주, 주신님을 도시에서 피신시키신 건가요?"

"아닙니다."

좀 더 자기본위적이고 이기적인 동기였다고 류 씨는 굳게 부정했다.

"격정에 사로잡힌 추악한 제 모습을 그분께 보이고 싶지 않았습니다."

그리고 당시 품었던 감정의 일말을 내비치며 그녀는 또박또박 말했다.

"동료를 잃은 원한을 품고, 저는 원수인 【파밀리아】에 혼자 복수하고자 나섰습니다."

"호, 혼자……?!"

암습, 기습, 함정, 수단을 가리지 않는 습격에——적의 【파밀리아】는 괴멸되었다.

단 한 명의 엘프에게 대조직이었던 적대파벌은 숨이 끊어진 것이다.

"그것은 이미 정의라고 부를 수도 없었지요. 복수에 등을 떠밀린 저는 그 조직에 관여한 자, 관계를 맺은 자…… 의심 가는 자 모두를 습격했습니다."

그것이 길드의 블랙리스트에 오른 이유.

과도한 보복행위는 모험자며 조직, 상인을 불문하고 수

많은 자들에게 원한을 샀다. 그들에게 상금도 걸렸다.

아무것도 돌아보지 않고 요란하게 설쳤던 대가……. 정상을 참작하더라도 길드는 류 씨를 벌하지 않을 수 없게 되었던 것이다. 유착관계에 있었던 일부 길드원에게까지 화가 미쳤다면 더더욱.

도시 밖으로 피신한 아스트레아 님이 목숨을 건져 '은혜'도 남은 덕에 '질풍'은 도시 전체를 휘저으며 분노에 몸을 맡긴 채 파란을 일으켰다.

"……그 후에는, 어떻게 됐나요?"

"힘이 다했지요. 모든 자들에게 보복한 후, 아무도 없는 어두운 뒷골목에서."

원래는 죽을 각오였다고 한다.

복수를 이루고 주신도, 동료도 잃은 그녀를 삶에 묶어놓을 만한 것은 이미 없었다.

"피에 젖고 흙먼지에 찌들어서……. 어리석은 행위를 한 자에게는, 어울리는 말로였습니다."

"……."

"하지만……."

──괜찮아요?

따뜻한 손이 더러워진 그녀의 손을 잡았다.

시르 씨가 뒷골목에 혼자 쓰러져 있던 류 씨를 구해준 것이다.

그녀의 헌신──당시 류 씨의 표현을 빌자면 집요한 참

견——덕에 그녀는 삶의 길로 되돌아올 수 있었다고 한다.

"저를 구해준 시르는 미아 어머니에게 부탁하여 저를 '풍요의 여주인'의 일원으로 맞아주었습니다. ……머리카락도, 억지로 다른 색으로 물들였지만요."

모험자 시절에는 항상 복면을 썼으므로, 질풍 리온이라는 이름을 숨기고 머리를 염색해버리면 주위에는 들킬 일이 없었다고 한다.

부드러운 목소리로 류 씨는 현재의 자신에게 이르게 된 이야기를 마무리지었다.

"……귀가 더러워지는 이야기를 들려드렸군요. 죄송합니다."

"아, 아니에요!"

"말하자면 저는 염치도 모르는 난폭한 엘프라는 뜻입니다……. 크라넬 씨의 신용을 배신해버리고 말 정도로."

냉정한 표정 그대로 자조에 가까운 말을 하는 류 씨에게 나는 목이 꽉 메었다.

센스 있는 말 따위 전혀 떠오르지 않았지만, 문득 되받아치는 흉내를 내고 있었다.

"류 씨! ……**자신을 폄하하는 행위는 관두세요.** 저도 화낼 거예요."

하늘색 눈이 크게 뜨였다.

한순간 아연실색했던 그녀는 이윽고.

"이건……한 방 먹었군요."

살짝, 입술에서 힘을 풀었다.

웃음에는 미치지 않는, 그러나 조금 가늘어진 눈.

류 씨의 말을 그대로 인용한 얌체 주제에 나는 아주 조금 자랑스러운 기분이 들었다. 그녀의 얼굴에서 완고하던 냉기가 조금 가셨으니까.

풀이 돋아난 지면, 그리고 묘지를 한 줄기 햇살이 비추는 가운데 조용한 공기가 우리 사이에 흘렀다.

"……저어."

"왜 그러십니까?"

"류 씨는, 왜 이 오라리오에 오셨나요?"

새삼스러운 질문이라고 생각했다.

수많은 사람들이 야망이나 희망을 가지고 찾아오는 이 오라리오에 온 그녀의 목적을.

나와 그녀가 이렇게 만날 수 있었던 이유를.

"……."

입을 살짝 벌린 류 씨는 한 번 고개를 들었다.

나무와 잎 사이에서 들어오는 하얀빛에 눈을 가늘게 뜬다.

"……우리는, 엘프는, 미목수려한 종족이라고들 하지요."

가늘게 뜬 눈을 둘 곳이 없는 듯 지면에 돌리면서.

류 씨는 이윽고 말을 이었다.

"용모가 아름답다고 모두가 칭송을 합니다. 사실 그렇

겠지요. 당당하고, 결벽하고, 다른 이들의 피부 접촉도 쉽게는 허락하지 않고……."

"……."

"다른 종족들은 안도 밖도 추하다고, 교류를 꺼려 고향의 숲 속에 틀어박힌 자도 있습니다. 적어도 제가 살던 곳에서는 그러한 자가 대부분이었습니다……. 하지만."

그녀의 말이 이어졌다.

"자신 이외의 존재들을 인정하지 않고 지저분하다고 멸시하는 동포의 모습을 보고…… 저는 생각해버렸습니다."

그리고 다시, 천천히 하얀 햇살을 우러르며.

"미목수려하다는 엘프야말로 사실은 가장 추악한 것이 아닐까 하고."

그 생각은 강한 동료의식을 가진 엘프들 사이에서는 분명 이단이었을 것이다.

자신에게 긍지를 가진 고향 사람들 속에서 그녀만이 의문과 혐오감을 품고 말았던 것이다.

"한 번 그렇게 생각해버리니 멈출 수가 없었습니다. 저는 부끄러움에 사로잡힌 것처럼 태어난 고향을 떠나 헤매다가…… 이곳 오라리오까지 오고 말았지요."

"우연, 이었나요?"

"아닙니다……. 오라리오에는 신도 인간도 정령도, 종족의 벽을 넘어 수많은 이들이 모인다고 들었기 때문이지요. 이곳에서라면 저는 무언가를 발견할 수 있지 않을까 하고……. 아니, 그게 아니겠군요."

당시의 자신을 돌아보려는 것처럼 류 씨는 자신의 손을 내려다보았다.

"저에게는 서로를 존경할 수 있는 동료가 필요했습니다."

엘프의 문화, 엘프의 풍습에 에워싸여 자라난 그녀가 손에 넣지 못했던 것.

종족이나 용모는 상관없이 서로 인격을 인정하고 공경하는, 웃음을 나눌 수 있는 벗.

"기대하고 이 도시를 찾아온 저는……. 하지만 금방 아연실색했지요. 저는 동포 이외의 사람에게 피부를 드러내지 않고 복면을 뒤집어썼으며, 심지어는 저에게 내미는 손을 모조리 내쳤습니다."

몸에 배어든 엘프의 풍습은…… 류 씨를 속박해대고 있었던 걸까.

고향과는 다른, 아름다운 용모에 모여드는 호기심 어린 시선에 그녀는 견딜 수가 없었다. '인정한 상대가 아니면 피부 접촉을 허락하지 않는다'는 엘프의 특질도——결국 교정할 수 없었던 습성도 그녀를 더욱 괴롭혔을 것이다.

"엄청난 웃음거리지요. 고향을 싫어해 뛰쳐나왔던 주제에 고향과 다른 바깥세상에 당황하고 동요해, 스스로 거절하듯 벽을 만들었으니까요."

그것이 이곳 오라리오에서 복면을 벗지 않았던 이유.

결국 고향 사람들과 다를 바 없는, 엘프의 틀에서 벗어나지 못한 자기 자신에게 그녀는 실망했다고 한다.

　"저는 변할 수 없었습니다. 결국 저는 콧대를 꺾을 수 없는 엘프일 뿐이었습니다."

　"류 씨……."

　"하지만."

　한순간 류 씨의 어조가 바뀌었다.

　그리고 그녀는 눈앞까지 다가오더니 가만히 내 손을 잡았다.

　"――어."

　"이런 식으로 제 손을 잡아준 사람이, 잡을 수 있는 사람이 있었습니다."

　류 씨와 악수를 하고 있었다.

　꽉 쥐면 부러질 것처럼 가늘고 조금 서늘하면서도 부드러운 감촉에 나는 금세 얼굴을 붉혔다.

　"이로써 당신과는 두 번째로군요. 기억하십니까?"

　"어, 네?!"

　"나이프를 잃어버린 소동이 있었던 그 때입니다."

　당황하던 나는 처음에는 무슨 말을 들은 것인지 알아듣지 못했지만 손의 감촉이 기억을 일깨워주었다. 변신했던 릴리가 《주신님 나이프》를 훔치려 했을 때의 이야기다.

　나이프를 들고 있던 그녀의 손을, 어쩌다 보니 꽉 잡아버렸던 것이 뚜렷하게 기억났다.

"그때는 정말로 놀랐습니다. 느닷없이 손을 잡은 당신에게도, 뿌리치지 않았던 저 자신에게도."

이제까지 본 적이 없는 짓궂은 눈빛을 띠는 류 씨.

그때는 단칼에 베였어도 할 말이 없는 거였구나……. 나는 뒤늦게나마 그 사실을 깨달았다. 여전히 얼굴을 붉히며 뻣뻣한 웃음을 지었다.

"제가 처음에 손을 뿌리치지 않았던 사람은 당신이 세 번째였습니다."

손을 쥐면서 류 씨는 그렇게 말했다.

——뭐? 이름이 류? 발음하기 어렵네. 오늘부터 넌 리온이라고 부를게!

첫 번째는, 자신을 【파밀리아】에 끌어들였던 쾌활한 소녀 모험자.

——괜찮아요?

두 번째는, 싸늘해져가던 자신에게 온기를, 있을 곳을 주었던 다정한 술집 소녀.

그리고 세 번째가…….

"그렇게 이상하다는 표정 짓지 마십시오. 저까지 바보가 되는 기분이니."

"죄, 죄송합니다?!"

"농담입니다……. 오늘까지 당신의 언동을 직접 보았지요. 그렇기에 당신의 약함을, 정을, 한결같은 의지를 알 수 있습니다."

"류, 씨……?"

"크라넬 씨, 당신은 다정합니다."

눈앞의 그녀에게서 풍기는 분위기에 내가 이름만 부르고 있으려니.

하늘색 눈이 한번 감기더니 이내 천천히 뜨였다.

"당신은 존경할 만한 휴먼입니다."

류 씨가, 웃었다.

항상 냉정하던 표정이 녹아들며 드러난 엷은 미소.

그 가녀린 눈썹을 부드럽게 구부리며, 조그만 입술이 웃음을 지었다.

청초한 하얀 꽃 같은 류 씨의 미소에 나는 순식간에 새빨갛게 변해버렸다.

"……우우."

"크라넬 씨?"

새삼스럽지만 엘프의 미소는 위험한 것임을 몸으로 깨달았다.

특히 평소에는 늠름한 표정을 보이는 엘프의 미소는 흉악하다. 진짜로 좋아하는 사람이 있는데도 넋을 놓아버리는, 나 같은 바보 멍청이를 홀려버리는 전가의 보도.

아름다운 용모만이 아닌 것이다, 엘프는.

마음을 허락한 상대에게만 보이는 가련한 미소.

하얀 햇살과 흔들리는 묘지의 풀꽃, 그리고 고개를 갸웃하는 그녀를 눈앞에 둔 채.

나는 왜 엘프가 다른 종족에게 인기가 있는지 알 것 같은 기분이 들었다.

❦

"아야야야……. 얼굴이 변해버리면 어쩌려고 그래, 아스피."

"자업자득입니다!"

제18계층은 이미 '밤'으로 바뀌었다.

숲에 설치된 야영지에서 몰래 빠져나오는 두 개의 그림자는 헤르메스와 아스피였다.

"신이나 되셔서는 여자들의 입욕을 엿보다니…… 부끄러운 줄 아십시오!"

"우리 남신들 사이에선 지극당연하고도 남는 일인데 말이지~."

엿보기 사건에서 행방불명되었던 벨은 저녁식사 직전에 돌아왔다. 신이 부추겼던 만큼 그에게는 엄중히 주의를 주는 데에서 그쳤으며——본인도 지면에 파묻힐 만큼 오체투지를 되풀이했으므로——체벌은 원흉 한 사람에게 집중되었다.

"……그래서, 이런 밤에 저를 끌고 나와 어디로 가시려는 겁니까?"

"이런 밤에 여자를 데리고 갈 곳이라면 뻔하지 않겠어?"

어둠에 잠긴 대초원을 걸어 서쪽 방향에는 리빌라 마을의 불빛이 흔들리고 있었다.

"주점이지."

"빌어먹을!"

리빌라 마을에 있는 얼마 안 되는 주점 중 하나.

천연 동굴을 이용한 가게 안에는 지저분한 융단이 깔렸고 조악한 의자와 테이블, 벽에는 휴대용 소형 마석을 놓아두었다. 벽면의 일부며 천장 구석에는 푸르게 빛나는 수정도 보였다.

모험자들이 모여드는 그런 약간 유별난 분위기의 가게 안에서 한 사내가 잔을 테이블 위에 내리치고 있었다.

"펄펄 끓는구만, 몰드."

"시꺼! 그 애송이, 대체 무슨 마술을 써서 여기까지 온 거야…… 뻔뻔하게!"

"뭐야, 질투 나냐?"

이를 갈아대는 몰드에게 주위에서 술잔을 기울이던 모험자들이 왁자지껄하게 웃었다.

선택받은 상급모험자밖에 도달할 수 없는 리빌라 마을에는 거의 고정된 멤버들밖에 없기도 해서, 장기간에 걸쳐 이용하면 이용할수록 아는 얼굴이 늘어난다.

이 주점의 단골고객들도 소속 파벌은 다르지만 몰드 일행과는 서먹서먹하지 않을 정도로는 교류가 있었다.

"네놈들도 남의 일이 아니야!! 건방진 루키가 랭크 업하고 얼마 지나지도 않았는데 여기까지 처내려왔다고! 몇 년 전부터 왔던 우리는 완전히 웃음거리나 마찬가지 아냐?!"

'풍요의 여주인'에서 있었던 원한이 엮이기는 했지만 몰드의 말은 정곡을 찔렀다.

이 자리에 있는 그들에게는, 오라리오에서 얼마 안 되는 상급모험자라는 적잖은 자부심이 있다. 그런 곳에 어디서 갑자기 툭 튀어나온 루키가 냅다 끼어들었다면 기분이 좋을 수만은 없다.

그 루키가, 일부 신들이 수군거리는 화제의 '토끼'라면 더더욱.

몰드의 일갈에 주점은 찬물을 끼었은 것처럼 정적에 휩싸였다.

"잘난 척 살라만더 울까지 세트로 걸치고 말이야……. 혼쭐을 내주기 전에는 직성이 안 풀리겠어."

리빌라에서도 상당히 귀중한 술을 벌컥 마시고 몰드는 원한 맺힌 목소리를 터뜨렸다.

같은 테이블에 앉은 몰드의 동료 둘이 의문을 입에 담았다.

"그렇지만 몰드. 혼쭐을 내준다고 해도, 어떻게 하게? 그 꼬맹이, 【검희】랑 같이 다니던데."

"헤르메스 파밀리아하고, 그 뭐더라…… 타케미카즈치파 애들도 함께 있는 것 같았어."

"여기만 해도 운으로 올 수 있는 곳은 아니잖아……. 【리틀 루키】도 상당히 강한 거 아냐?"

주위 사람들의 지적에 몰드의 노성이 다시 터졌다.

"쫑알쫑알 떠들지 마! 도와줄 거야, 말 거야?! 어쩔 거냐고!"

주점 모험자들은 낯을 찡그리면서도 눈을 날카롭게 빛냈다. 몰드와 마찬가지로 기회가 있으면 허리에 찬 무기를 뽑아들려는 험악한 분위기였다.

"그 자식 하나만 불러낼 수 있다면……."

벨은 너무 눈에 뜨였다.

랭크 업도, 중층 진출도 간격이 짧았으며, 모든 것이 지나치게 빨랐다.

상급모험자인 그들의 반감을 이렇게까지 크게 살 만큼.

"오~ 알아보기 쉬울 정도로 뜨거운 분위기구만."

흠칫, 술집에 있는 모두의 시선이 입구로 향했다.

시선을 받은 것은 저벅저벅 가게 안으로 들어오는 헤르메스와 아스피였다.

"……무슨 볼일이쇼, 신 나리. 술 마시러 온 거면 냉큼 지상으로 가시는 편이 좋을 텐데."

"하하, 악랄한 모의를 꾸미는 이야기가 들려서 말이지. 나도 모르게 들어와버렸지 뭐야."

스윽. 모험자 하나가 주점 입구를 몸으로 가로막았다.

이야기가 탄로 난 이상 벨과 행동을 함께 하던 헤르메스 일행을 보내줄 수는 없다고, 주점에 있던 자들의 의사표시를 더할 나위 없이 명확히 보여주었다.

최근에는 이런 일만 생긴다고, 아스피가 헤르메스의 등 뒤에서 한숨을 쉬었다.

"그럼 어쩌시게? 거기 동행 분 혼자서 우리의 모의를 막으실 수 있다고?"

"무슨 소리야. 자네들 알아서 해. 난 신경 쓰지 말고 그 뒤숭숭한 얘기를 계속 해보라고."

"엥?"

몰드는 얼빠진 표정을 지었다.

"난 자네들 같은 무법자들을 아주 좋아한다고. 이 하계에 우등생만 있으면 재미가 없거든."

본성을——하계의 만물을 '오락'으로 보는 **겸비한.**

몬스터보다도 종잡을 수 없는 눈앞의 존재에 몰드는 그저 압도당했다.

"벨 군을 습격하고 싶지? 뭣하면 우리의 다음 예정을 가르쳐줄까?"

"……믿어도 되는 겁니까, 신 나리?"

"이봐이봐, 난 헤르메스 신이라고. 아이들에게 거짓말을 하겠어?"

"야, 몰드……."

동료들의 목소리를 무시하고 신과의 거래가 이루어졌다.

"내가 도와주거나 할 순 없지만……. 그래, 괴물도 쓰러뜨릴 만한 용기의 **부적**이라면 자네들에게 빌려줄 수 있지."

그렇게 말하며 헤르메스는 아스피에게 어떤 도구를 받아들더니 몰드의 눈앞에 내밀었다.

그것은 소형 투구였다. 형상으로 보자면 오히려 모자에 가까웠으며, 앞부분에는 챙도 달렸다. 색깔은 원래 소재의 밑바닥으로 잠겨드는 것처럼 새까맣다.

"이건……?"

"【만능의 페르세우스】가 만든 매직 아이템. 효과는 보증해."

몰드는 흠칫 숨을 삼키고, 눈치를 살피던 자들도 눈빛을 바꾸었다.

오라리오에 이름을 떨치는 희대의 아이템 메이커가 만들었다는 작품. '마법', '스킬'과 견주는 힘을 부여한다고 전해지는 '신비'의 아이템이다.

"정말로, 이걸……."

목소리가 떨리는 몰드에게 헤르메스는 고개를 끄덕였다.

"단, 조건이 있지."

한손을 들고 칠흑의 투구를 끌어안으며 그는 가늘고 긴 눈을 스윽 떴다.

"나를 즐겁게 해줄, 재미난 쇼를 만들어줘."

5장 무법자들의 연회

© Suzuhito Yasuda

벨 크라넬

Lv. 2

힘: G267→F365 내구: H144→G271

기교: G288→F349 민첩: F375→E469

마력: H189→G270

행운: I

《마법》

【파이어볼트】

○속공마법.

《스킬》

【영웅선망 아르고노트】

○액티브 액션에 대한 차지 실행권.

【로키 파밀리아】의 텐트 안. 벨은 막 갱신을 마친【스테이터스】를 헤스티아에게 보고받고 있었다.

"으음~ 오랜만에 확 올라갔구나……."

"그, 그러게요……."

코이네 공통어를 기록할 종이도 붓도 없기 때문에 전달은 말로 이루어졌지만, 헤스티아의 말대로【랭크 업】후에 보인 최고의 어빌리티 상승폭이었다. 제13계층에서 제18계층으로 강행군을 하고, 결정적으로 골라이아스에게 추격당하는 등【엑세리아】가 축적되기에는 충분한 경험이었던 모양이다.

"어빌리티도 그렇다만, 더욱 상위의 【엑세리아】도 꽤 많이 모였다."

"네?"

"**위업**이라는 거지. 너의 그릇이 또 한 단계 승화에 다가갔다는 말이다."

어리둥절해하는 벨에게 헤스티아가 미소를 지어주었다.

극한상태까지 몰렸던 결사의 제18계층 진출은 위업의 한 가지로 평가를 받은 모양이었다.

위업의 달성, 넘어선 시련——그러한 【랭크 업】의 조건은 꼭 격상의 몬스터를 쓰러뜨리는 것만은 아닌가보다. 벨은 방어구를 갖추며 고개를 갸웃했다.

"로키네 아이들도 이미 출발 준비를 하고 있으니, 어서 이 텐트도 비워주자꾸나."

"그래야겠네요."

【로키 파밀리아】는 오늘 제18계층을 떠난다. 어젯밤 지상에서 해독제가 도착해 부대 진행이 가능해졌던 것이다. 벨 일행이 있는 텐트 밖에서는 철수 준비 소리가 연신 울려 퍼졌다.

【스테이터스】 갱신용 도구 세트를 정리하는 헤스티아에게 손을 들어 보이고 벨은 먼저 밖으로 나갔다.

『토끼 자식이 있다니 어떻게 된 거야?! 난 그런 말 못 들었어!!』

『이렇게 시끄러워지니까 베이트한테는 설명을 안 한

거지~. 자자, 저리 가 저리 가~.』

『야, 얀마! 바보 아마조네스!!』

많은 사람들이 시끌시끌 천막을 걷기 시작하는 가운데
야영지 변두리에서는 【로키 파밀리아】의 주력 구성원들이
모여 우르르 이동하기 시작했다.

"어, 아이즈 씨!"

벨은 그 맨 뒤에 있던 금색 머리카락을 발견하고 재빨리
말을 걸었다.

발을 멈추고 돌아본 그녀의 모습은 가슴받이와 허리 방
어구, 세이버를 비롯한 완전장비 상태였다.

"벌써 가시는 거예요?"

"응……. 먼저 가는 파티에 편성됐으니까."

미로의 길 너비 관계상 '원정' 규모의 대인원이 제17계층
이상의 층역을 한꺼번에 이동하면 비좁고 불편하다. 따라
서 귀환할 때에는 부대를 둘로 나누어야 한다.

그중 아이즈는 앞장서서 가는 파티에 티오나 일행과 함
께 편입되었다.

한편 벨은 후속부대와 동행해 지상으로 돌아가게 되어
있었다.

"저, 저기……."

"?"

선행부대인 그녀들은 당연히 이 위에서 태어난 골라이
아스를 토벌하게 될 것이다.

그녀들이 확보해준 안전한 길을 뒤에서 따라갈 수밖에 없는 자신에게 답답함을, 그녀와 자신의 역량 차이를 여기서도 실감하며.

검희에게는 별로 필요도 없는 말이지만, 그래도 전했다.

"……조심하세요."

"……너도, 조심해."

입술에 살짝 미소를 지으며 아이즈도 그렇게 대답했다. 또 보자는 말을 남기고 그녀는 동료들과 함께 제17계층으로 이어지는 동굴로 향했다. 선행부대가 모조리 동굴 안으로 사라질 때까지 벨은 아직까지 머나먼 그들의 등을 지켜보기만 했다.

"벨 님~. 릴리네도 돌아갈 준비 해야죠~?"

"아, 응!"

뒤에서 들려온 릴리의 목소리에 벨은 발을 돌렸다.

그녀와 함께 캠프파이어를 에워싼 야영지 중심부로 다가가, 얼마 안 되는 짐을 확인하고 출발 전의 무기를 정비했다.

"야, 벨. 네 것도 내놔."

"응. 고마워, 벨프."

두 자루의 나이프를 벨프에게 맡기자 그는 연마석 같은 도구를 이용해 정비를 시작했다. 순식간에 《헤스티아 나이프》와 《우시와카마루》는 검신에 광택과 함께 예리함을 되찾았다.

자신도 모르게 넋을 잃고 바라보는 벨의 곁에서는 이미 정비작업을 마쳤는지 미코토가 무기인 카타나를 장비하고 있었다.

"고맙습니다, 벨프 님. 저희 무기까지……."

"신경 꺼. 난 이게 본업이니 서너 개 늘어난다고 수고로울 것도 없어."

"결국 도구는 리빌라 마을에서 구입했나?"

오우카의 물음에 벨프가 진저리치듯 대답했다.

"아니. 저 녀석들에게 고개 숙여서 빌렸어……."

그가 가리킨 곳에는 아직 떠나지 않고 남은 하이 스미스들이 있었다.

물가가 너무 비싼 리빌라 마을에서는 중고 대도와 릴리의 백팩만을 구입했다. 릴리에게서는 돈을 받을 테지만 이미 벨프의 주머니는 썰렁해졌다.

쪼그리고 앉아 정비를 하는 그의 곁에는 대도 외에도 하얀 천에 감긴 막대 형태의 덩어리가 있었다.

"그런데…… 헤르메스 님과 아스피 공은?"

"기왕 여기까지 왔으니 관광을 더 하다 가겠다네요. 릴리네는 먼저 가도 된다고 아스피 님이 피곤한 얼굴로 말씀하셨어요."

"그 아가씨도 고생 많구만……."

미코토, 릴리, 벨프의 대화를 들으며 벨은 류를 떠올렸다. 그녀도 혼자 돌아가겠다고, 어제 야영지까지 바래다

주었을 때 말했다. 그녀의 사정과 실력——Lv.4라는 말에 벨은 경악했다——을 고려해보면 그래도 상관이 없을 것이다.

마지막에는 뿔뿔이 흩어지겠구나…….

귀환 준비를 착착 갖추면서, 벨은 '아침'이 시작되는 숲의 하늘을 올려다보며 생각했다.

"좋아, 짐은 챙겼고……."

나자에게서 받은 포션이 든 파우치에 도구를 챙기고 헤스티아는 텐트를 나갔다.

숲 속에 있는 야영지는 빛이 가려져 거의 나무그늘에 묻히다시피 했다. 거의 철수 준비를 마친 인적 뜸한 캠프 부지에서 헤스티아는 배정받았던 텐트를 치우기 위해 벨 일행을 부르려 했다.

"음……? 거기 누가 있느냐?"

부스럭 소리를 들은 헤스티아는 등 뒤를 돌아보았다. 주위를 살펴도 나무그늘이 드리워진 풀밭에는 역시 사람이 보이지 않았다. 나뭇잎 쓸리는 소리일까 싶어 그녀는 고개를 들었다.

"——우우웁?!"

그때 느닷없이, 입이 막혔다.

게다가 그것만이 아니고, 마치 굵은 팔이 몸에 감긴 것처럼 꼼짝달싹할 수 없었다. 더욱 놀라운 것은 헤스티아의 곁에는 수상한 자의 그림자조차 보이지 않는다는 점이었다. 마치 그녀 혼자서 구속당하는 연기를 하는 것 같기도 했다.

이윽고 조그만 몸이 지면에서 홱 떠오르더니 그 자리에서 이동하기 시작했다.

'투, 투명인간?!'

헤스티아의 동요를 긍정하듯, 아무것도 없던 허공에서 양피지 두루마리가 툭 떨어져 땅바닥에 굴러갔다. 바둥바둥 발버둥을 치는 다리는 허무하게 허공을 긁고, 뚜껑이 열린 파우치에서는 포션 같은 도구들이 쏟아졌다.

"우구구─?!"

목 메인 비명을 지르며 헤스티아는 숲 안쪽으로 끌려 들어갔다.

❦

"주신님? 주신님─?"

고개를 좌우로 돌리며 소리를 지른다.

귀환 준비를 마친 벨은 헤스티아를 찾고 있었다. 조금 전 【스테이터스】 갱신을 했던 텐트에 찾아가봤지만 보이지 않았다. 고개를 갸웃하면서 어디로 갔는지 주위를 둘러보았다.

"이상하네……."

야영지를 돌아본 벨은 뒷머리를 긁었다. 주위의 천막은 이미 손으로 꼽을 정도밖에 남지 않아 시야를 가릴 만한 것도 없었다. 나무는 많지만 헤스티아의 몸을 숨길만한 줄기는 보이지 않는다.

길이 엇갈리지도 않았을 테고.

"숲 바깥쪽으로 가셨나……?"

의아하게 여기면서 제17계층으로 이어지는 남쪽 동굴과는 반대 방향으로 향했다. 야영지를 한 걸음 나가자 나무의 밀도는 비교적 늘어나 시야를 가로막는 것들이 조금 많아졌다. 이 주변에 위험은 없다 해도, 몬스터가 서식하는 숲이니 헤스티아가 말 한마디 없이 혼자 나가는 위험한 짓을 할 리가……. 그렇게 생각하며 나아가고 있으려니.

"어……."

금세 그것을 발견했다.

등 뒤에 있는 야영지에서 조금 떨어진, 단순한 풀밭. 그곳에 여기저기 뿌려진 채 굴러다니는 여러 개의 시험관과 양피지 두루마리.

잠시 걸음을 멈춘 벨은 확 튕겨나가듯 눈앞의 광경으로 달려들었다.

"이건……?!"

무릎을 꿇고 살펴본 벨은 주워든 시험관 중 하나가 듀얼 포션——나자가 헤스티아에게 맡긴 것임을 알아보고 흠칫 숨을 멈추었다. 지면에 흩어진 형형색색의 용기는 마치 헤스티아의 몸에 무슨 일이 생겼음을 암암리에 알려주는 것만 같았다.

고개를 들고 주위를 둘러보기를 몇 초. 불길한 예감을 품으며 벨은 부자연스럽게 굴러다니는 양피지에 손을 뻗었다.

『……【리틀 루키】. 여신을 맡아두겠다. 무사히 돌려받고 싶다면 혼자 중앙수 동쪽 수정기둥까지 와라…….』

아연실색하며 두루마리를 읽어내린 벨은 눈을 크게 뜬 채 멍하니 서 있었다.

조잡한 지도가 첨부된 두루마리를 꽉 움켜쥐고, 그 자리에서 뒤도 돌아보지 않은 채 달렸다.

"아…….."

시야 한쪽에 치구사의 모습이 잠시 스쳐 지나갔지만 벨의 의식 속에는 들어오지 못했다.

누가, 무엇을 위해, 이런 짓을.

수많은 의문이 머릿속을 휩쓸었다. 몬스터가 아니라 벨과 같은 인간의 소행. 나아가서는 여신인 헤스티아에게 손을 댄 만행. 장난이 아니라는, 상대의 강한 의지가 그 문장과 행동 사이에서 엿보였다. 그야말로 눈앞이 캄캄해질 만큼.

주신님은 무사할까.

그 한 가지 생각이 벨의 가슴을 불태우고 땀과 함께 몸을 전력으로 떠밀었다.

벨은 달렸다. 숲을 한 번 빠져나가 대초원을 가로지르고 아득히 멀리 보이는 중앙수 방향으로 돌진했다. 쑥쑥 가속하는 그를 주위의 몬스터들이 발견하고 쫓았지만 따라잡지는 못했다. 토끼 같은 준족으로 몰려들려는 몬스터들을 멀리 따돌렸다.

『——샤아아아아아아아아아아아아아아!』

진로 전방을 가로막는 여러 개의 커다란 그림자.

중형 2족보행 갑충 몬스터 '매드 비틀'에게 오른팔을 내민다.

"【파이어볼트】!!"

숫구친 절규와 폭염은 쳐다보지도 않고 벨은 몬스터들의 틈을 강행돌파했다.

"헤헤, 이거 대단하구만…… 물건인데."

몰드는 유쾌한 웃음을 곱씹었다.

그의 손에 들린 것은 모자와 비슷하게 생긴 칠흑의 투구였다.

그는 아스피가 제작한 매직 아이템——'하데스 헤드'를 내려다보며 그야말로 물을 얻은 모험자처럼 흥분에 몸을 떨었다.

"네 이놈, 풀지 못할까! 이런 짓을 하고도 무사할 줄 아느냐?! 나는 이래 봬도 신이다!!"

꽥꽥 고함을 질러대는 목소리에 몰드는 고개를 들었다.

장소는 제18계층 동쪽에 위치한 숲 속. 수정은 별로 없고 곳곳에 덤불이 펼쳐진 한 그루의 나무 밑에서 헤스티아는 밧줄에 묶여 있었다.

"죄송합니다요, 여신님. 거칠게 대하는 건 좀 봐주십쇼."

"너 지금 하나도 미안하게 생각하지 않지?!"

주위에는 몰드 외에도 두 명의 모험자가 있었다. 리빌라의 주점에 있던 다른 파벌의 모험자들이다.

그들은 헤스티아를 감시하듯 좌우에서 내려다보고 있다.

"아까부터 사라졌다가 나타났다가, 그게 네 마법이냐?! 왜 나를 여기로 끌고 온 거냐!!"

"하하하, 그렇게 한꺼번에 물어보시면 어떻게 대답합니까요."

헤스티아의 눈이 미치지 않는 곳에 '하데스 헤드'를 감추면서 몰드는 희미한 웃음을 지었다.

그가 헤르메스에게서 빌려온 매직 아이템의 능력은 장비한 자를 완벽한 '투명 상태'로 만드는 것이었다. 마인드나 체력은 전혀 소비하지 않는다. 반영구적으로 이어지는 이 투명 능력으로 그는 헤스티아를 쉽게 야영지에서 납치했다.

오늘 귀환 준비 작업에 바빴던 벨 일행과【로키 파밀리

아]의 예정만 알고 있으면 그들의 사각을 노리기는 더더욱 쉬웠다.

"여신님께 직접 볼일이 있는 건 아니니 안심하십쇼. 암만 그래도 목숨 아까운 줄은 아니까요. 신에게 손을 댈 만큼 불경하지도 않고. 그냥 얌전히만 계시면 됩니다요."

"손을 대지 않는다는 걸 알면 더더욱 내가 얌전히 굴 이유는 없겠군!"

"흐흐, 여신님~? 제발 그러지 마십쇼. 안 그러면 그 예쁜 머리카락이…… 혹은 그 옷이 잘려나가서 **억지로** 얌전해지게 될지도 모릅니다요."

허리춤에 찬 장검을 반쯤 뽑는 몰드. 헤스티아는 말문이 막혔다. 얇은 천 한 장 너머에 감추어진 풍만한 언덕이 그녀의 심정을 대변하듯 떨렸다.

어린 여신의 겁먹은 기색에 만족했는지 몰드는 다시 한 번 어깨를 들썩거렸다. 그는 헤스티아의 감시를 다른 모험자들에게 맡기고 발을 돌렸다.

"이봐, 기다리지 못하겠나! 이야기가 끝나지 않았는데! 네 목적은 뭐냐!"

"……댁네 권속에게 이것저것 좀 가르쳐줄 게 있어서 말입죠."

눈을 크게 뜨는 헤스티아에게 몰드가 입가를 크게 틀어올렸다.

"귀여운 후배에게 모험자의 규칙이란 걸 알려줘야 하거

든요."

"어때, 찾았어?!"

"아뇨, 벨 님도 헤스티아 님도 보이질 않아요!"

달려온 벨프에게 릴리는 여유를 잃은 목소리로 대답했다.

벨이 헤스티아의 행방을 추적해 혼자 달려가고 사반각이 지났을 무렵. 그들이 홀연히 사라졌음을 알아차리고 나머지 일행이 총동원되어 야영지 부근의 숲을 뒤지고 있었다.

숨을 헐떡이는 릴리와 벨프에게 오우카와 미코토가 돌아왔다.

"야단났군. 이대로 찾지 못하면 【로키 파밀리아】 부대가 먼저 떠나버릴 텐데."

"이젠 시간이 없습니다……."

두 사람이 주위의 바쁜 모습을 둘러보며 입을 열었다.

어디까지나 【로키 파밀리아】의 뒤를 따라갈 예정인 그들은 부대에 정식으로 편성된 것이 아니다. 기다려 달라고 말해봤자 들어줄 리가 없고, 시간이 되면 그들은 제18계층을 출발할 것이다. 시시각각, 제한시간은 확실하게 다가오고 있었다.

벨프는 눈썹을 일그러뜨리며 말했다.

"벨도 헤스티아 님도 이럴 때 갑자기 사라지다니, 이건 보통 일이 아닐 텐데."

"역시…… 두 분에게, 뭔가 문제가 생긴 걸까요?"

핵심을 건드린 릴리. 네 사람은 서로를 마주 보며 저마다 긴장된 표정을 지었다.

"헤르메스 님과 아스피 님에게 협력을 청하면 어떨까요?"

"어디를 싸돌아다니고 있는지도 모르니, 찾지 못하면 오히려 시간만 잡아먹을걸."

"류 님…… 아니, 복면 모험자 님이 있는 곳을 아시는 분은요?"

"그거야말로 벨 정도밖에 모를걸."

릴리에게 대꾸한 벨프가 손으로 관자놀이를 누르고 있으려니 그들을 부르는 목소리가 들렸다.

"여, 여러분—!"

야영지 변두리 북동쪽, 거목 밑에서 손을 흔드는 치구사의 곁으로 네 사람이 달려갔다. 왜 그러느냐, 무슨 일이냐는 질문에 그녀는 포션이 흩어진 곳으로 안내했다.

"이건 헤스티아 님이 나자 공께 받아오셨던……?"

"그, 그리고요, 아까 크라넬 씨가 엄청 다급하게 숲 밖으로……."

"……이미 사건에 휘말렸다고 생각하는 편이 좋겠네요."

릴리는 그렇게 말하며 무언가 단서가 없을지 흩어진 포

션을 물색하기 시작했다.

"몬스터가 헤스티아 님에게 무언가를 저질렀다고는 생각하기 힘들겠군. 역시 인간의 소행인가?"

"납치했단 말씀입니까? 저희나 【로키 파밀리아】에게도 들키지 않고?"

머리 위에서 벨프와 미코토의 대화를 들으며 바닥을 살피던 릴리의 손이 우뚝 멈추었다.

"이건……."

🐾

"찾았다……!"

나무 틈 너머로 하늘을 향해 우뚝 솟은 길쭉한 청수정이 보였다.

지도가 그려진 양피지를 자루에 쑤셔 넣고 벨은 속도를 더욱 높였다. 울퉁불퉁한 지면이며 튀어나온 굵은 나무뿌리를 박차고 뛰어올라 바람처럼 숲 속을 내달린다.

상대가 지정한 중앙수 동쪽의 이정표가 된 수정기둥은 바로 지척까지 다가왔다. 시야 안쪽에서 반짝거리는 크리스털의 광채에 눈을 가늘게 뜬 다음 순간, 단숨에 나무의 밀도가 줄어들며 커다란 양지에 생긴 공간으로 돌입했다.

"그놈이 왔어, 몰드!"

나무그늘에 숨어 있던 모험자가 벨의 모습을 보고 안쪽

의 수정기둥 쪽으로 소리를 질렀다.

벨이 발을 멈추자 커다란 수정 뒤에서 걸어나온 것은 얼마 전 리빌라에서 스쳐 지나갔던 모험자, 몰드였다.

"빨리 왔군, 【리틀 루키】!"

"주……주신님은요?!"

그가 주신을 납치한 범인인지 아닌지 알 수 없어 한순간 당황했지만, 벨은 이내 소리를 질러 물었다. 몰드는 유유히 다가와 씨익, 웃음을 지었다.

"꼬맹이 여신님은 네놈을 꼬드길 미끼니까 아무 짓도 안 했어! 신에게 손을 대는 금기를 저질렀다간 뒤가 무섭거든!"

어디까지나 목적은 자신이라는 말에 벨은 루벨라이트색 눈을 크게 떴다.

"나한테…… 무슨 볼일이 있다는 거예요?"

"너도 대충 눈치챘을 텐데? 상황이 이렇게 됐는데도 모른다면 웃음거리밖에 안 된다고. 안 그래, 레코드 홀더?"

가시가 담긴 그 호칭에 싸늘한 무언가를 느끼고, 많은 것을 깨달았다.

헤스티아를 이용해서까지 그가 벨을 이곳에 부른 이유는…….

"혼자서 왔겠지?"

"……네."

"그래. 뭐, 쓸데없는 것들이 따라와봤자 되레 당하기만 하겠지만."

우르르르.

주위의 나무 그늘에서, 덤불 안에서 무기를 든 상급모험 자들이 나타났다. 그 수는 스물 정도.

자신을 포위한 몰드 일당에게 벨의 두 눈이 흔들리고, 몸이 굳었다.

"쫄지 말라고. 이놈들은 손대지 않을 테니——따라와!"

턱짓으로 후방을 가리키는 몰드를 따라갈 수밖에 없 었다. 뽑아든 검으로 방어구 어깨받이를 텅텅 두드리며, 모험자들은 재미있다는 듯 얼른 따라가라고 채근한다. 많 은 냉소에 에워싸인 채 벨은 묵묵히 나아갔다.

헤스티아를 구출할 수는 있을까, 그 한 가지만을 생각 했지만 현재 상황에서는 무리임을 깨달았다. 그녀가 억류 된 장소도 모르고, 그들이 구출하도록 호락호락 내버려둘 리도 없다. 지금은 말을 들을 수밖에 없다고 벨은 마음속 으로 결론을 내렸다.

몬스터에게도 겁을 먹지 않았던 팔다리가 떨리는 것도 깨닫지 못한 채.

"여기는……."

그들이 데려간 곳에는 나직한 대지가 있었다.

미미하게 요철이 있기는 했지만 거의 평면을 그리는 지 면은 주위보다도 한층 높이 솟아났다. 직경 7M을 넘는 원 형 무대는 그야말로 관객에게 쇼를 보여주는 스테이지였다.

올라가라는 말에 몰드와 함께 스테이지로 올라가는 벨. 다른 모험자들은 주위에 흩어져 벨과 몰드를 빈틈없이 에워쌌다.

"이제부터 하는 건 나랑 네 일대일 대결, 결투다."

"결투……."

"그래, 단순하지! 그리고 이긴 놈은 진 놈에게 한 가지 마음대로 명령을 내릴 수 있고……. 내가 이기면 네놈의 그 비싼 장비품을 모조리 가져다가 돈으로 바꿔버리겠다."

무기를 잃고 떨어질 데까지 떨어져보라고, 이마와 뺨에 흉터가 있는 몰드의 험악한 얼굴이 웃음의 형태로 일그러졌다. 그 목소리에서는 승리를 의심하지 않는 자신감이 묻어났다.

승자가 패자의 모든 것을 빼앗는다. 예로부터 전해 내려오는, 결투에 따른 단순명료하고 강제적인 그 규칙에 벨은 한동안 멍하니 서 있다가 눈썹에 일부러 힘을 주어 틀어올렸다.

떨리려는 숨을 결연한 어조로 짓이겼다.

"내가 이기면 주신님을 돌려주세요."

"……그려, 좋지. **이기면** 말이야."

승리를 전제로 한 벨의 요구에 표정을 지운 몰드는 잠시 간격을 두고, 눈을 가늘게 뜬 채 냉소를 지었다.

흙이 그대로 드러난 스테이지는 조약돌 정도 되는 결정

도 돌아났다. 제법 높아서 그리 멀리 떨어지지 않은 수정 기둥을 내려다볼 수 있었다. 중앙에서 몰드와 대치한 벨은 허리에 손을 돌려 무기를 뽑았다.

표준 배틀 스타일로 정착되어가는, 속도와 공격횟수에 특화된 쌍검장비. 좌우 양손에《헤스티아 나이프》와《우시와카마루》를 들고, 제법 모양이 잡힌 자세를 취하자 주위에서 지켜보던 모험자들이 휘파람을 불어댔다.

몰드는 어떤가 하면, 등에 장비했던 대검을 젠체하듯 천천히 뽑았다.

"하지만 착각하지 마라, 애송아."

오른손으로 검을 어깨에 걸머지고 왼손을 허리에 감은 몰드는, 다음 순간.

두 눈초리에 한껏 힘을 주고 악귀와 분간이 가지 않는 흉포한 웃음을 지었다.

"이건——네놈을 지분지분 죽이는 쇼라고!"

거대한 쇳덩어리가 날아들었다.

발밑에 내리꽂힌 대검은 둔중한 파쇄음을 내며 지면을 갈랐다. 요란한 흙먼지가 피어나 시야에서 한순간 몰드의 모습을 빼앗았다. 주위에서 기침하는 소리와 함께 멍청한 자식, 뭐 하는 짓이냐 하는 욕설이 오가는 가운데 눈을 크게 뜬 벨은 흠칫 흙먼지에서 거리를 두고 빈틈없이 자세를 갖추었다.

"어……?!"

먼지가 완전히 걷혔을 때, 벨은 자신의 눈을 의심했다.

지면을 부순 대검을 남겨둔 채 몰드가 사라진 것이다. 전후좌우를 살피고, 혹시나 스테이지 밖의 모험자들 틈에 섞였는가 싶어 재빨리 눈을 돌려봤지만 찾을 수 없었다.

혹시 위에?!

황급히 고개를 든 순간——**바로 옆**에서 충격이 왔다.

"커억?!"

주먹임 직한 감촉이 오른쪽 관자놀이에 박혔다. 무서운 위력의 타격에 벨은 옆으로 날아가 소리를 내며 구른 후에 즉시 뛰어 일어났다. 옆머리에 타들어가는 아픔을 견뎌내며 스테이지 일대로 시선을 돌려보았지만 역시 몰드는 없었다.

혼란에 사로잡힌 벨에게 즉시 공격이 날아들었다.

——날아차기?!

슈욱, 공기를 가르는 소리와 함께 가슴에 사바톤(sabaton, 판금 신발)이 꽂혔다. 폐에서 공기가 빠져나간 벨은 두 눈을 한껏 크게 뜨고 뒤로 날아갔다. 등을 지면에 부딪쳐 숨도 쉬지 못한 채, 느껴지는 흉포한 기척에서 도망치고자 데굴데굴 몸을 굴렸다. 1초 전까지 벨이 있던 곳이 함몰되었다.

그리고 간신히 일어나려는 벨을 기다리던 것은 지옥이었다.

무시무시한, 눈에 보이지 않는 구타의 폭풍이 시작되

었다.

"""와아아아아아아아아아아아아아아아아아아아아!!"""

피에 섞인 타액이 날아가고 몇 번이나 좌로 우로 연신 몸을 젖히는 벨의 모습에 관전하던 모험자들은 입을 벌리고 갈채를 보냈다. 손을 쳐들고 격렬히 열광했다.

몇 번이나 충격이 터져 의식에 불꽃이 튀는 가운데.

보이지 않는 거구나, 투명해졌구나, 하고.

벨은 상식을 파괴당하면서도 눈앞의 현상을 인정했다. '스킬'이 아니라 '마법'일까. 미지와의 조우는 대처를 몇 수나 늦춰버렸고, 상대는 여기에 추가타를 가하듯 몸에 치명타를 새겨나갔다.

몇 번이나 얻어맞아 날아간 온몸이 좌우로 흔들렸다. 바람에 실려 핏방울이 튀었다.

"해치워, 몰드!"

"굉장한데. 우리한테도 안 보여!!"

"건방진 토끼의 콧대를 부러뜨리라고!"

동작을 내는 소리는 분명히 존재했다. 발소리도, 공기가 흔들리는 소리도.

그러나 열광하는 외야의 성원이 이런 것들을 모두 지워버렸다. 이제 벨에게는 투명해진 몰드의 일거수일투족을 따라갈 방법이 없었다.

기척을 느끼고 황급히 몸을 젖혀도 별 도움은 되지 않았다. 레벨은 같고 능력치에는 큰 차이가 없다. 하지만 이 공방에서 단숨에 축적된 대미지는 벨의 큰 어드밴티지였던 속도를 둔하게 만들어버렸다. 지금 두 사람 사이에서 0.5초 늦는 대응의 차이는 치명적이었다.

예비동작을 보여주지 않는다는 강점을 방패삼아 몰드는 벨에게 가차 없이 공격을 퍼부었다.

"얀마, 냉큼 들어가!"

"……윽?!"

스테이지 끝으로 밀려나간 벨을 주위의 모험자들이 퍽 떠밀었다. 앞으로 밀려나간 벨의 배에 다시 몰드의 발차기가 깊이 꽂혔다.

의식이 흔들렸다. 원인은 여러 각도에서 몇 번이나 얻어맞고 차인 아픔이 아니었다.

인간의 악의, 해의, 적의.

이제까지의 벨과는 무관했던 것들. 조금도 경험해본 적이 없는, 인간의 노골적인 격정. 격정의 소용돌이. 이렇게까지 난폭하고 시커먼 감정을 벨은 받아본 적이 없었다.

——자신을 에워싼 악의에 정신이 아찔해졌다.

사방팔방에서 고막을 두드리는 야유와 욕설, 쾌감에 물든 홍소, 악랄함에 일그러진 수많은 추악한 시선. 현기증과 함께 뚜렷한 공포를 느꼈다. 이곳은 이제까지 벨이 있었던 다정한 세계와는, 혹은 따뜻한 세계와는 너무나도 다른 곳이었다.

모험자의 세례. 벨은 지금 바로 그것을 받고 있었다.

이것도 모험자. 아니, 이것이야말로 모험자.

술과 여자, 부와 명성에 취한 무법자들의 연회.

의지가 꺾여나가지 않도록 필사적으로 이를 악문 벨은 즉시 사각에서 날아든 강렬한 주먹에 뺨을 얻어맞았다.

일방적인 싸움을 펼치는 벨과 몰드, 그리고 흥분의 고함을 지르는 모험자들의 무리.

무법자들이 고안하고 만들어낸 그런 쇼를 바깥에서 지켜보는 두 시선이 있었다.

"악취미군요……. 재미있습니까, 이런 것이?"

"냉랭한걸, 아스피는."

나무 위에 서서 그늘 속에 숨은 채 눈 아래의 광경을 바라보던 헤르메스는 권속에게 비난과 혐오의 시선을 받아 어깨를 으쓱했다.

"벨 크라넬의 힘을 자신의 눈으로 확인하고 싶다고 말씀하셨으면서, 이딴 것을 보기 위해 일부러 던전에 오신 겁니까?"

"사실은 계층 터주 같은 놈하고 싸우기를 기대했는데, 아무리 그래도 그렇게 잘 되진 않더라고."

등황색 눈으로, 상처를 입어가면서도 싸우는 벨을 따라가며 헤르메스는 대답했다.

"계층 터주라니, 그건 더 바보 같은 소리군요."

아스피는 무뚝뚝한 얼굴로 되받아쳤다.

"일부러 제 투구까지 맡겨 저딴 모험자들을 부추기고……. 저는 헤르메스 님이 그에게 원한이라도 있는 줄 알았습니다."

"음~ 오히려 내 나름의 애정이랄까?"

"이딴 사랑을 누가 원한답니까."

"너무 그러지 마. 늦든 이르든 저 친구들의 세례는 벨 군에게 찾아갈 예정이었어. 아스피도 그랬잖아? 다른 모험자들이 좋지 않게 본다고. 벨 군은 인간의 아름답지 못한 부분을 너무 몰라. 장래에는 더 추한 상황을 만날지도 모르고. 악취미든 뭐든, 알아줬으면 했다고. 그가, 인간의 일면을."

인간의 선악을 잘 아는 주신의 주장에 아스피는 입을 꾹 다물어버렸다.

검희 아이즈 일행에게 간섭을 받지 않도록 벨의 예정을 가르쳐주고, 동료에게 보호받지도 못한 채 모험자들의 악의를 뒤집어쓰도록 매직 아이템까지 빌려준 헤르메스. 심지어 쇼로 만들라고까지 부추겼다.

지나치다고도 할 수 있는 그의 행위는 벨에 대한 마음, 아니, 기대의 반증이란 것일까.

"뭐, 오락이 들어갔다는 점은 부정할 수 없지만. 헤스티아에게도 미안한 짓을 해버렸고."

"……만약 여기서 그의 송곳니가 부러져버린다면?"

"그릇이 아니었단 뜻이겠지."

담담하게 대꾸하면서 벨을 지켜보던 헤르메스는 이윽고. 어떤 방향으로 고개를 들고 쓴웃음을 지었다.

"그건 그렇다 쳐도…… 벨 군도, **그들도** 동료애가 너무 눈부신걸."

ᚼ

"——저기 있구만!"

전방에 모인 모험자들의 집단을 발견하고 벨프는 소리를 질렀다.

나란히 달리는 것은 오우카와 미코토, 백팩을 짊어진 치구사 세 사람. 그들은 풀밭을 빠른 속도로 밟으며 달려나가 시선 전방에 있는 자들과의 거리를 좁혔다.

"결국 【로키 파밀리아】는 먼저 출발했고."

"벨 공과 헤스티아 님을 되찾은 다음, 어떻게 귀환할지를 생각해 보지요."

오우카와 미코토는 대화를 나누며 치구사에게 받아든 단궁을 장비했다.

"미리 말해두겠지만, 상급모험자 상대로 내가 할 수 있는 건 마법을 막는 게 고작이야!"

벨프의 말에 오우카는 짧게 끄덕였다.

"충분해."

그리고 미코토와 함께 불룩 솟아오른 거대한 나무뿌리 앞에서 도약하여 허공에 몸을 날리며 단궁을 쏘아댔다.

"으헉!" "뭐야?!"

"【리틀 루키】의 일행이다! 여길 어떻게 알아냈지!?"

등 뒤에서 저격을 당했지만 역시 상급모험자라 해야 할까. 모험자들은 돌아보면서 무기를 뽑아 화살을 쳐냈다. 초당 네 발, 화살통을 비울 기세로 쏘아댄 오우카와 미코토의 동시 사격에 그들은 스테이지에서 떨어지면서 겁먹은 기색도 없이 달려들었다.

"상관없어, 예정대로니까! 밟아버려!"

"타케미카즈치 파밀리아 따위가 건방지게 굴지 마라아 아아아아!"

거친 함성을 지르며 상급모험자들은 빗발치는 화살을 쉽게 뚫고 다가왔다. 몇 발 앞서 튀어나와 순식간에 육박하는 몇 명의 실력자들에게 한 발 먼저 화살을 다 쓴 오우카는 단궁을 버렸다.

"치구사, 창!"

"예!"

순식간에 서포터에게서 다른 무기를 받아들고 오우카는 강창을 휘둘러댔다.

"느려 터졌구만!!"

'민첩'이 뛰어난 웨어울프가 창을 예정조화처럼 피했다.

선두에서 달려왔던 그는 입술 끝을 추켜 올리면서, 막 활을 버리고 빈손이 된 미코토에게 단검을 내질렀다.

"——하앗!"

"?!"

그 순간, 미코토는 상대가 뻗은 팔을 붙잡아 호쾌한 업어치기를 날렸다.

호되게 등을 지면에 부딪친 웨어울프. 그러나 괴로워할 틈도 없이 배를 노리고 날아든 오우카의 강렬한 스톰프를 받았다.

"꼐엑?!"

"우리의 주신은 **타케미카즈치**다."

미코토와의 연계로 상급모험자를 재기불능에 빠뜨린 오우카에게 상대편은 한순간 겁을 먹었다.

무신 타케미카즈치가 가르친 온갖 무예는 무기를 가리지 않는다. 맨손이라도 상관없다. 창이며 활을 비롯해 오우카 일행은 온갖 배틀 스타일로 교전할 수 있었다.

서포터인 치구사의 지원도 있어, 특히 대인전에서 오우카와 미코토는 실력을 유감없이 발휘했다. 기술과 공방의 응수에서 한 수 위의 실력을 보이며 상급모험자를 상대로 분투한다.

"이 자식들, 깐깐한데……?!"

"멍청아, 숫자는 우리가 많아! 에워싸서 두들겨 패!"

당황하던 선봉의 등을 나중에 가담한 새로운 모험자들

이 떠밀어 다시 기세가 붙었다.

흩어진 그들을 앞에 두고 벨프는 눈을 크게 뜨며 소리를 질렀다.

"이봐, 저것들 숫자가 너무 많아!"

"나무 사이에 숨으며 싸울 수밖에 없겠군……. 떨어지지 마라!"

밀러드는 스물 이상의 적에게 오우카는 당황하지도 않고 지시를 내렸다.

네 사람은 한데 뭉쳐, 지형을 이용하며 상급모험자들과 맞서기 시작했다.

숲 속에서 요란하게 들려오는 소리에 헤스티아는 눈을 크게 떴다.

보통 사태가 아님을 보지 않아도 이해할 수 있을 만큼 격렬하게 칼을 부딪치는 소리와 여러 사람의 고함. 나뭇가지와 잎이 흔들리는 전투의 포효는 그녀를 동요시키기에 충분했다.

몰드가 말했던 벨에 대한 '지도'도 마음에 걸렸다. 소년이 가혹한 짓을 당하고 있는 것은 아닐까 걱정이 든 헤스티아는 묶여 있든 말든 몸을 열심히 흔들어대며 보초 모험자들에게 물었다.

"이봐, 지금 뭐가 어떻게 된 거냐?!"

"아~ 저 자식들, 아주 신 났구만……."

"망할. 나도 보러 가고 싶은데……."

"——이놈들아! 신을 무시하지 말라고!!"

자신의 양쪽 옆에 쪼그리고 앉은 두 모험자의 무심한 반응에 헤스티아는 으가아아아아아아악 하고 폭발했다. 전혀 위협적이지 못한 앳된 여신에게 공경하는 태도를 보이지 않는 것이다.

그때.

"웃!" "누구냐?!"

"어, 어?"

모험자들이 갑자기 소리를 지르며 벌떡 일어나 헤스티아는 고개를 좌우로 돌렸다.

그들의 시선을 따라가보니 부스럭부스럭 덤불이 흔들리고 있었다. 칼자루에 손을 댄 두 사람이 검을 뽑으려 했을 때——불쑥, 길고 하얀 귀를 가진 토끼가 얼굴을 내밀었다.

"베, 벨?!"

"뭔 소리래요?"

"'알미라지'잖아……. 사람 놀라게 하고 앉았어."

동그란 빨간 눈을 두리번두리번 좌우로 돌리며 토끼 몬스터는 덤불에서 튀어나왔다. 두 손에는 하니클라우드를 잔뜩 들었으면서, 아직도 과일을 찾는지 헤스티아 일행의 시야 안에서 폴짝폴짝 이리저리 뛰어다녔다.

모험자 하나가 안도의 한숨을 쉬려다가 문득 의아한 표

정을 지었다.

"아니, 잠깐만. 어떻게 18계층에 알미라지가……."

저 토끼 몬스터가 출현하는 곳은 제13, 14계층이다. 종이 다른 몬스터들 사이에서는 싸움이 일어나기도 하는 미궁에서, 단일 개체로는 결코 강하지 않은 알미라지가 3계층이나 되는 여정을 돌파해 제18계층에 있다는 사실에 그들은 한없는 위화감을 느꼈다.

시야에서 사라진 몬스터의 모습을 반사적으로 쫓아가려다가.

철퍽.

"엉……?"

"으엑!"

몸에 벌꿀색 액체가 끈적끈적 달라붙었다. 옆을 보면 동료의 머리도 똑같이 과즙투성이였다.

과일을 투척당했음을 그들이 깨달은 것과 동시에…… 후방에서 울려 퍼지는, 거목이 부러지는 파열음.

천천히 돌아보니 그곳에는.

『크어어…….』

굵은 침을 뚝뚝 흘리는 세 마리의 '버그베어'.

"'"──으아아아아아아아아아아아아아아아아아아아?!'"'

『쿠워어어어어어어어어어어어어어어어어어어어어어!!』

세 마리의 버그베어가 하니클라우드를 노리고 일제히 달려들어, 모험자들은 혼비백산해 도망쳤다. 숲 저편으로 사라져가는 그들에게 헤스티아가 눈을 깜빡이고 있으려니 과일을 던졌던 조금 전의 알미라지가 폴짝폴짝 다가왔다.

"으아아아아?! 나, 난 먹어도 맛이 없다아!!"

『──【울려 퍼지는 열두 시의 알림】.』

몬스터의 몸 안쪽에서 들려온 '마법'의 **해주식**(解呪式)에 헤스티아는 눈을 크게 떴다.

"헤스티아 님 같은 거 먹었다간 몬스터도 배탈이 날걸요."

"서포터 군!"

회색빛이 하얀 털결로 덮인 몸을 에워싸 녹이자, 그곳에 나타난 것은 몬스터의 모습이 아니라 파룸 소녀 릴리였다.

'자신과 체격이 흡사한 대상'이라는 조건을 만족하면 몬스터로도 변할 수 있는 변신마법, '신다 에라'를 구사해 그녀는 모험자들을 돌파한 것이다. 도적 시절의 기술인지, 몬스터까지 이용한 멋진 솜씨였다.

"너 혼자 왔느냐?! 아니, 그보다도 어떻게 여길?!"

"벨프 님이랑 다른 분들은 벨 님에게 도착하기 직전에 따로 움직였어요. 여길 알아낸 건…… 헤스티아 님이 오늘 아침에도 착실하게 향수를 뿌려주셨던 덕이죠."

누군가에게 납치당했으리라는 예상을 통해 헤스티아가 인질이 되었을 가능성은 높았다. 그렇게 파악한 릴리는 벨프 일행과는 별도로 행동해, 혼자 몬스터로 변신해 경계망을 돌파하고 사로잡힌 여신을 구출하고자 했던 것이었다.

그리고 헤스티아가 있는 곳은 포션과 함께 떨어졌던, 리빌라에서 구입한 향수 냄새가 가르쳐주었다.

"릴리의 변신마법은 모방에 한해 상대의 신체능력까지 '복사'할 수 있어요. 릴리의 능력치 이상의 스테이터스를 낼 수는 없지만, 수인이 은혜 없이도 원래 가진 후각이나 청각은 반영할 수 있죠."

"펴, 편리하구나, 변신마법!"

수인들의 일부 감각은 스테이터스를 물려받아 강화된 모험자의 오감보다도 날카롭다.

시앙스로프나 웨어울프로 변신해, 그 후각을 '복사'하여 릴리는 이 장소를 알아냈던 것이다.

"벨 님 일행은 그 수정기둥 근처에서 싸우고 있어요. 합류해요."

"그래!"

릴리가 나이프로 헤스티아의 밧줄을 풀어주어 두 사람은 나란히 달려나갔다.

"【불타버려라, 외법의 업】!"

안티 매직 파이어——벨프의 【윌 오 위스프】가 발동해 영창을 하던 세 명의 적을 한꺼번에 이그니스 파투스로 몰아넣었다. 흐드러지게 피어나는 세 떨기의 폭염.

강제로 자폭시킨 모험자들은 입에서 연기를 뿜으며 시커멓게 타 지면에 쓰러졌다.

"이상한 마법을 쓰는 놈이 하나 있다!"

"저놈부터 잡아!"

몰드의 동료인 두 휴먼 모험자가 벨프에게 달려들었다.

"스미스 상대하면서 둘씩 덤비냐?!"

Lv.1인 자신에게 달려드는 두 명의 Lv.2 상급모험자. 벨프는 투덜거리면서 자세를 잡았지만, 심상찮은 속도를 보이는 상대의 공격에 미처 반응하지 못해 폭이 넓은 대도 옆면을 방패삼아 받아낼 수밖에 없었다.

검과 대도가 부딪치고, 역시 심상찮은 충격이 벨프의 몸을 뒤로 날려버렸다. 자세를 가다듬을 틈도 없이 두 번째 모험자가 뛰어들었다.

"차앗!"

"──윽?!"

날카로운 검광이 살라만더 울 소재로 만든 키나가시를 갈랐다. 직감을 믿고 왼쪽으로 몸을 날린 덕에 치명상을 면했지만, 그대신 오른쪽 어깨에 비스듬히 걸렸던 흰 천에 싸놓은 막대 형태의 덩어리가 몸에서 떨어졌다.

칼집은 발밑에 떨어지고, 하얀 천에 싸인 덩어리는 저 멀리 아래쪽 숲으로 이어지는 경사면을 따라 굴러갔다.

벨프는 잠시 넋이 나갔지만 이를 쫓아갈 수도 없어, 이어지는 일격에 걷어차여 쓰러지고 말았다.

"윽──!"

"넌 끝났어!"

지면에 벌렁 쓰러진 벨프에게 검이 날아들려 했지만─

—그 순간 바람이 날아들었다.

"흐걱?!"

목검 일섬.

등 뒤에서 느닷없이 공격당해 쓰러지는 모험자를 벨프는 눈만 껌뻑이며 바라보았다.

"숲이 소란스럽다 싶었더니…… 이런 일이었군요."

"넌……!"

벨프를 구해준 것은 케이프를 뒤집어쓴 복면 모험자였다.

그녀는 한 손에 든 목검을 늘어뜨린 채 남은 모험자를 흘끔 쳐다보았다.

"뭐, 뭐야, 넌?! 이놈들이랑 한패냐?!"

검을 든 휴먼에게 그녀는 후드에 손을 댄 채 날카롭게 대꾸했다.

"당신들도 혼이 덜 난 모양이로군. 역시 그때 철저하게 두들겨 패놓아야 했던 것을."

"——끼에에에에에에에에에에에에에에에에에에에에에에에에에엑!!"

복면 모험자의 맨 얼굴——류의 얼굴을 본 순간, 그는 이 세상의 것이라고는 여겨지지 않는 비명을 질렀다.

몰드와 한패였던 그들을 흠씬 두들겨 팬 '풍요의 여주인' 점원, 그중에서도 흉포한 무장 엘프가 눈앞에 다시 나타났기 때문이다.

절망의 표정을 지으면서 도망치려는 그를 류는 가차 없는 일격으로 쓰러뜨렸다.

"늦어져서 죄송합니다. 가세하겠습니다."

"으, 응. 부탁해."

복면을 다시 쓴 류가 케이프를 펄럭였다. 오우카 일행을 에워싼 몇 명의 모험자를 눈 깜짝할 사이에 물리쳐 모두를 경악시켰다.

그리고 그곳에서부터 절규가 퍼져나갔다.

상급모험자들을 아무렇지도 않게 여기는 유린극을 흘끔본 벨프는 몸을 돌려 하얀 천꾸러미가 굴러간 방향으로 향했으나.

"……쳇."

그곳에 마치 벽이 있는 것처럼, 내려가기 직전에 발을 멈추었다.

미간에 떨떠름한 주름을 잡으며 경사면이 이어지는 눈 아래를 부모의 원수라도 되는 양 노려보기를 몇 초.

그는 그곳에서 등을 돌리고 오우카 일행에게 달려갔다.

뼈까지 삐걱거리는 둔중한 주먹질 소리가 울려 퍼졌다.

상체를 휘청거리면서도 벨은 팔에서 찌릿찌릿 울리는 충격을 견뎌냈다.

이미 스테이지를 에워싼 상급모험자들은 없다. 벨프와 오우카, 마코토, 그리고 류와 싸우고 있는 그들은 숲 곳곳에서 포효와 높은 금속성을 울려댔다. 관객을 잃은 천연의 무대 위에서 벨과 투명해진 몰드는 둘이서만 결투를 벌였다.

한 사람, 또 한 사람 쓰러져가는 무법자들의 비명이 그들 사이를 지나갔다.

"……윽?"

눈에 보이지 않는 공격. 굵은 팔이 펼치는 통렬한 펀치. 벨은 이를 가느다란 팔로 방어했다.

동요하는 기척이 전해졌다. 눈에 보이지 않는 상대에게서 피어나는, 확실한 당혹감의 기척. 몰드의 공격은 한번 멈추었다가 다시 시작하려는 양 다시 다른 각도에서 격렬하게 날아들었다.

막는다. 막는다. 막는다.

완전하지는 않지만 적의 공격 타이밍을 읽고, 상대가 있는 위치를 올바르게 간파해 오로지 방어에만 전념했다. 그저 맞고만 있는 소년의 몸은 결코 쓰러지려 하질 않았다.

루벨라이트색 눈은 몰드의 투명한 몸을 똑바로 노려보았다.

동요하는 기척이 흔들렸다. 뒤로 휙 물러나 땅에 착지하는 발소리. 눈에 보이지 않는 적은 크게 거리를 두고 암살자처럼 숨소리도 발소리도 기척마저도 완벽하게 지웠다.

루벨라이트의 시선이 따라오지 않음을 확인하고 투명한 몸은 오른쪽 대각선 후방, 사각이 되는 배후에서 달려들었다.

"——흐읍!!"

그 순간 벨은 몸을 틀면서 절대적인 확신과 함께 오른쪽 대각선 후방으로 발을 내디뎠다.

어림짐작으로 크게 휘두른 올려차기. 그리고 혼신의 힘이 담긴 족도. 비스듬히 솟아오른 왼발은 그대로 공간을 갈랐다.

티딕! 그리브 끝이 상대의 턱 끝을 스쳤다.

동요가 경악으로 이어졌다. 날카로운 반격에 차마 파고들 생각을 못하고 후퇴한 투명체는 부들부들 떨더니——분노를 퍼붓듯 벨을 향해 외쳤다.

"너, 너 이 자식, 설마 보이는 거냐아아아아아아아아아아아아아아아아아아아아?!"

하나도 안 보인다.

분노와 혼란에 떨리는, 아무것도 보이지 않는 공간. 그러나 벨은 눈꼬리를 곤두세운 채 몰드를 정면으로 노려보고 있었다. 아니, 정확하게는 그의 '시선'을 느끼고 있었다.

마치 품평을 하는 듯한, 누군가의 **너무나도 가차 없는 시선.**

약 두 달 동안, 틈만 나면 자신을 바라보는 그 은색 시선 때문에 벨의 감각은 이상할 정도로 날카롭게 발달했다. 등

골이 오싹해지는 정체불명의 시선은 몇 번이고 몇 번이고 그를 어리둥절하게 만들어, 벨은 그때마다 손바닥으로 팔을 문질러대야 했다.

그 열렬한 시선은 마치 그 자체가 '은혜'이기라도 한 것처럼, 남들보다 훨씬 겁이 많은 흰 토끼의 감각을 한층 예민하게 만들어주었던 것이다.

지금도 몰드의 적의가 실린 격렬한 '시선'을──물론 나무 위에서 자신을 지켜보는 두 개의 시선도──벨은 느끼고 있었다.

적의 시선이 보인다. 적의 위치가, 적의 방향이 보인다.

'투명상태'이든 아니든 상관없이, 벨은 시선이 어디서 나오는지를 간파하고 몰드의 위치를 완벽하게 포착했다.

"망할, 망할, 망할?!"

발검하는 소리.

주먹이나 발차기 같은 장난으로 지분지분 가지고 놀기만 하던 몰드가 진심을 발휘해 마침내 검을 뽑아들었다. 장비한 무기는 그의 몸과 마찬가지로 전혀 보이지 않는다.

벨은 눈을 크게 뜨고, 상대가 돌진하는 기척 직후 옆쪽 지면을 향해 머리부터 뛰어들었다. 긴급이탈한 등 뒤의 공간에 울려 퍼지는, 상단에서 내리치는 검 소리.

스테이지 위에서 힘차게 앞으로 몸을 굴린 벨은 바닥에 돋아난 조약돌만한 청수정을 뚜둑 꺾어 오른손 안에 감추었다.

"이걸로 두 동강을 내 주마!!"

검을 고쳐들고 다시 일직선으로 달려드는 몰드.

시선을 느껴 몸을 정면으로 돌린 벨은 오른손의 결정을 짓이겨 산산이 부수었다.

다음 순간, 보이지 않는 몰드를 향해 수정 산탄이 날아들었다.

"엑?!"

푸르게 빛나는 결정의 파편을 머리부터 뒤집어쓴 몰드의 몸이 빛을 냈다.

무수한 파편은 마치 몰드의 윤곽을 딴 것처럼 온몸에 달라붙었다. 장검에도. 그곳에 무엇이 있는지를 뚜렷이 알려주었다.

아름다운 빛의 광채를 뒤집어쓴 투명인간이 벨의 앞에 멍하니 서 있었다.

"흐읍!!"

"으, 우워어어어어어어어어어어어어아아아아아아아아아아아?!"

《우시와카마루》를 장비하고 돌진하는 흰토끼에게 몰드는 장검을 내리쳤다.

왼쪽 대각선 방향에서 밀려드는 푸르게 빛나는 검을 벨은 왼손 역수로 든 붉은 단도로 튕겨냈다.

강렬한 다홍색 원호가 높은 소리와 함께 푸른 참격을 튕겨내고, 꺾여나간 검신은 허공에서 모습을 나타내 빙글빙글 돌아갔다. 몰드의 보이지 않는 몸은 무기가 튕겨나간 충격에 뒤로 물러나, 자루를 든 오른손만 만세를 부르는 듯한 자세로 굳어버렸다.

벨은 멈추지 않았다.

내질렀던 왼손의 기세를 실어, 몰드의 품으로 파고든 왼발을 축발로 삼아 회전했다.

오른발을 들어, 사나운 소용돌이를 그리며 아이즈에게서 직접 전수받은 돌려차기를 날렸다.

"이야아아아아아아아아아아아아아아아아아아아!!"

오른쪽 발꿈치가 몰드의 옆머리에 꽂혔다.

"꺼어억?!"

오른쪽 관자놀이. 벨이 처음 공격당했던 곳과 같은 장소에 혼신의 일격이 박혔다.

원심력까지 실린 파괴력에 몰드의 몸은 뒤로 날아가고, 잇달아 무언가가 부서지는 소리가 들렸다. 소리가 난 곳은 그가 머리에 썼던 새까만 투구, 하데스 헤드였다.

전체에 균열이 내달리고 후둑후둑 떨어져나가는 매직 아이템. 그와 함께 투구를 잃은 몰드의 몸이 '투명' 상태에서 해제되었다.

부들부들 떨리는 손을 짚고 지면에 쓰러진 그의 몸이 스테이지 위에 출현했다.

"끄윽, 끄걱…… 이, 이 망할 꼬맹이가아아아아……!"

머리를 움켜쥐고 비틀거리는 몸을 일으킨 몰드가 핏발 선 눈으로 노려본다.

얻어맞아 온몸이 너덜너덜해진 벨도 숨을 헐떡이며 다시 자세를 잡았다.

주위에서 격렬한 전투 소리가 그치질 않는 가운데 시선을 교차시키고, 결판을 내려 했다.

"그만━━━━━━━━━━━━━!!"

우뚝. 칼 부딪치는 소리가 멈추었다.

막 주먹을 휘두르려던 벨과 몰드도 움직임을 멈추고 그 고함소리가 들린 쪽으로 고개를 돌렸다.

그리고 그곳에 있던 것은 헤스티아였다. 조그만 여신은 곁에 릴리를 대동하고, 난투를 벌이는 벨과 모험자들을 노려보았다.

"벨, 그리고 다른 자들도! 나는 이처럼 무사하다! 쓸데없는 전투는 중지해라! 너희도 이 이상 싸우지 말고!"

일갈과 함께 나타난 헤스티아를 보고 벨은 진심으로 안도해 천천히 팔을 내렸다.

벨프나 다른 자들도 무기를 내리고 말없이 여신의 신의 (神意)에 따랐다.

그러나 분노로 얼굴을 일그러뜨린 몰드는 굳어버린 동료들에게 침을 튀기며 고함을 질러댔다.

"신이 시킨다고 멈출 필요가 뭐 있어!! 해치워, 해치우라고!!"

이미 류의 손에 만신창이가 되었던 상급모험자들도 여기까지 오면 물러날 수 없다는 양 무기를 고쳐들었다. 몰드도 눈앞의 벨에게 달려들려 했다.

그러나.

"──그쳐라."

여신의 그 조용한 한마디가 주위의 소리를 집어삼키고 공간을 후려쳤다.

가위에 눌린 것처럼 몰드와 패거리들의 몸이 일제히 정지했다. 경악하고 창백해진 얼굴을 다시 헤스티아에게 돌린 그들은 목을 꼴깍 울렸다. 벨과 동료들 또한 표정을 지운 여신의 위압감에 할 말을 잃었다.

하계 사람들을 무릎 꿇게 하는 신의 위광. 고개를 조아리지 않을 수 없는 초월존재 데우스데아의 일면.

자신을 위해서가 아니라, 서로 다투어 상처를 입으려 하는 아이들을 말리기 위해 헤스티아는 신위를 해방시켰다.

"검을 거두어라."

"으, 아……."

벨이 들어본 적 없는 어조, 본 적 없는 표정으로 헤스티아는 타이르듯 말했다.

몰드 패거리는 신음하며, 신비로운 푸르스름한 눈동자에 압도된 듯 후퇴했다.

"……으아아아아아아아아아아아!!"

한 모험자가 등을 돌리고 도망쳤다. 그를 따르듯 한 명, 두 명 도망치고 마지막에는 몰드도 외치며 도망쳤다.

"기, 기다려, 이 자식들아!!"

숲에는 폭풍이 지나간 것 같은 정적만이 남았다.

"——벨, 괜찮으냐?!"

"흐와악?!"

한 걸음도 움직이지 못했던 벨은 헤스티아의 육탄돌격에 멈추었던 시간을 되찾았다. 눈물을 글썽이며 주신은 파우치에서 미아흐표 하이포션을 꺼내 뚜껑을 열고 벨의 얼굴에 끼얹었다.

"푸웁?!"

뭐라 불평할 틈도 없이, 달짝지근한 액체는 벨의 얼굴에 난 상처며 붓기를 가라앉히고 체력까지 회복시켰다.

"우우~ 미안하구나, 정말로. 나 때문에 이렇게 흠씬 얻어맞다니이~!"

"아, 아뇨, 주신님……. 원래 주신님을 지키지 못했던 제 잘못이니까, 그러니까 저기…… 우, 울지 마세요."

가슴에 안기며 훌쩍이는 헤스티아의 모습에 벨도 난감해하며 어린아이를 타이르듯 살짝 끌어안았다. 평소 같으면 절대 하지 않을 포옹도, 조금 전의 광경이 거짓말인 것처럼 이제는 신의 분위기를 풍기지 않게 된 그녀에게 당혹감을 느꼈기 때문이었다.

신의 힘, '아르카넘'을 봉인하고도 신들은 아이들에게 외경심을 품게 만드는 '신'인 것이다.

하지만 그래도 신들이 신위를 떨쳐 위에서 억누르려 하지 않는 이유는 하계생활이 게임이기 때문이며…… 무엇보다도 하계 주민들인 아이들을 사랑하고, 그들의 인생을 존중하기 때문이다.

사리사욕을 위해서는 힘을 휘두르지 않고 자신들과 같은 인간의 몸으로 있으려는 신들을, 품 안에서 눈물을 흘리며 올려다보는 조그만 소녀를…… 벨은 이때 분명 사랑스럽다고 생각하고 말았다.

"괜찮아, 벨?"

"벨프……."

"사정은 이해하지만 혼자서 좀 가지 마세요! 릴리네한테 의논이라도 하든가, 방법은 얼마든지 있었잖아요!"

헤스티아가 품 안에서 부비부비 얼굴을 문대는 동안 벨프는 쓴웃음을 짓고 릴리는 화를 냈다.

"미안해. 고마워."

깊은 인연으로 맺어진 파티원들의 모습을 미코토 일행도 웃으며 지켜보았다.

울음을 그친 헤스티아가 헛기침을 하며 새삼스레 신답게 행동했다.

"……으음. 미코토 군, 자네들에게도 미안하게 됐네. 폐를 끼쳤군."

"아닙니다, 헤스티아 님. 저희는 괜찮습니다."

"복면 군도 도와주어 고맙네."

"복면……."

류가 얼굴이 보이지 않는 후드 안에서 중얼거리는 소리에 다들 웃으며 어깨에서 힘을 뺐다.

한바탕 싸운 후의 정적이 숲에 찾아와 웃음을 나누는 벨 일행을 감쌌다.

"아무튼 이로써……."

헤스티아가 그렇게 말하려던——바로 그때였다.

"어——?"

발밑이 흔들렸다.

아니, 계층 전체가 흔들리고 있었다.

"지, 지진인가?"

"아니, 이건……."

"던전이, 흔들리는 건가?"

치구사, 미코토, 오우카가 아래를 내려다보며 당황했다.

그러는 사이에도 진동은 점점 커져 주위의 나무들도 좌우로 흔들리며 쏴쏴쏴 나뭇잎 소리를 냈다.

"이건…… **불길한 진동.**"

류가 그렇게 말한 것과 동시에 벨 일행 또한 깨달았다.

이상사태가 일어나는 전조임을.

그리고 계층의 진동은 이어진 채 다음 순간——느닷없이.

머리 위에서 쏟아지던 빛에 그림자가 섞여 주위가 어두

워졌다.

"……이봐. 저게, 뭐야."

하늘을 올려다본 벨프가 아연실색해 중얼거렸다.

천장 한가득 돋아난, 제18계층을 비추는 무수한 수정. 그 중에서도 태양의 역할을 하는 한가운데의 백수정 속에서.

거대한 무언가가, 꿈틀거렸다.

마치 만화경을 들여다보는 것처럼 거대한 그림자가 수정의 내부에서 반사되어 까만 거울상을——으스스한 무늬를 띠었다. 저 수정 속에 있는 무언가가 계층을 비추는 빛을 침범하며 주위에 그림자를 드리우는 것이다.

다른 자들과 마찬가지로 천장을 우러러본 벨이 몸을 굳히고 있으려니 한층 커다란 진동이 일어났다. 제18계층 전체를 뒤흔드는 위력에 모두가 주위에 있는 나무에 손을 뻗어 넘어지지 않으려고 버텼다.

그리고——.

쩌적.

내달렸다.

아직도 거대한 무언가가 꿈틀거리는 백수정에, 깊고 이질적인 선이.

"**균열**……?! 몬스터?!"

균열에서 수정 파편이 반짝이면서 덧없이 떨어져내렸다.

"말도 안 돼요! 여긴 세이프티 포인트라고요!!"

미코토의 말에 릴리가 비명을 지르듯 외치고, 균열은 더욱 넓어지면서 청수정이 있는 곳까지 미쳤다.

시커먼 무언가가 수정 안쪽을 헤집는 것처럼 몸을 서서히 크게 키워나갔다.

"어라…… 설마, 내 탓은 아니겠지. 제발 그렇다고 말해다오."

모두가 헤스티아 쪽을 돌아보았다.

일행의 시선을 받으며, 그녀는 아연실색하여 천장 한 점을 올려다보고 있었다.

"겨우 고만큼 신위를 해방했다고…… 농담하는 거지?"

눈 아래의 것을 위에서 짓이겨버리려는 듯 거대한 균열음이 터지고 헤스티아는 두 눈을 크게 떴다.

"들켰나……?!"

"아니, 헤스티아 탓이 아니야."

간헐적인 진동이 이어지는 가운데, 헤르메스 또한 나무 위에서 그 광경을 올려다보고 있었다.

"헤르메스 님, 이번에는 또 무슨 짓을 저지르신 겁니까?!"

"아무리 내가 잔재주를 부려봤자 저런 짓은 못해."

아스피의 불신 어린 절규를 들으며 헤르메스는 까만 그림자를 노려보았다.

"아아, 우라노스……. 기도는 어떻게 된 거야. 이런 이야기는 못 들었다고."

지금 당장이라도 혀를 찰 것 같은 표정으로 눈을 가늘게 뜬 헤르메스는 푸념하듯 그런 말을 내뱉었다.

"혼자 수긍하지 말고 상황을 설명하십시오! 지금 무슨 일이 일어나는 겁니까?!"

"폭주, 아니려나. 게다가 이제까지 없었을 만큼 신경질적으로 우릴 눈치챘어."

혼란에 빠진 아스피에게 헤르메스는 독백처럼 중얼거렸다.

"던전은 **미워하거든**. 이런 지하에 자기들을 가둬버린, 우리 신들을."

계층 천장을 올려다보고만 있는 헤르메스에게 아스피는 의아해하며 무언가 말하려 했으나, 그 말을 가로막듯 수정이 터지는 소리가 이어졌다.

계층 내에 있던 몬스터들이 울부짖는 소리 또한 사방에서 겹쳐지며 메아리쳤다.

"아스피, 리빌라 마을로 가서 원군을 불러와."

"원군? 설마 저것과 싸우시려는 겁니까? 이 계층에서 피난하는 것이 아니라?"

"아니 그게, 아마……."

헤르메스의 말에 동조하듯 남쪽 방향에서 무언가가 무너지는 듯 요란한 바위소리가 울려 퍼졌다. 그쪽을 돌아본 아스피는 안경 안에서 눈을 크게 뜨고 숨을 멈추었다.

"막혔을 거야, 동굴이……. 역시 호락호락 돌려보낼 마음이 없나봐."

"~~~~?! 에잇, 정말! 살아서 돌아가지 못하면 원망할 겁니다, 헤르메스 님!!"

자포자기한 것처럼 나무 위에서 몸을 날리는 아스피. 자못 미안한 듯 어깨를 으쓱한 헤르메스는 그녀를 지켜본 후 다시 시선을 위로 들었다.

"어디 보자……."

멈추지 않는 균열. 연신 쏟아지는 수정의 비.

활짝 핀 국화를 방불케 하는 크리스탈의 한복판에서 그것이 소리를 내며 고개를 들었다.

헤르메스는 그 광경을 보고 지극히 난감한 듯, 눈썹을 늘어뜨리고 웃었다.

"아아, 역시 계층 터주잖아."

수정을 뜯고 나온 그 몬스터는 우선 머리부터 모습을 드러냈다.

마치 제18계층 천장에서 목이 돋아난 것처럼 나타나고, 거대한 안구를 뒤룩뒤룩 움직여 거꾸로 선 채 아래쪽을 노려다본다. 금세 어깨와 팔까지 드러낸 몬스터는 상반신 절반이 나왔을 때 비로소 입을 열었다.

『워어어어어어어어어어어어어어어어어어어어어
어어어어어어어어어어어어어어억!!』

계층 전체를 쩌렁쩌렁 흔드는 처절한 산성을 터뜨리며,
거인 몬스터 '골라이아스'는 제17계층으로 규정되었던 영
역을 뛰어넘어 이 세이프티 포인트에 태어났다.

골라이아스는 수정을 가르면서 허리까지 나타나더니,
그 다음에는 중력에 따르듯 천장에서 낙하했다.

마치 새까만 운석 같았다. 빛나는 가느다란 수정 파편,
혹은 인간을 쉽게 삼킬 만한 커다란 덩어리를 주위에 끌며
지면을 향해 추락한다. 거인은 허공에서 몸을 한 바퀴 돌
리고, 이어서 폭음과 함께 바로 아래에 있던 중앙수를 두
개의 커다란 다리로 밟아 짓이겼다.

모든 이들의 귀를 침범하는 거목의 비명. 뿌리께의 구멍
은 완전히 뭉개졌고 나무 그 자체는 절반이 땅속에 파묻혔
으며 굵은 줄기도 찌그러졌다. 그 뒤를 따라 수정결정의
비가 짓이겨진 중앙수 부근의 대초원에 잇달아 처박혔다.

푸른 하늘은 이미 보이지 않았다. 골라이아스가 뚫고 나
오면서 백수정——빛의 은총을 베풀어주던 크리스털이
완전히 분쇄되어 계층에서는 빛이 사라졌다. 금이 간 청수
정만이 천장에 남은 제18계층은 순식간에 마치 달밤처럼
푸르스름한 어둠에 뒤덮였다.

이윽고 이상사태의 덩어리, 계층 중심지에 군림한 '몬스
터렉스'는.

천천히 고개를 들더니 짓이겨진 거목에서 뛰어내렸다.

"……에, 에엥?"

지면에 착지한 충격을 퍼뜨린 골라이아스를 가장 가까운 장소에서 목격한 것은 몰드 일당이었다.

동쪽 숲에서 이 대초원으로 도망쳤던 그들은, 불행하게도 계층 터주가 나타난 이 중앙수 부근을 가로지르는 도중이었던 것이다.

원래의 엷은 회갈색 피부가 아니라 온몸이 새까만 색이 된 골라이아스는 선혈의 색을 띤 눈알을 몰드 일행에게 조준했다.

『── 워어어어어어어어어어어어어어어어!!』

"허, 허흐아아아아아아아아아아아아아아아아아악!!"

다른 파티가 계층 터주를 쓰러뜨린 다음에야 안전하게 제18계층에 진출했던 몰드 일당에게 이곳에서 교전한다는 선택의 여지 따위는 애초에 없었다. 공황에 빠진 그들은 골라이아스에게서 이리저리 도망쳤다.

"뭐야, 저게……!"

"새까만 골라이아스……?!"

동쪽 숲 출구에 도착한 벨 일행도 그 광경을 보고 눈을 크게 떴다.

벨프와 릴리가 경악하는 가운데 골라이아스가 몰드 일당을 유린하기 시작했다. 멀리서 봐도 벨이 마주쳤던 제17계층의 개체보다 훨씬 움직임이 민첩하고 힘은 강했다.

"저 몬스터, 아마도 나를……. 아니, 우리를 말살하기 위해 보낸 자객일 게다."

헤스티아를 비롯한 '신'의 존재를 느낀 던전이 그녀들을 없애기 위해 몬스터를 제18계층에 직접 낳은 존재.

사정은 잘 알 수 없지만, 이곳에 오기 전까지 간략하게 사정설명을 들은 벨 일행은 시선 너머의 골라이아스가 신을 습격하기 위한 사양임을 알고 흠칫 숨을 멈추었다.

돌발적으로 만들어낸 탓인지 혹은 신체능력을 극한으로 추구한 탓인지 지능은 낮아 닥치는 대로 사냥감을 공격해대는 경향이 있었다.

벨프 일행과 마찬가지로 전율하던 벨은 몰드 일당의 아비규환을 보고 공황을 떨쳐내며 달려들려 했다.

"……어, 얼른 구해야겠어!!"

"기다리십시오."

"어?!"

그런 벨의 손을 류가 붙들었다.

후드 안에서, 노려보듯 하늘색 눈이 그를 바라보고 있었다.

"정말로 그들을 구하실 생각입니까? 이 파티로?"

그것은 숫제 무정하다 해도 과언이 아닐 만큼 냉철한, 그러면서도 지극히 당연한 물음이었다.

상급모험자 다섯 명도 안 되는 벨 일행의 임시 파티와, 추정 Lv.4 이상의 능력을 가진 골라이아스. 피아간의 역량 차이는 말할 것도 없다.

당신은 누가 뭐래도 동료의 목숨을 짊어진 파티 리더다——애초에 그들 무법자들은 정말로 구할 만한 가치가 있는가——행간으로 그렇게 묻고 있었다.

눈을 껌뻑이며 굳었던 벨에게 찾아온 고뇌와 망설임.

그러나 망설임은 한순간이었다.

"구해요."

즉시 결단한 벨에게 류는 눈을 가늘게 떴다.

"당신은 파티 리더 실격입니다."

다른 누구도 아닌 류의 비난과 눈빛에 벨의 가슴이 갈기갈기 찢겨나갔다.

그리고 날카로운 통증에 시달리려 하던 다음 순간——그녀가 웃었다.

"하지만 틀리지 않았습니다."

눈을 크게 뜬 벨에게 웃음을 남기고 류는 숲에서 뛰어나갔다. 그녀는 케이프를 펄럭이며 누구보다도 먼저 몰드 일당에게 달려갔다. 벨은 가슴이 콱 메는 기분이었다.

힘차게 뒤를 돌아보니 릴리가, 벨프가, 미코토가, 오우카가, 치구사가, 그리고 헤스티아가.

아무도 이의를 제기하지 않고 웃음을 지으며 고개를 끄덕였다.

미안해요——고마워요. 가슴속으로 그렇게 말하고.

벨은 외쳤다.

"가자!"

일곱 그림자가 숲을 벗어나 초원을 달렸다.

방향은 시선 전방, 비명과 폭음이 치솟는 계층 중앙지대.

포효와 함께 거인이 약동하는 전장으로 벨 일행은 몸을 던졌다.

6장 영웅찬가

천장의 백수정을 잃어 푸른 어스름에 뒤덮인 제18계층 내부.

서쪽의 호수, 섬 위에 위치한 리빌라 마을에서도 그 광경은 뚜렷이 볼 수 있었다.

"뭐야, 저게……."

계층 중앙 부근의 대초원에서 칠흑의 거인이 날뛰고 있다. 무시무시한 포효는 이 마을에까지 들려, 절벽에 인접한 광장에 모여 아연실색 바라보던 모험자들의 귀를 때렸다.

세이프티 포인트에 계층 터주가 태어났다는 특급 이상 사태. 자기 보신에 탁월하던 리빌라 모험자들도 당장 행동을 보이지 못했다.

"——보르스! 보르스, 있습니까?!"

"아, 안드로메다?! 너, 대체 어디서 나타난 거야?! 아니, 그보다 지금 하늘에서……!"

"그딴 건 됐으니까! 보르스, 마을 모험자들과 무기를 있는 대로 모아주세요. 저 계층 터주를 토벌할 겁니다!"

리빌라 마을의 모험자들 중에서도 실력자인 매매소 주인에게 아스피는 반쯤 자포자기한 것처럼 지시를 내렸다. 안대를 한 거한은 당황해 침을 튀기며 외쳤다.

"토, 토버얼?! 멍청한 소리 하지 마, 안드로메다. 우리 재산을 쏟아부으면서까지 저 괴물을 상대할 이유가 어디 있어?! 이럴 땐 도망치는 게 상책이라고!"

"퇴로는 이미 끊어졌습니다! 남쪽 동굴은 무너져서, 우리는 사실상 이 계층에서 탈출할 수 없습니다!"

말대답하지 말라는 양 되받아치는 아스피의 반론에 눈을 크게 뜨는 안대 거한. 흙먼지가 피어나는 남쪽 방향을 돌아보고 그는 금세 경악했다.

"시, 시간을 끌면서 동굴을 다시 파고, 내빼는 방법도……."

"우습지도 않은 농담이군요. 여기서도 알아볼 수 있을 만큼 요란하게 무너진 동굴을 다시 개통할 때까지 얼마나 시간이 걸릴까요? 한나절? 아니면 꼬박 하루? 당신이 말하는 시간을 끌 사람들이 계층 터주에게 짓밟히는 것과 어느 쪽이 빠를지, 참으로 볼만하겠는걸요."

"……우, 우리가 전부 다 나갈 것 없이, 골라이아스 한 마리 정도라면 정예들을 데려가면……."

"저게 평범한 골라이아스로 보이나요?"

아스피가 시선을 날린 방향, 어둠과 동화된 것처럼 새까만 골라이아스. 그 굵은 팔을 휘둘러 지금도 땅 울리는 소리를 일으키는 거인의 위협은 이곳까지도 충분히 전해졌다.

"이건 억측입니다만, 지금의 계층 유폐상태와 저 골라이아스는 아마도 연동된 현상일 것입니다. 저놈을 쓰러뜨리지 않는 한 이곳에서 도주하기란 불가능할 테지요. 원군이 오리라는 기대도 집어치우십시오."

"……빌어처먹을."

아스피의 설명에 체념한 듯 거한이 고개를 숙였다.

지체하지 않고 그 흉포한 낯을 들더니, 팔을 움직이며 큰 소리로 외친다.

"이야기는 다들 들었겠지, 너희들?! 저 괴물과 한바탕 싸울 거다! 지금 이 순간부터 도망치는 놈은 두 번 다시 이 마을에 발 못 디딜 줄 알아!"

호령이 떨어지자 다른 이들도 각오를 한 모양이었다. 마을에서 숙박하던 모험자들도 튀어나와 무기를 들고 속속 대초원으로 향했다.

별안간 준비로 바빠진 주위를 둘러본 후 아스피는 광장 난간으로 다가갔다.

"저도 가겠습니다……!"

거인을 한번 노려본 후, 난간에 손을 걸친 그녀는 망설임도 없이 절벽 아래로 몸을 날렸다.

전장인 대초원에서는 지옥 같은 광경이 펼쳐지고 있었다.

골라이아스의 표적이 된 몰드 일당은 비명을 질렀으며, 미처 도망치지 못한 자부터 그 굵은 팔에 얻어맞아 허공으로 치솟았다. 직격을 피해도 결과는 마찬가지라 인간의 몸이 종잇장처럼 날아간다.

절규가 잇달아 터졌지만, 앞을 다투어 도주하는 자들은 서로를 도와줄 여유가 없었다. 모든 이가 거인에게 등을 돌린 채 최대한 멀어지려 했다.

마치 패잔병들의 궤주와도 같은 꼬락서니로 그들은 뿔뿔이 줄행랑을 쳤다.

『……우우.』

사방팔방 흩어지는 몰드 일당에게 얼굴을 일그러뜨리는 골라이아스.

거인 몬스터의 체형은 오크와 비슷했다. 다리는 짧고, 다부진 상반신의 규모가 전체 몸길이의 6할 정도를 차지한다. 항상 앞으로 구부정한 등에는 긴 머리카락이 얹혀 있다.

뿔뿔이 도망가는 무수한 조그만 그림자를 보며 골라이아스는 추격을 중지했다. 피처럼 붉은 안구를 흉악하게 번들거리며 등을 가볍게 젖힌다.

그리고 다음 순간, 거인 몬스터는 입 안을 폭발시켰다.

『――――――아아아!!』

거대한 음성과 함께 뿜어져 나간 것은 충격파였다.

가장 멀리 떨어져 있던 모험자의 곁에 착탄해 초원이 터져나가고, 그는 소리도 지르지 못한 채 허공을 날았다. 실이 끊어진 인형처럼 땅을 데굴데굴 굴러가는 그 모습에 몰드 일당은 간담이 서늘해졌다.

"하, '하울링'……?!"

'공포'를 일으켜 속박하는 통상의 위협이 아니라, 마력을 담은 순수한 충격으로 방출된 거인의 사격무기. 그 효과범위는 헬 하운드의 화염과는 비교도 되지 않았으며 위력 자체도 어마어마했다.

거리를 벌려봤자 저격당한다는 악몽 같은 전개에 몰드 일행은 예외 없이 낮빛을 창백하게 물들였다.

『워어어어어어어어어어어어어어어어!!』

골라이아스는 잇달아 하늘을 우러러 포효했다. 계층 구석구석까지 퍼져나간 계층 터주의 포효가 부른 것은——몬스터의 무리였다.

"아니?!"

숲에서, 초원에서, 습지에서.

제18계층에 서식하는 수많은 몬스터들이 골라이아스의 곁에 소환되었다. 모여드는 다종다양한 괴물들을 보고 모험자들은 모조리 얼어붙었다.

몬스터의 파도는 쩌렁쩌렁 울부짖으며 사방에서 짓쳐들었다.

"흐, 흐으아아아아아아아아아아아아아아아아!!"

무기를 뽑아 응전할 수밖에 없던 몰드 일당에게 골라이아스는 냉혹하게 진행을 재개했다. '하울링'을 터뜨려 스스로 불러낸 첨병들까지 함께 사냥감을 날려버리면서 모험자 한 사람에게 육박했다.

자신을 거뜬히 집어삼킬 만큼 거대한 그림자. 붉은 두

눈이 내려다보자 얼어붙은 수인 모험자.

등 뒤로 가져가 힘을 모으는 커다란 주먹——맞았다간 모험자든 몬스터든 즉사시킬 그 대철퇴를 골라이아스는 포효와 함께 내리쳤다.

"——으윽!"

그러나 그때, 질풍처럼 달려온 모험자가 있었다.

케이프를 나부끼며 수인 모험자의 앞에 나타난 것은 류였다. 그녀는 골라이아스의 사각인 바로 옆에서 돌격하여 속도를 실은 혼신의 일격——뽑아든 목검을 적의 왼쪽 무릎에 꽂았다. 고막 너머로 미끄러져 들어오는 호쾌한 소리가 울려 퍼지고, 지지대인 다리를 강타당한 골라이아스의 공격은 수인 모험자에게서 크게 빗나갔다.

지면을 분쇄한 여파에 날아가버린 모험자에게는 아랑곳않고, 오우카와 미코토가 두려움을 결의에 찬 표정 속에 감춘 채 류의 뒤를 따랐다.

"오오오오오오오오오오오오오오오오!"

"하아아아아아아아아아아아아아아아!"

도끼와 카타나, 각자의 무기로 같은 왼쪽 무릎을 공격한 그들은 다음 순간 눈을 크게 떴다.

손목을 꿰뚫는 단단한 반응과 함께 오우카의 도끼는 날이 빠져나갔으며 미코토의 카타나는 검신이 부러졌다.

강인한 금속 갑옷을 능가하는 계층 터주의 가죽에는 찰과상 하나 나지 않았다.

"어서 이탈하십시오!"

류의 날카로운 외침이 경악에서 빠져나오지 못한 두 사람의 귀를 때렸다.

흠칫, 몸을 떤 오우카와 미코토가 돌아보니——자신의 왼쪽에서 오른쪽으로 빠져나가려 하는 두 사람을 골라이아스의 시선이 따라와, 눈초리를 곤두세운 분노의 형상으로 노려보고 있었다. 거인은 허리를 콱 낮추더니 그 굵은 팔을 수평으로 휘둘렀다.

"크, 으아아아아아아아아아아아아아?!"

"~~~~~~~~~~~~~~~~~~~~~~?!"

휘감듯 뿜어져 나온 오른팔 스윙. 오우카와 미코토는 골라이아스의 주위를 반회전하며 짓쳐든 주먹의 회오리바람에서 아슬아슬하게 벗어나는 데 성공했지만, 그래도 권압(拳壓)에 딸려 올라온 지반과 함께 날아가버렸다.

추가타를 가하겠다는 양, 초원에 굴러가는 오우카와 미코토를 향해 골라이아스는 벌린 입을 조준했다.

【불타버려라, 외법의 업】."

그 순간 '하울링'을 뿜으려던 몬스터를 대폭발이 엄습했다.

목 메인 고함이 새나오는 거인의 얼굴 주위에서는 아지랑이의 잔재가 불똥과 함께 사방으로 흩어져갔다. 까만 연기를 토해내는 골라이아스에게 팔을 내밀고 있던 것은 안티 매직 파이어를 발동시킨 벨프였다.

마력 덩어리가 장전되었던 '하울링'의 강제중단. 대초원의 일각에서 그는 긴박한 눈빛으로 피어나는 연기 너머를 바라보고 있었다……. 눈을 경악으로 부릅뜨고.

핏발 선 눈으로 이미 포격태세를 마친 골라이아스가 벨프의 부릅뜬 눈 속에 들어 있었다. 얼굴과 입 안에 온통 화상을 입었지만, 전혀 개의치도 않고 거인은 재차 '하울링'을 터뜨렸다.

"흐읍!!"

『끄윽?!』

벨프를 노렸던 하울링은 빗나갔다. 벨프는 예상치 못한 상황에 놀라 소리를 질렀다.

그를 구한 것은 류였다. 7M에 이르는 체구의 등을 눈 깜짝할 사이에 타고 올라 거인의 뒷머리를 강타해 '하울링'의 사격 각도를 틀어놓았던 것이다. 그녀는 목검을 내리친 반동을 이용해 골라이아스의 옆얼굴을 걷어차고 즉시 지면으로 대피했다.

"단단하고…… 게다가 동작이 빠르군. 역시 보통 골라이아스와는 다른걸."

간격을 벌리면서 류는 후드 안의 단아한 눈썹을 살짝 찡그렸다.

제17계층에 출현하는 표준 골라이아스는 Lv.4에 해당한다. 옛 동료들과 같은 몬스터를 몇 번이나 격파한 경험이 있는 류가 보아도 현재 상대하는 개체는 차원이 달랐다. 그녀의 손에까지 마비감을 주는 방어력에, 원래라면 있을 수 없는 사격무기인 '하울링', 무엇보다도 초대형급 몬스터에 어울리지 않는 반응과 초동 속도.

——적의 퍼텐셜은 Lv.5에 이른다.

류는 그렇게 판단했다. 따라서 그녀는 비관도 절망도 버리고, 이 상황에서 유일하게 격파의 실마리를 찾으려고 했다.

도주는 무의미하다. 이 거인에게 등을 돌린 자들부터, 전의에 조금이라도 구멍이 생긴 자들부터 잡아먹힐 것이다. 그동안 쌓아온 경험과 본능이 류에게 그 사실을 확실히 전해주었다.

엘프 숲에서 자라난 대성수(大聖樹)의 가지를 잘라낸 목검 《알브스 루미나》를 손에 들고, 아름다운 요정 전사는 교란을 기본 전략으로 삼으면서 적의 다리를 몇 번이고 노렸다.

『우우——워어어어어어어어어어아아아아아아아아아아아!!』

Lv.4인 류의 공격은 골라이아스가 유일하게 '치명상'으로 간주할 만한 위력이 있었다. 게다가 그녀를 필두로, 겁먹은 기색도 없이 주위를 돌아다니는 조그만 그림자들.

눈에 거슬린다고 격앙한 것처럼 골라이아스는 두 팔을 휘두르며 노성을 질렀다.

류 일행과 골라이아스가 교전하는 지대에서 남동쪽으로

약 100M 떨어진 곳.

몬스터의 무리에 습격당한 몰드 일당은 적과 아군이 한데 뒤섞여 전투를 펼치고 있었다.

"스코트, 가일, 어디 있어?! 나 좀 구해줘! 나 좀 구해달라고오오오오!!"

몬스터의 울음소리와 모험자들의 비명이 교차하는 가운데 몰드 또한 반 광란에 빠졌다. 동료들의 이름을 불렀지만 그의 목소리에 대답하는 사람은 없었다.

매드 비틀, 버그베어, 건 리베룰라, 미노타우로스……. 온갖 종류의 중층 몬스터들이 주위에서 끊임없이 밀려들어 이빨을, 발톱을, 뿔을 몰드에게 휘둘렀다. 간신히 이런 것들을 피해 두 손에 든 장검으로 반격했지만 적의 습격은 그칠 줄을 몰랐다.

전후좌우, 사방팔방 가리지 않고 달려드는 몬스터들을 상대하던 몰드의 이성은 한계를 맞으려 했다.

『쿠워어어어어어어어어어어어어어!!』

"어억?!"

버그베어의 수평후리기가 몰드의 어깨를 후려쳤다. 방어구가 발톱에 갈라지고, 손에 들었던 장검도 호를 그리며 하늘로 날아갔으며, 몰드 자신은 괴력에 땅바닥으로 나뒹굴었다.

어깨를 붙든 그에게 세 마리의 버그베어가 다가왔다.

코앞에서 대형 몬스터가 자신을 노려다보자 몰드의 얼

굴이 공포로 노파처럼 일그러졌다.

추악한, 무수한 이빨을 드러내며 몬스터는 그의 몸을 덮치려 했다.

"아, 안돼에에에에에에에에에에에에!!"

그리고 절규가 단말마의 비명으로 바뀌기 전에.

날카로운 검광이 몰드의 시야에 끼어들었다.

"······어?"

몰드의 장검을 들고 몬스터의 목을 날려버린 것은——백발 소년이었다.

뒤로 자빠졌던 몰드를 등 뒤로 감싸고, 소년은 재빨리 또 한 마리의 버그베어의 가슴에 찌르기를 꽂았다. '마석'이 깨져나간 몬스터의 몸은 재로 변해 허물어졌다.

마지막 한 마리가 날린 발톱을 재빨리 숙여서 회피하고 검을 베어 올려 격파한다.

"······너, 왜······."

즉시 다른 몬스터가 달려들었다. 숨 쉴 틈도 없이 새로운 적과 싸워대는 소년의 등에 몰드가 갈라진 목소리로 중얼거리고 있으려니.

덥썩. 누군가가 뒷덜미를 붙들었다.

"벨 님에게 방해가 되니 옮기겠어요!"

"누, 누구야, 아야야야야야야야야야야야야야야야야야야?! 내 엉덩이!!"

시야가 흔들리는가 싶었더니 몰드는 자빠진 자세 그대

로 끌려갔다. 파룸 소녀 릴리가 대형 백팩을 짊어진 채 한 손으로——서포터가 늘 옮기는 몬스터의 시체처럼——그의 몸을 가차 없이 운반했다. 초원 여기저기에 돋아난 뾰족한 수정 때문에 몰드의 입에서는 비명이 솟아났다.

릴리의 주행은 조금도 흐트러지지 않았다. 이것이 본업이라는 양 모험자와 몬스터의 위치관계를 정확하게 간파하고, 피해가 미치지 않도록 그들 사이를 누비며 지나간다. 질질 끌리는 몰드의 몸을 좌우로 흔들면서 끊임없이 전진해, 금세 난전지대에서 벗어났다.

"더는 못 싸우겠다면 몸을 숨기든 도망치든 알아서 하세요. 벨 님이 구해주신 목숨 헛되이 날리지 말고요."

전장에서 벗어나 몬스터가 없는 초원에서 릴리는 몰드를 풀어주었다.

넋이 나간 몰드는 황급히 몸을 일으키고 그녀에게 물었다.

"어, 야?! 왜, 우릴…… 구해주는 거야?"

아직까지 전장에서는 벨이 흰 머리를 나부끼며, 몰드에게 그랬듯 모험자들을 구해주고자 검을 휘둘러대고 있었다. 팔을 내밀고 불벼락을 연사해서 몬스터들을 없애, 가까이 있든 멀리 있든 그들을 궁지에서 벗어나게 해주었다.

그 광경을 바라보며 묻는 몰드에게 릴리는 돌아보며 대답했다.

"한없이 사람 착한 벨 님에게 감사하세요!"

두 눈을 질끈 감고 메롱 혀를 내민 그녀는 벨 일행의 곁으로 다시 달려갔다.

오종종 멀어져가는 발소리에 혼자 남은 몰드는.

의욕이 꺾여나간 듯한 얼굴로 아연실색 중얼거렸다.

"그게, 뭔 소리야……."

요란하게 울려 퍼지는 칼 부딪치는 소리만이 그에게 돌아왔다.

"치구사 군, 정말로 우리는 저곳에서 떨어져 있어도 되는 겐가?"

"어, 네……. 우선은, 무기를 모아와야죠……."

벨 일행이 있는 대초원에서 서쪽 방향.

아이템이 든 파우치와 백팩을 출렁거리며 호수로 달려가는 두 사람이 있었다. 헤스티아와 치구사였다.

"저는 말로만 들은 게 전부지만요……. 계층 터주하고 싸울 때는 무기랑 방패가 금방 부서지기 때문에 예비 장비를 마련해두어야 한다고, 오우카랑 미코토가 그랬어요……."

연신 눈을 가리는 긴 앞머리를 찰랑거리는 가운데 치구사가 띄엄띄엄 설명했다. 헤스티아도 이해했다고 맞장구를 쳤다. 정말로 저만큼 규격을 벗어난 몬스터와 오랜 기간 싸우려면 장비도 소비가 극심할 것이다.

지금 헤스티아와 치구사는 리빌라 마을을 향해 달려가는 중이었다. 어떻게든 마을 사람들을 설득해 무기 같은 것들을 확보하기 위해서였다. Lv.1인 치구사는 물론 아무 능력도 없는 헤스티아가 전장에 남아봤자 방해만 될 뿐이니, 벨 일행의 지원을 릴리에게 맡기고 그녀들은 전투를 피해 보이지 않는 곳에서 도움을 주려 했다.

"읔······?! 치, 치구사 군?!"

"······!"

섬에 걸린 호수의 다리가 겨우 보이기 시작했을 때 버그베어가 이쪽을 향해 맹렬히 달려왔다. 여기까지는 몬스터의 눈을 피해 왔지만 완전히 포착당하고 말았다.

팔다리를 휘저으며 엄청난 기세로 돌진하는 버그베어에게 치구사가 결사의 표정으로 헤스티아의 앞으로 나갔을 때──화살이 몬스터의 눈을 꿰뚫었다.

"어?!"

발버둥을 치는 몬스터에게 공격을 가한 것은 어떤 엘프 아처였다. 그만이 아니라 리빌라 마을에서 달려온 모험자들이 대거 밀려들었다.

헤스티아 일행의 후방, 계층 터주가 있는 대초원을 향해 달려간다.

"치구사 군, 원군일세!"

"마을 모험자들이······!"

자신들의 바로 옆을 가로질러 달려가는 상급모험자들에게 헤스티아와 치구사는 흥분으로 뺨을 물들였다.

헤스티아 일행과 엇갈려서 진격하는 그들은 손가락으로 이쪽저쪽을 가리키더니 잇달아 지시를 나누었다. 그리고 고개를 끄덕이며 중간에 있는 몬스터들을 섬멸하는 자, 몬스터에게 포위당한 벨 일행에게 달려가는 자, 그리고 계층 터주에게 직진하는 자들로 나뉘어졌다.

모험자들은 무기를 들고 포효했다.

"이럴 때만은 듬직하기 그지없군요!"

원군 속에서 가장 먼저 류 일행에게 달려간 것은 아스피였다.

후방에서 울려 퍼지는 모험자들의 포효에도 아랑곳 않고, 그녀는 초원을 질주하며 굵은 벨트에 찬 홀스터에서 작은 병 두 개를 꺼내 골라이아스에게 투척했다.

재빠른 류의 움직임에 희롱당하던 거인이 뺨에 명중을 허용한 순간 작은 병이 대폭발을 일으켰다.

『워어어어어어어어어어어어어어!!』

중층 클래스의 몬스터라면 하나로 박살을 내버릴 수 있는 폭발약——버스트 오일. 아이템 메이커인 그녀의 특제 투척탄이 두 발 직격했음에도 골라이아스의 피부에 손상의 흔적은 보이지 않았다.

"겨우 화상만 입고 말았다니, 너무하는걸요……!"

거인 몬스터는 '하울링'을 터뜨렸지만 그녀는 별 어려움 없이 회피하고 일단 류와 합류했다.

"리온! 설명은 필요 없겠지만 곧 도착할 원군이 일제사격을 준비하고 있습니다. 당신은 골라이아스의 주의를 끌어주세요!"

"알겠습니다. 그러면 저와 당신이 적의 의식을 분산시키지요."

"네? 아니, 잠까──."

"조오오오오아쎠! 야, 이놈들아! 안드로메다가 미끼가 되어 준댄다! 사양 말고 영창 시작해라!"

"──보르스으으?! 나중에 두고 봐요오오!!"

울며 겨자 먹기로 제일 위험한 미끼 역할을 맡아버린 아스피는 류와는 반대 방향으로 뛰며 골라이아스의 주위를 돌기 시작했다. 거인의 공격은 속도를 자랑하는 그녀들에게 잠정 고정되었다.

"무기는 얼마든지 있으니까, 망할! 무기가 부서지면 냉큼 교환하러 오라구!"

한편, 골라이아스에게서 거리를 둔 야트막한 언덕. 짓이겨진 중앙수와 동굴을 연결하는 정남쪽 지점에 리빌라 모험자들이 즉석 거점을 마련했다. 검과 창을 비롯한 무기를 모조리 지면에 꽂아놓고 방패를 늘어놓았다가 예비 장비를 제공하는 것이다. 근골 우락부락한 드워프며 수인들이 대검과 대형 방패를 사양 않고 가져가는 가운데 뒤늦게 찾아온 헤스티아와 치구사도 이 자리에 도착했다.

"이, 이거면 어떻게든 되지 않겠나?!"

"굉장해요…….."

헤스티아와 치구사의 시야에는 【파밀리아】의 경계를 넘어선 총원 백 명에 이르는 모험자들이 거인 몬스터를 포위하고 있었다.

"포위해, 포위해—!!"

이동을 멈추지 않는 모험자들이 골라이아스를 포위해나 갔다. 그들은 원래 서로 호흡을 맞춘 동료는 아니었으므로 치밀한 연계는 애초에 포기하고, 서로 방해가 되지 않는 간격을 확보하는 선에서 각자 행동했다.

엘프를 비롯한 마도사들이 몇 곳에 모여 '마법' 영창을 개시했다. 일부 고위 마도사의 발밑에는 다종다양한 매직 서클이 당당히 피어났다. 마법의 위력이나 효과범위를 증폭시켜주는 **강화장치**이자 발전 어빌리티 '마도'를 체득한 자들에게만 주어지는, 말하자면 상위마도사의 증거였다.

긴 주문을 영창하는 강력한 포격 준비가 착착 진행되었다.

아름다운 주문을 자아내는 동안 무방비해지는 그들을 감싸는 역할은 대형 방패를 든 드워프들이 맡았다.

『————워어어!!』

불온한 공기를 감지한 골라이아스가 '하울링'을 터뜨

렸지만 벽을 맡은 드워프들의 방패가 이를 막아냈다. 후열의 마도사들에게 약간의 여파도 허용하지 않는다. '하울링'은 거인의 직접공격에 비하면 그나마 위력이 떨어진다. 휘두르는 손발에 걸려들지만 않으면 방패를 든 그들이 충분하고도 남는 방어를 펼칠 수가 있었다.

Lv.3인 사람들도 섞인 수많은 전열 방패부대는 골라이아스의 거대한 팔만은 막아내지 못하리라 판단하고, 최전선의 공격은 류와 아스피에게 일임한 채 마도사들의 방어에만 전념했다.

"어태커들도 가세해라! 기회가 되면 한 방 먹여서 이름을 날리고 와!"

마도사들과 방패부대를 곁눈질하며 용감한 어태커들도 앞으로 나섰다. 서로를 부추기는 목소리에 호응하며 네댓 명의 분대를 짜 과감하게 돌진했다.

류와 아스피가 골라이아스의 주의를 빼앗은 순간을 찔러 두 개의 굵은 다리에 꽂히는 대검, 철퇴, 도끼. 하반신을 뒤흔드는 여러 차례의 충격에 거인은 두 눈을 곤두세웠지만 아스피의 버스트 오일에 시야를 빼앗겼다. 분노한 몬스터의 포효가 터져나오는 가운데 도합 6개 분대가 간헐적으로 달려들었다.

지원해준 모험자들 덕에 몰드 일당과 함께 살아난 벨은 이 격전지에 도착했다. 수많은 이들의 영창이며 기합성이 오가는 눈앞의 광경에 압도되어 있으려니 벨프가 달려왔다.

"벨, 무사해?!"

"벨프! 타케미카즈치 분들은?!"

"무사해. 지금 그 친구들은 다른 몬스터를 상대하고 있어."

골라이아스 이외의 몬스터들은 여전히 끊일 줄 모르고 밀려들었다. 제17계층으로 이어지는 동굴, 그리고 중앙수의 동굴이 막혔으니 이 이상 늘어나지는 않겠지만 제18계층에 존재하던 것들도 수가 많았다. 마도사 부대나 보급 거점에 몬스터가 접근하지 못하도록 싸우는 모험자들 속에 미코토와 오우카의 모습이 보였다.

"너는 어떻게 할래? 나랑 같이 주변 몬스터들을 잡을까?"

"난……."

벨은 한순간 말문이 막혔지만, 그런 그를 저 멀리서 부르는 목소리가 있었다.

"야, 토끼! 멍청히 서 있을 거면 이쪽으로 와! 혹시 겁먹었냐?!"

반쯤 재미있어하는 투로 외친 것은 한 어태커 분대였다.

벨의 여러 가지 소문을 들은 그들은 모험자 특유의 도발로 그를 부른 것이다.

"……다녀와라. 계층 터주를 해치운 그 자식이 내가 계약한 모험자라고, 나도 한번 거들먹거려 보자."

"——응!"

웃음을 지으며 등을 밀어주는 벨프에게 벨 또한 고개를

끄덕였다. 서로의 건투를 빌고 그 자리에서 멀어져 달려나
갔다.

벨은 가까운 분대를 쫓아가 곁에 나란히 서서 그들에게
가담했다. 집단에 들어온 그에게 안대를 한 거한이 잘
왔다는 양 이를 드러내며 씨익 웃었다.

"여어, 【리틀 루키】! 그런 장비로도 괜찮겠나?!"

"대검을, 제일 좋은 것으로 부탁드립니다!"

"좋았어, 가져가라!"

분대원 중 한 사람이 등에 짊어졌던 예비 대검을 받은
벨은 고맙다고 인사했다. 오른손으로 자루를 들고 어깨에
걸머지면서 총원 네 명의 용감한 어태커들과 함께 거인에
게 약진했다. 그 순간 골라이아스가 벨 일행에게 반응
했다.

"""""망했다!"""""

"엑."

순식간에 벨을 내버려두고 방향을 전환하는 용감한 어
태커들. 루키 따위는 도저히 당해내지 못할 위기 감지능력
으로 그들은 신속하게 골라이아스의 간격에서 이탈했다.

함정에 빠진 것 아닌가 하는 꼴로 외롭게 돌격하는 벨.
혼자 달려오는 그를 골라이아스의 핏발 선 두 눈이 노려보
았다.

오싹. 무시무시한 한기와 중압감. 정면으로 부딪쳐오는
계층 터주의 위압감에 벨도 즉시 간격에서 이탈하려 했으

나──금색 동경이 뇌리를 스쳤다.

"_____."

눈앞의 적보다도 강한 계층 터주를 혼자 쓰러뜨렸던 소녀. 자신보다도 훨씬 먼 곳에 있는 동경의 검사.

활짝 뜨인 루벨라이트색 눈을 곤두세운다. 대검 자루를 쥔 손에 단단히 힘을 주고, 벨은 자신의 몸을 앞으로 날렸다.

『워어어어어어어어어어어어어어어어어어어어어어어어!!』

"──크윽!!"

대기를 꿰뚫고 날아드는 거대한 팔에 벨은 몸을 앞으로 쓰러뜨리며, 가속.

좌우 회피행동을 모두 버리고 그저 앞으로──도망치지 마라, 싸워라, 그렇게 외치듯──최고속도로 돌진했다. 그리고 공격의 통과지점을 머리카락 하나 차이로 스쳐 지나가며 거인의 일격을 등 뒤에 남겨놓았다.

빠른 발과 판단이 이루어낸 결과였다. 바로 뒤에서 멀어져가는 주먹의 폭압을 찌릿찌릿 느끼며, 골라이아스의 품으로 파고든 벨은 적의 왼발을 향해 대검을 쳐들고──내리쳤다.

"흐읍!!"

둔탁한 타격성. 칼날이 통하지 않는 단단한 표피였지만 충격이 확실하게 관통하는 손맛이 전해졌다.

벨이 펼친 회심의 일격이 계층 터주의 거구를 흔들었다.

어태커들의 거듭되는 공격으로 축적되었던 피해도 컸다.

눈에 뜨이게 나타난 효과에 주위 사람들이 들끓는 가운데, 벨은 견실하게 히트 앤 어웨이로 골라이아스의 다리 사이를 빠져나가 적의 후방으로 대피했다.

"크라넬 씨, 지금 그 공격은 위험했습니다."

"아, 류 씨……."

이동을 멈추지 않는 벨에게 류가 따라와서 나무랐다.

"그런 일을 되풀이했다간 목숨이 몇 개 있어도 부족할 것입니다."

후드 안에서 바라보는 냉엄한 시선에 벨은 야단맞은 아이처럼 어깨를 움츠렸다.

"신호를 드릴 테니 공격할 때만 제 뒤로 따라오십시오. 당신의 발이라면 가능합니다."

"……! 네!"

다시 앞을 본 그녀의 말에 벨은 힘차게 고개를 끄덕였다. 류의 뒤를 바짝 따라붙었다.

두 사람은 사제지간처럼 행동을 함께 하며 계층 터주를 공략해나갔다.

계층 터주의 행동을 막겠노라고, 혹은 그 거구를 쓰러뜨려주겠노라고 집요할 정도로 두 개의 다리를 노려댔다. 상상을 초월하는 철벽같은 방어력 때문에 발을 완전히 붙들어놓을 수는 없다 해도, 어태커들의 파상공격은 골라이아스의 움직임을 확실히 늦춰놓았다.

그리고 그들이 분투하는 동안 마침내 마도사들의 영창이 끝났다.

"전열 대피! 큰 거 날아간다!"

전선에 호령이 떨어진 것과 동시에 류와 벨, 아스피와 다른 어태커들은 즉시 골라이아스의 곁을 떠났다. 마침 포위망의 중심으로 유도되었던 몬스터는 주위에서 높아져가는 마력의 덩어리에 붉은 눈을 크게 떴다.

이미 늦었다는 양 마도사들은 각자 지팡이를 쳐들었다.

매직 서클의 광채가 터져나간 다음 순간, 노도와 같은 일제사격이 포문을 열었다.

『――――――――――――――――――――?!』

연속으로 날아드는 다종다양한 속성의 공격마법. 화염탄이 착탄하고 벼락의 창이 박히고, 얼음기둥의 비와 바람의 소용돌이가 작렬한다. 일부 '마검' 공격도 더해져 계층 터주의 거구가 포화의 빛으로 덧칠되었다.

이윽고 마도사들의 일제사격이 그쳤다. 청각을 마비시킬 정도의 폭음이 끊어지고, 모든 모험자들이 마른침을 삼키며 포격의 중심지를 지켜보는 가운데…… 피어나는 연기가 흐려진 것과 함께 골라이아스가 한쪽 무릎을 꿇었다. 얼굴 부분을 비롯한 시커먼 표피는 상처를 입고 헤집어져 붉은 혈육을 드러냈다. 대미지가 깊음을 이야기해주듯 입에서는 증기 같은 허연 입김이 요란하게 피어났다.

모험자들이 환성을 질렀다.

"결판을 내 줘라, 이놈들아!! 모두 공겨어어어어어억!!"

어태커들이 일제히 앞으로 나갔다. 거인의 숨통을 끊어주고자 사방팔방에서 약동한다.

고개를 숙인 골라이아스에게 많은 이들이 쇄도했다.

"……아?!"

"류 씨?"

주위의 모험자들과 함께 웃음을 지으려던 벨은 어깨를 흠칫 떤 류의 반응을 알아차렸다.

의문으로 가늘어졌던 그녀의 눈이 다음 순간 크게 뜨였다.

『————후우우우.』

거의 동시에, 다른 이들의 반응도 그녀의 것과 같아졌다.

상처 입고 침묵했어야 하는 골라이아스가 고개를 들었다. 안면에 입은 상처는 어디에도 없었다.

온몸에서는, 아니, 손상을 입은 표피에서는 붉은빛의 입자가 발산되고 있었다. 놀랍게도 빛의 입자가 피어난 곳부터 상처는 금세 치유되어 완전히 사라졌다.

골라이아스는 힘차게 일어났다.

"자기재생?!"

믿을 수 없는 것을 보았다는 듯한 아스피의 외침. 그녀의 추측대로 순식간에 몸을 재생시킨 골라이아스는 너무 가까이 다가갔던 어태커들에게——아니, 망연자실 서 있는 마도사들도 포함해 그 거대한 두 팔을 드높이 치켜들었다.

그리고 꽉 쥔 두 개의 주먹을 발밑에 내질렀다.

"ㅡㅡㅡㅡㅡㅡㅡㅡㅡㅡㅡㅡㅡㅡㅡㅡㅡㅡ."

대초원이, 갈라졌다.

무시무시한 폭발을 일으키며 지진과 충격파가 발생했다. 방사형으로 퍼져나간 파괴의 해일은 모든 어태커들을 순식간에 집어삼켰으며, 마법을 막 마친 마도사들까지 한꺼번에 말려들었다. 방패부대까지 속절없이 날아가버렸다.

"억……?!"

류와 함께 재빨리 대피한 벨은 자신의 눈을 의심했다.

포위망이 파괴되었다. 한순간에.

지근거리에서 충격파를 뒤집어쓴 어태커들은 말할 것도 없고, 후방에 있던 사람들도 대부분 땅에 쓰러졌다. 떨리는 손을, 무릎을 땅에 대고 간신히 일어나려는 사람은 헤아릴 정도밖에 없었다.

땅이 갈라져 여기저기서 연기를 뿜어내는 대초원은 시산혈해를 방불케 했다.

"마력을 연소시켜서, 치유능력을……?!"

천장에 남은 얼마 안 되는 청수정에 주위의 어둠이 푸르스름하게 물든 가운데 골라이아스만이 붉은빛을 띠었다. 거인의 몸에서 솟아나는 무수한 빛의 입자는 타버린 마력의 잔재였다.

'하울링'을 포격으로 쓸 만큼 남아도는 마력을 이번에는 자기치유력 증폭에 쓴 것이다. 몬스터, 특히 계층 터주에게만 허용되는 그야말로 억지스러운 기술에——동시에 보스 몬스터가 자기회복을 한다는 악몽에——아스피는 신음했다.

수많은 이들의 시선 너머에서, 붉게 빛을 발하는 것처럼 보이는 거인은 숫제 환상적이기까지 했으며.

벨 일행의 눈에는 죄인을 불태우는 단죄의 불길처럼 비쳤다.

『———워어어!』

이윽고 공격이 가차 없이 재개되었다. 골라이아스는 움직이는 모든 것들에게 '하울링'을 터뜨려 재기불능을 면했던 모험자들에게 추격타를 가했다. 그들은 얻어맞고 튕겨나가 거의 숨이 끊어지기 일보 직전이었다.

"큭……?! 보르스, 부대를 재편성해서 태세를 다시 갖춰요!"

"말이 되는 소리를 해!!"

통제가 되지 않는 모험자들을 혼란과 동요가 지배했다. 일시 대피하는 자, 동료의 치료에 전념하는 자, 그리고 다시 공격하려고 영창을 개시하는 자. 저마다 제각각으로 행동했다.

호흡이 맞지 않는 그들을 희롱하듯 골라이아스는 고개를 위로 들었다.

『오오오오오오오오오오오오오오오오오오오오오!!』

"저 자식이, 또 몬스터를……?!"

두 번째 소환의 목소리에 온 계층 내의 모든 몬스터가 응했다. 대답하듯 포효하고, 빠짐없이 이곳 대초원으로 밀려들었다.

살아남은 모험자들도 이제는 밀려드는 눈앞의 적에게 맞서는 것이 고작이었다.

"……크라넬 씨, 여기 남으십시오. 주위와 협력해 몬스터들을."

"류 씨는요?!"

"안드로메다와 함께 골라이아스를 막겠습니다."

이 상황에서 홀로 거인에게 달려들려 하는 류에게 벨은 눈을 크게 떴다.

"저 몬스터를 막지 않는다면 이대로 유린당할 것입니다. 다시 한 번 일제공격을 가하려 해도 최대한 시간을 벌어야 하지요. ……무운을 빕니다."

시간이 아깝다는 듯 류는 말을 끊고 달려나갔다. 거인을 향해 나아가는 그녀의 등을 멍하니 바라본 벨은 주위를 살폈다.

완전히 박살이 나 사방에 흩어진 온갖 무기. 엎드려서 일어날 줄 모르는 어태커와 방패부대. 그들을 감싸며 필사적으로 몬스터와 응전하는 얼마 안 되는 모험자들, 솟구치는 비명.

전황은 최악이었다. 재편성이 된다 해도 정말로 골라이아스를 쓰러뜨릴 수 있을지 어떨지도 알 수 없다.

절박한 사태에 목을 꼴깍 울린 벨은 자신의 오른손을 내려다보았다.

——해볼 수밖에 없어.

【아르고노트】. 벨에게 주어진 기사회생의 '스킬'. 그 힘을 구사해야 한다.

체력도, 마인드도 대폭으로 소모하는 【아르고노트】는 양날의 검이다. 아마 공격을 쏜 후 벨은 이 전투에서는 더 이상 쓸모가 없어질 것이다.

만일 통하지 않는다면, 싸울 수 없게 된다면——그렇게 잇달아 솟구치는 망설임의 감성을 뿌리치고 벨은 차지를 개시했다.

"어서, 어서……!"

어정쩡한 차지는 용납되지 않는다. 최고출력의 일격을 뿜어내야 한다.

주위에서 들려오는 비명에 눈물을 흘릴 것 같은 얼굴로 이를 악물며, 벨은 오른손에 하얀빛의 입자를 맺어나갔다.

"세상에……!"

보급거점으로 향하던 릴리는 거의 전멸한 포위망의 양상을 보고 아연실색했다.

골라이아스는 여전히 건재했으며, 수많은 모험자들이 시체처럼 지면에 굴러다녔다. 숨통을 끊으려는 양 출현한 몬스터의 대군에 눈살을 찡그린 그녀는 땅을 박차고 거점인 언덕으로 서둘러 달려갔다.

"무기와 아이템은 아직 있나요?!"

"서포터 군!"

거점에 대기하고 있던 헤스티아와 주위 사람들이 놀라 소리를 질렀다. 이 자리에 남은 것은 릴리 같은 비전투원 아니면 거점을 방어하거나 치료를 받는 모험자들뿐이었다.

그들은 대초원의 참상에 말을 잃고 얼어붙어 있었다.

"장비를 있는 대로 주세요! 릴리가 전선으로 옮기겠어요!"

"네가 옮기겠다니, 그래도 괜찮은 거냐?!"

"달리 움직일 수 있는 사람이 없어요! 공포 때문에 움직이지 못하는 분들보다는 릴리가 그나마 나아요!"

비전투원과 거점을 방어하는 모험자들이 이곳을 떠나지 못하는 것은 물론이고, 치료를 마친 자들도 당장 전장으로 돌아가기란 불가능할 것이다. 대형 백팩을 난폭하게 내려 놓고 릴리는 헤스티아와 함께 무기와 도구를 고르기 시작했다.

"치구사 님은 어떻게 됐어요?"

"그 폭발을 보고 안색을 바뀌어 뛰어나갔다. 아마 오우카 군과 미코토 군에게 갔겠지."

그녀도 도저히 가만있을 수 없었던 것이리라. 자신과 똑같다. 휴먼 소녀의 모습을 떠올리며 릴리는 그 사실을 깨달았다.

몬스터에게 표적이 되면 한순간에 끝장이 나겠지만, 그래도 릴리가 목숨을 걸고 서포터의 역할을 수행하도록 만드는 것은 동료를 생각하는 마음이다. 그들을 위해 그녀는 말 그대로 몸이 가루가 될 각오가 있었다.

헤스티아의 걱정도 아랑곳 않고 릴리는 장비를 모조리 백팩에 집어넣었다.

"어라……."

대형 무기를 고르던 릴리의 손이 갑자기 멈추었다.

"왜 그러느냐, 서포터 군?"

의아해하는 헤스티아를 내버려둔 채 그녀의 눈은 어떤 물건에 못 박혔다.

칼집이 아닌 천으로 감싸놓은 대검 형태의 덩어리는 연마되지 않은 칠흑색 광택을 발해, 마치 까맣게 물들인 거대한 뼈 같았다. 조악한 칼자루만이 검신에 해당하는 부분의 아래에 달려 있다. 천에는 소유자로 보이는 이름이 적혀 있었지만 희미해져서 읽을 수가 없었다.

아마도 리빌라에 보관해놓았던 어떤 모험자의 예비 무

기가 아닐까. 커다란 짐은 일일이 가져오기도 귀찮으므로 중층 중간 구역인 리빌라에 잠시 맡겨두었다가 제19계층 이하를 탐색할 때 들고 가는 방법이 모험자들 사이에서는 널리 이용되었다. 긴급상황과도 맞물려 이 무기도 마을 창고에서 실려 왔던 것이다.

"제대로 가공도 하지 않았고……. 아니, 하지만, 이건."

잘못하면 네이처 웨폰으로까지 보이는 조악한 모양. 그러나 릴리는 꼴깍 침을 삼켰다. 그녀의 눈이 눈앞에 놓인 무기의 경도와 예리함, 그리고 파괴력을 올바르게 읽어냈다.

아마도 강대한 몬스터의 발톱 아니면 이빨이었을 드롭 아이템.

그리고 아마도, 그 몬스터의 출신 계층은 '심층'.

눈을 크게 뜬 릴리는 펄쩍 뛰듯 새까만 대검을 손에 들고 백팩에 억지로 밀어 넣었다.

"뭐, 뭐 하는 거냐, 서포터 군?!"

터질 듯이 부푼 백팩을 자신의 '스킬'에서 오는 능력치 보정으로 별 어려움도 없이 장비하고, 헤스티아의 물음에도 대답하지 않은 채 뛰어나갔다.

'이걸 벨 님에게……!'

——벨이 뿜어내는 그 빛의 공격과 맞물린다면, 어쩌면.

자신이 발견한 무기를 전하기 위해, 릴리는 백팩을 출렁거리며 언덕을 뛰어 내려갔다.

"큭!"

류의 몸 바로 옆을 골라이아스의 손가락이 지나갔다.

적의 공격을 아슬아슬하게 피한 그녀는 순식간에 동요를 감추고 목검으로 적의 발목을 후려쳤다. 거인의 노성이 쩌렁쩌렁 울려 펴지는 가운데, 이탈하지 않은 채 절묘한 거리를 유지하면서 두 차례, 세 차례 공격했다.

"리온, 당신 그러다 죽어요!"

멀리서 날아든 아스피의 외침에 류는 강한 의지를 내비치며 대답했다.

"모두 목숨을 걸고 싸우고 있습니다. 저도 그만큼 싸워야겠지요."

일부러 거인과 밀착한 거리에 눌러앉아 공격을 지속하면서 자신을 '타깃'으로 삼게 하는 행위. 골라이아스도 날카로운 류의 일격만큼은 무시할 수 없다. 거대한 주먹의 풍압에 몇 번이나 얻어맞아 몸에 장비한 케이프가 너덜너덜해졌지만, 그래도 그녀는 폭풍에 맞서는 것과 같이 무모한 전투를 되풀이했다.

"안드로메다, 적의 마석을 노릴 수 있겠습니까?"

"무리예요! 저 괴물은 너무 단단해서. 무기가 관통하질 않아요."

터져나온 '하울'을 크게 회피하며 류와 아스피는 일단 합류하듯 나란히 달렸다. 두 사람은 품에서 꺼낸 포션을 재빨리 마셨다.

"그러면 '마법'은?"

"……제 영창은 굉장히 시간이 많이 걸립니다. 게다가 시시하고요. 강한 치유능력을 가진 저 골라이아스와는 상성이 매우 좋지 않으니 기대하지 마십시오."

순백색 망토를 펄럭이며 팔로 입가를 닦은 아스피는 씁쓸한 표정을 지었다. 류는 알겠다며 냉정하게 대답했다.

"역시 마도사들을 엄호하는 것이 가장 바람직하겠군요."

"직격해봤자 또 회복당하고 말지 않겠어요?"

"그렇다면 상대의 마력이 고갈될 때까지 깎아낼 뿐."

"당연히 무리지요……!"

자신을 내버려둔 채 가속하는 류에게 아스피는 얼굴을 찡그리며 벨트에 손을 뻗었다. 얼마 남지 않은 버스트 오일을 던져 골라이아스의 안면을 폭격했다.

이미 결과는 뻔히 보이는 절망적인 상황에, 그래도 그녀는 류처럼 저항을 멈추지 않고 붉은 입자를 뿜어내는 거인의 품으로 뛰어들었다.

──한편, 골라이아스와 교전하는 류와 아스피의 주위에서는.

"마도사들이……!"

포위망이 괴멸되는 바람에, 중심에 위치한 류와 아스피

를 에워싼 모험자들 중에서 마도사가 또 하나 쓰러지고 있었다. 오우카는 피를 토하는 심정으로 그 모습을 보았다.

골라이아스도 조금 전의 일제사격을 경계하는지 영창을 이어나가는 마도사를 재빨리 찾아내서는, 류와 아스피의 공격도 아랑곳하지 않고 '하울링'을 날려 저격했다. 영창을 위해 필연적으로 가만히 서 있어야 하는 마도사들은 속수무책으로 폭발에 휘말렸다. 어떤 이는 주위의 몬스터에게도 습격을 당해 도저히 마법을 준비하지 못했다.

마도사의 포격은 계층 터주와 싸울 때의 전략에서는 핵심이다. 그들의 힘이 없으면 계층 터주 공략은 지극히 어렵다 해도 과언이 아니다.

마도사들의 앞에 서야 할 방패부대가 제대로 돌아가질 않는다. 그들을 지킬 방패가 존재하지 않는다.

류와 아스피가 아무리 분전해도 이대로는……. 오우카는 그렇게 우려를 품었다.

"오우카!"

"치구사?!"

그때 자신의 곁으로 달려오는 소녀의 모습에 그는 소리를 질렀다.

일부러 위험지대를 가로질러 달려온 치구사에게 아연실색했지만, 그녀가 짊어진 백팩——방패까지도 갖춘 온갖 장비들을 보고 흠칫 어깨를 떨었다.

그는 자신도 그녀에게 달려갔다.

"치구사, 방패 꺼내줘!"

눈앞까지 와서 그렇게 외치는 오우카에게 치구사는 처음에 무슨 말을 들었는지 알 수 없다는 표정을 지었다. 이윽고 그의 말뜻을 이해했는지, 평소에는 앞머리로 가려진 아름다운 두 눈을 공포로 물들였다. 몸이 부들부들 떨렸다.

그녀는 고개를 좌우로 힘껏 가로저었다.

"치구사!!"

"안 돼, 그러다 죽어……!! 저런 상대에게, 우리 정도 능력으로 방패부대를 맡았다간…… 오우카가, 오우카가 죽어!!"

눈물을 흘리며 치구사는 소리를 질렀다.

거한인 자신을 울면서 올려다보는 소녀. 자칫하면 오우카도 눈물을 흘릴 뻔했지만, 그래도 그는 결연한 눈으로 애원했다.

"치구사, 부탁이다. 나를 한심한 남자로 만들지 말아줘!"

"……우?!"

"나를 입만 산 뻔뻔한 놈으로 만들지 말아줘. 남을 희생해놓고 자신은 나서지 않는, 그런 놈은 되고 싶지 않아! 나는 타케미카즈치 님의 권속이란 말이다!!"

그의 말과 눈빛에, 치구사는 크게 뜬 눈에서 눈물을 떨구었다.

다음으로는 왈칵 얼굴을 찡그리더니, 고개를 숙이고 백팩을 내려 방패를 꺼내들었다.

고맙다고 말하며 커다란 방패를 든 오우카는 돌아보지도 않고 전장으로 달려나갔다.

치구사는 오열을 꾹 참으며 가만히 선 채, 멀어져가는 그의 등을 바라보았다.

하얀빛의 입자 무리가 멈추었다.

"모였다……!"

3분. 그것이 【아르고노트】로 현재 낼 수 있는 가장 긴 차지 시간.

가늘게 울리는 종소리는 그대로 둔 채 발광 상태를 유지하는 그 오른손을 꽉 쥐고, 벨은 힘차게 땅을 박찼다.

시위를 떠난 화살처럼 초원을 질주하여 전방의, 미쳐 날뛰는 골라이아스에게 날아간다. 충분한 사정거리 내에 적을 담고자 벨은 한계까지 육박했다.

"크라넬 씨?!"

몬스터의 주위를 뛰어다니던 류가 그의 접근을 알아차리고, 그 다음으로는 아스피, 몬스터와 싸우던 모험자들까지도 시선을 집중했다. 눈앞에 우뚝 선 거인의 새빨간 두 눈까지도.

고동이 폭발 직전까지 높아진 벨은 적의 안광을 한 몸에 받으며 정면으로 달려나갔다.

"설마——리온, 이탈하십시오!"

인펀트 드래곤을 일격에 물리쳤던 필살 공격의 정보를 아는 아스피는 빛을 발하는 벨의 오른손을 보고 큰 소리를 질러 류에게 피신을 권고했다. 류는 한순간 망설이는 기색을 보인 후 즉시 소년의 사선에서 이탈했다.

그리고 거인에게서 보자면 미미하다고 할 수 있는 거리를 남긴 채 벨이 발을 멈추었다.

그와 정면으로 마주 선 골라이아스가 거구를 젖혔다.

『——————————워어어!!』

강렬한 '하울링'. 뿜어져나가는 마력의 덩어리.

거의 동시에 오른팔을 위로 내지르며 사격태세에 들어간 벨은.

자신 또한 온 힘을 다해 외쳤다.

"【파이어볼트】!!"

두 다리가 풀밭에 파묻혔다.

빛을 발하는 오른손에서 뿜어져 나간 거대한 불벼락의 반동에 밀려 벨의 몸이 후퇴했다.

밀려드는 적의 '하울링'을 【파이어볼트】가 찢어발겼다.

『—————.』

새하얀 번개와 함께 무시무시한 굉음을 떨치며, 굵은 벼락은 맞부딪친 마력의 덩어리를 분쇄하고 그 너머에 있던 골라이아스의 머리를 단숨에——꿰뚫었다.

오른쪽 눈을 포함한 얼마 안 되는 부분만을 남긴 채, 거인의 안면이 송두리째 날아갔다. 비명을 지를 틈도 용납하지 않았다. 잠시 간격을 두고 거대한 공간인 계층 끝에 마법이 작렬해 절벽을 박살냈다.

빗나갔다.

가슴을 노리려 했지만, 위력이 지나치게 큰 탓에 탄도가 안정되질 않아 적의 머리를 맞췄다.

오른팔을 내민 자세 그대로 눈을 크게 뜬 벨은 선 채로 굳어버린 거인의 몸을 그저 바라보았다. 철벽을 자랑하던 표피를 이토록 쉽게 돌파한 파괴력에 주위 사람들도 한순간 정적에 빠졌다.

머리를 잃고도 활동할 수 있는 생물은 없다.

이겼다――모험자들이 그렇게 믿어 의심치 않았던, 그 직후.

엄청난 양의 붉은 입자가 거인의 목 밑에서부터 솟아났다.

"?!"

화산의 분화와도 같이 솟아난 붉은 입자에 모두가 할 말을 잃은 가운데, 날아갔던 거인의 머리가 끔찍한 기세로 재생되었다. 전율과 절망에 사로잡힌 모험자들의 시선 너머에서, 그대로 드러난 눈알이 미처 복원되지 못한 눈구멍 안에서 뒤룩뒤룩 움직였다.

머리를 잃고도 골라이아스는 살아 있었다. 심상치 않은 생명력으로, 차지를 거친 【파이어볼트】를 견뎌내고 그 경이로운 치유능력으로 재생을 이루었다.

【아르고노트】가 통하질 않는다.

소멸을 면한 거인의 시뻘건 오른쪽 눈과 부활한 왼쪽 눈이 명백한 살의를 띠고, 경악하여 멍청히 선 벨을 노려보았다.

"벨, 도망쳐요!!"

평정심을 깡그리 잃은 류의 고함도 허무하게, 골라이아스에게서 '하울링'이 터졌다.

아직까지 완벽하게 고쳐지지 않은 포구──구강이 터져나가며 이빨의 파편과 살점이 무시무시한 기세로 벨에게 쇄도했다. 【아르고노트】의 반동 때문에 회피행동이 치명적으로 늦어진 벨은 그런 것들과 함께 마력 덩어리를 그대로 맞고 말았다.

상처 입고 폭압에 휘말려 발이 지면에서 떠버린 벨의 몸. 넝마처럼 날아가는 그의 눈에 다음으로 들어온 것은──거대한 포탄이 되어 짓쳐드는 산 같은 거구였다.

살의로 넘쳐나는 포효를 지르고, 대초원을 함몰시키며 골라이아스가 달려든다. 류와 아스피의 지원도 소용이 없었다. 등 뒤로 돌려 힘을 모은 굵은 팔이 대기를 찢어발기며 날아들었다.

회피 불가능. 아울러 의심할 여지도 없는 일격필살.

직격만이 남은 거인의 철퇴를 보며 벨의 시간은 얼어붙었다.

그리고 다음 순간, 그가 나타났다.

"_____."

방패를 들고, 후방에서 벨의 눈앞으로 뛰어드는 장한.

누구보다도 빠르게 달려온 모험자, 오우카는 벨과 골라이아스 사이에 끼어들었다.

비장한 표정으로 커다란 방패를 내밀어 수평으로 꽂히는 주먹을 방어한다. 완만하게 흐르는 시간 속에서 거인의 중지가 파고들어, 짓이긴 방패와 함께 오우카의 몸에 파고들었다.

입에서 터져나오는 대량의 혈액. 오우카의 등과 밀착했던 벨의 몸에서도 뼈가 부러지는 소리가 몇 겹으로 울려퍼졌다. 방패와 오우카의 몸이 겹쳐졌어도 충격은 그의 몸을 꿰뚫었다.

벨과 오우카는 눈을 한껏 크게 뜬 채 날아가버렸다.

『워어어어어어어어어어어어어어어어어어어어어어어어어어어어어어어어억!!』

사방으로 흩어지는 핏방울, 떨어져 나가는 파밀리아 엠블럼.

거인의 포효에 얻어맞은 두 사람의 몸은 하늘로 솟았다.

"벨——."

거점에서 그 광경을 목격한 헤스티아는 아연실색하여 중얼거렸다.

그녀는 모든 것을 내팽개치고 언덕길을 뛰어 내려갔다.

"벨 님——."

미처 무기를 전해주지 못한 릴리는 허공에 춤추는 소년의 모습을 바라보았다.

그녀는 모든 것을 잊고 전장을 향해 뛰어나갔다.

"벨……."

벨프는 떨리는 목소리로 들리지 않을 그 이름을 불렀다.

주위에서 모든 소리가 멀어져가는 가운데 머릿속에서 어떤 말이 되살아났다.

『오기와 동료를 저울질하는 짓은 그만둬.』

나무라는 듯한 감정이 묻어나는 주신의 충고가 그의 가슴을 꿰뚫었다.

후회와 자책에 울음을 터뜨릴 것 같은 어린아이처럼 낮

을 일그러뜨렸다. 한순간 멈춰 선 후, 뒤쪽에 펼쳐진 숲을 돌아보았다.

"망할!!"

벨프는 대도를 내팽개치고 동쪽 숲을 향해 뛰어갔다.

"오우카······!"

"오우카 공!"

눈물을 흘리는 치구사와 비통한 표정을 지은 미코토가 지면에 추락한 오우카에게 달려갔다. 그녀들은 힘없이 눈을 감고 피투성이가 된 그의 몸을 끌어안아 전장 밖으로 이탈했다.

"큭——?!"

한편, 오우카와는 다른 방향으로 굴러갔던 벨의 몸을 류가 달려와 재빨리 안아들었다. 그녀 또한 다른 곳에는 눈길도 주지 않고 안전한 곳으로 소년을 옮겼다.

"크라넬 씨, 크라넬 씨! 대답하세요!"

류는 계층 남쪽, 중앙수와 보급거점이 있는 언덕의 중간쯤 되는 초원에 벨의 몸을 내렸다. 땅에 누운 소년은 침묵한 채 조금도 반응하지 않았다.

"하필 이럴 때에······!"

후드를 힘차게 벗어젖히고 파우치에 손을 돌린 류는 후

회했다.

하이포션이 없었다. 중상이라 해도 과언이 아닌 소년의 몸을 치유하려면 보통 포션으로는 너무 약하다. 이빨의 파편에 찢겨나간 온몸은 열상투성이였으며 흉갑을 비롯한 경장 또한 반파 상태였고, 촉진 결과 늑골을 비롯해 뼈도 몇 군데나 부러졌음을 알 수 있었다.

무수한 상처에서 피가 흘러나오는 벨의 몸을 류는 눈을 일그러뜨린 채 내려다보았다.

"벨!"

"헤스티아 님……."

거리가 멀지 않은 보급 거점에서 헤스티아가 달려왔다.

빈사상태인 벨을 보고 낯이 창백해진 그녀는 허리춤의 파우치를 뒤졌지만 류와 마찬가지로 표정이 일그러졌다. 이 격렬한 전투를 거치며 헤스티아의 아이템도 재고가 바닥났던 것이다.

"복면 군, 아니, 엘프 군! 벨의 상태는 어떤가?!"

"숨은 쉬지만 상처가 깊습니다. 팔다리의 뼈도, 아마……."

Lv.5의 하울링에 얻어맞은 소년의 몸을 헤스티아와 류는 무릎을 꿇은 채 좌우에서 내려다보았다.

그런 그녀들에게 멀리서 고함성이 들려왔다.

"리온, 어서 돌아와요!"

혼자서 골라이아스를 상대하던 아스피의 비명. 그 직후 '하울링'이 터져, 눈을 크게 뜬 그녀는 순백색 망토로 방어하고자 자신의 온몸을 감쌌다.

"아윽?!"

직접 제작한 충격 방어용 망토로 포격을 받은 가녀린 몸이 허공에 떴다.

"……엘프 군, 가주게. 조금이라도 오래, 시간을 끌어주게."

돌아본 류에게 헤스티아는 긴장된 표정으로 말했다.

"벨은 반드시 일어날 테니, 일어나서 저 몬스터를 쓰러뜨릴 테니."

"헤스티아 님, 하지만……."

"자네도 봤잖나?! 벨이라면 할 수 있어! 벨이라면, 저 몬스터를 쓰러뜨릴 수 있어!"

강하게 노려보는 신의 눈을 돌아본 류는 알겠다고 고개를 끄덕였다.

그녀는 후드를 다시 뒤집어쓰며 결연한 표정을 짓고 전장으로 달려갔다.

"……눈을 떠라, 벨!"

류가 떠난 후 헤스티아는 함께 남은 벨의 오른손을 꽉 쥐며 이름을 불렀다.

눈이 앞머리에 가려진 소년은 입을 살짝 벌린 채 미동도 하지 않았다.

"들리지 않느냐?! 저들의 목소리가?! 다들 싸우고 있다. 저렇게 무서운 상대와!"

헤스티아와 벨을 에워싼 류의, 아스피의, 모험자들의

고함.

울려 퍼지는 곤경의 비명과, 용감한 전사들의 노래.

오른손을 감싼 두 손에 힘이 들어갔다.

"너라면 할 수 있다, 너밖에 없어! 저 아이들을 구해낼 수 있는 건 이제 너밖에……!"

부상을 입은 권속. 그래도 헤스티아는 울음을 터뜨릴 것 같은 표정으로 아이를 전장에 내보내야만 했다.

그녀는 힘이 다한 소년에게 가슴속에서 터져나오는 고함을 질렀다.

"일어나라, 벨!!"

🔥

목소리가 들렸다.

어둠의 틈새를 떠도는 벨의 의식에 누구보다도 존경하고, 경애하고, 소중히 여기는 여신의 목소리가 들렸다. 존재하지 않는 몸의 감각 속에서 무언가에 감싸인 오른손만이 불꽃같은 열기를 내고 있었다.

연신 울려 퍼지는 여신의 목소리에, 울먹이는 목소리에 벨은 이를 악물었다. 그녀의 외침에 끌려가듯 어둠 속을 헤치고, 헤엄을 쳤다.

마음의 화로에 불을 지펴라. 헤스티아가 보내주는 불멸의 불꽃으로, 다시 한 번.

재기하려는 의지가 상처 입은 몸을 흔들었다. 암흑 너머에는 이제 빛이 보였다. 이제는 일어나는 것만 남았다.

어둠 너머로. 빛 저편으로. 여신의 목소리가 부르는 곳으로.

움직이려 하지 않는 자신의 몸을 몇 번이나 질타하며 벨은 온기에 싸인 오른손에 힘을 주었다. 그러나 움직이지 않는다. 꼼짝도 하지 않았다.

한계를 맞은 육체에, 빌어먹을, 움직여, 그렇게 환기를 촉구한——다음 순간.

『만일 영웅이라 불릴 만한 자격이란 것이 존재한다면——.』

"———."

어둠 속에서 그 목소리가 울려 퍼졌다.

『헤르메스?!』

경악하는 여신의 목소리 옆에서 그 남신의 목소리가 이어졌다.

그 말을, 그 감정을, 벨은 알고 있다——기억한다.

『검을 든 자도, 방패를 내민 자도, 치유를 가져다주는 자도 아닌.』

그것은 아득한 먼 옛날에 들었던 목소리.

어린 동경의 나날에 찾아왔던, 소년에게는 원점의 한마디.

사절의 신이 들려주는 과거의 노래. 할아버지의 말.

『자신을 건 자야말로 영웅이라 불릴 수 있는 법.』

신의 목소리가 할아버지의 목소리로 바뀌었다.

『동료를 지켜라. 여자를 구해라. 자신을 걸어라.』

어둠에 떠오르는 것은, 빛 너머에 나타난 것은 과거의 기억. 할아버지의 모습.

『부러져도 신경 쓰지 마라. 꺾여도 상관없다. 엉엉 울어라. 승자는 항상 패자 속에 있다.』

기억한다. 기억했다.

웃음을 지은 입이 자아낼 그다음 말을, 벨은 떠올렸다.

『소망을 관철하고, 마음을 외치는 거다. 그러면——』

그렇다. 그것이——.

『——그것이, 가장 멋진 영웅이다.』

"크으윽!!"

눈을 뜬다.

"벨……."

일어난 벨에게 헤스티아는 망연자실 중얼거렸다.

그리고 상처 입은 소년의 몸을 쪼그리고 앉은 채 내려다보던 것은 남신, 헤르메스.

등황색 눈을 가늘게 뜬 그가 지켜보는 가운데 벨은 떨리는 팔다리로 일어났다.

일어나라. 싸워라. 다시 한 번 검을 들어라. 그 사람에게 부끄럽지 않도록.

　무엇보다도, 소중한 동료들을 구하기 위해.

　한계까지——한계를 넘어서 자신을 걸어라.

　"벨 니임!"

　저 멀리서 달려온 릴리가 그 조그만 몸을 한껏 휘둘러 특대 무기를 던졌다.

　허공에 호를 그리며 회전하고 떨어지는 그 새까만 대검을 벨은 한 손으로 힘차게 받았다.

　굵은 칼자루를 두 손으로 꽉 쥐고, 휘두르고, 중단으로 들었다.

　곤두세운 루벨라이트색 두 눈으로, 아득한 저 멀리, 흉흉한 새까만 거인을 노려본다.

　동경을 불태워라.

　선망을 터뜨려라.

　애초에 벨 크라넬이 다른 이들보다 뛰어난 점이 단 하나 있다면 그것은 어리석고, 유치하고, 무엇과도 바꿀 수 없는——그 올곧은 마음 하나뿐이었으니까.

　"흐읍!!"

　차지를 시작했다. 그와 함께 신이 새긴 등의 각인이 작열하는 색으로 타올랐다.

　리미트 오프.

　'팔나'마저도 초월하는 마음의 크기가 경계를 돌파해 스킬의 힘을 일시적으로 승화시켰다. 전황에 파문을 던지는 하나의 돌이 되고자. 거인의 목을 날릴 하나의 검이 되고자.

흰빛을 모으는 차지의 출력이 확 올라갔다.

지릉, 지릉 하던 종소리가 구우웅, 구우웅 하는 소리로 바뀌었다.

대종루——그랜드 벨의 장엄한 음향이 전장으로 드높이 퍼져나갔다.

골라이아스가 미친 듯이 날뛰는 중앙지대의 주전장으로 부터 남동쪽으로 떨어진 곳, 대초원과 숲의 경계선에.

다른 모험자들에 뒤섞여 몬스터와 응전하던 몰드 일당은 전의를 잃어가려 했다.

"이젠 틀렸어, 무리야, 이딴 건 어떻게도 안 돼!!"

"도망칠 수밖에 없어! 숲 속에 몸을 숨기면 그나마……!"

포악의 극을 달리며 그 누구도 막을 수 없는 거인, 쓰러 뜨려도 쓰러뜨려도 밀려드는 몬스터.

빛이 보이지 않는 암담하기 그지없는 전황에 한 사람, 또 한 사람 소리를 지르며 자신의 자리를 떠나려 했다.

"도망치지 마 이것들아아아!!"

그런 동료들을 불러 세운 것은 몰드였다.

"무슨 개소리야, 몰드?! 저건 우리가 감당할 놈이 아니 야! 남아서 뭘 어쩌게?!"

"**싸우라고!** 저런 꼬맹이에 계집애들을 놔두고 도망칠 거냐, 너희는?!"

필사적으로 골라이아스를 붙들어놓고 있는 류와 아스피를 가리키며 몰드는 고함을 질렀다. 이를 악무는 듯한 그의 표정을 동료들은 이해할 수 없어 움찔거렸다.

"이대로도 괜찮아?! 아니, 괜찮을 리가 있나! 아무것도 안 한 주제에 우리가 이대로 도망쳐도 괜찮을 리가 없지!!"

몰드는 자신에게 화를 내듯, 가슴속의 감정을 주체하지 못하듯 노성을 질러댔다.

당황하는 동료들에게서 시선을 거두고 몰드는 주위를 둘러보았다. 만신창이가 된 방패부대, 상처 입은 팔을 붙들고 무릎을 꿇은 마도사들. 망연자실하여 움직이지 못하는 그들에게 소리를 질렀다.

"야, 아니꼬운 엘프 놈들! 너희들도 입만 살았냐?! 얼굴만 삭은 드워프! 그 근육은 장식이야?!"

질타나 격려와는 거리가 먼 매도를 퍼붓는 몰드. 검을 붕붕 휘두르는 그에게 분노한 시선이 모여들고, 긍지를 자극받은 자들이 일어나려 했다. 밀려드는 매드 비틀을 베어 쓰러뜨리고 그가 두 차례 세 차례 계속 욕설을 퍼부어대고 있으려니——종소리가 울리기 시작했다.

"_____."

높이, 아득한 머리 위까지 치솟는 그랜드 벨의 음색.

모든 이들의 귀와 가슴에 미치는 힘찬 울림에 모험자들

은 모두가 움직임을 멈추고, 눈을 크게 떴다.

돌아본 곳은 남쪽. 한 모험자와 그가 든 칠흑의 대검에 모여드는 눈부신 빛. 몰드의 눈에도 그 백발 소년이 비쳤다.

말은 필요가 없었다.

이제까지 함양한 모험자의 직감이, 그곳에 담긴 한 줄기의 빛을 보았다.

"──가라고오오오오오오오오오 이 자식들아아아아아아아아아아아아아아아아아아아아아!! 돌격해, 돌격해에에에에에에에에에에에에에에에에에에!!"

몰드의 포효와 함께 모든 모험자가 달려나갔다.

위협을 깨달은 골라이아스의 포효가 몬스터들을 벨에게 보내고, 그에게 접근시키지 않겠노라 고함을 지르며 괴물들에게 달려나갔다.

『워어어어어어어어어어어어어어어어어어억!!』

울려 퍼지는 그랜드 벨의 음향에 골라이아스 또한 전진을 개시했다.

이제까지 들어본 적이 없었던 경종의 감정을 띤 고함을 지르며 모든 몬스터를 보냈다. 시뻘건 안구에 맺힌 눈빛을 바꾸며, 남쪽 초원에 있는 단 한 명의 소년을 노려보고 이동하기 시작한다.

"골라이아스가……!"

"크라넬 씨를 '적'으로 인식했군요."

몰드 일당과 몬스터의 무리가 충돌한 곳의 주위는 대혼전에 빠졌다. 아스피는 자신들을 무시하고 달려나가는 골라이아스에게 눈을 크게 떴다. 그리고 류는 땅 울리는 소리를 일으키며 대초원을 떠나려 하는 거인을 노려보고 눈에 힘을 주었다.

"사수하겠습니다. 그에게 가도록 놔둘 수는 없어요."

목소리에 의지를 내비치며 류는 질주했다.

튕겨나가듯 달리는 골라이아스는 이쪽을 보려고도 하지 않았다. 류는 무시무시한 음색과 바람을 일으키는 거인의 맹렬한 질주에 겁먹은 기색도 없이 달려들어, 발이 지면에 접촉한 순간 가차 없이 무릎을 노렸다.

자세가 흐트러지는 주행 도중의 기습――원래 무게중심이 흔들리기 쉬운 거구를 지탱하는 짧은 다리는 금방 균형을 잃어, 골라이아스는 경악과 함께 요란하게 초원에 쓰러졌다.

지반을 파괴하고 흙먼지를 피워 올리며, 거인 자신도 믿을 수 없다는 듯 처음으로 두 손발을 땅에 짚었다.

"이게 꿈인가요, 생시인가요……."

그 광경에 간담이 철렁하면서도 아스피 또한 기회를 놓칠세라 달려들었다. 계층 터주가 쓰러진 천재일우의 기회를 놓칠까 보냐고, 땅에 엎드린 상대에게 공격을 거듭했다.

『크으――워어어어어어어어어어어어어어어어어억?!』

얼굴을, 손을, 어깨를, 허벅지를, 등을. 온갖 부위를 잇달아 엉망진창으로 고속으로 난타하는 류의 목검과 아스피의 단검에 골라이아스는 미친 듯이 분노했다. 당초의 목적도 한순간 잊고 거추장스러운 벌레들을 떨어뜨리려는 듯 '하울링'을 터뜨리려대고 두 팔을 이리저리 휘둘렀다.

그리고 이성을 잃은 폭풍으로 변한 거인에게 류는 영창을 시작했다.

"【――지금은 머나먼 숲의 하늘. 무궁한 밤하늘에 흩뿌려진 무한한 별빛】."

의연히 골라이아스에게 공격을 이어나가며 엘프 소녀는 주문을 자아냈다. 자신보다도 빠르게, 그러면서도 예리하게 움직이며 영창을 이어나가는 류에게 아스피는 이번에야말로 전율했다.

"【어리석은 나의 목소리에 호응하여 이 자리에 한 차례 유성의 가호를. 그대를 버린 자에게 빛의 자비를】."

고속전투에서 이루어지는 '병행영창'.

'마법'을 발동하려면 막대한 집중력과 정확한 영창이 요구되는 것은 두말할 나위도 없다. 고출력――영창이 길면 길수록 더욱 고도한 제어가 필요하다. 따라서 마도사라 불리는 자들은 예외 없이 발을 멈추고 영창에만 마음을 기울여 강력한 마법을 준비한다.

그러나 류는 영창과 전투를 양립시키고 있었다. 집중을

흐트러뜨리고 마력의 고삐를 놓치면 이그니스 파투스를 일으킬 수도 있는 가운데, 계층 터주를 상대로 공격과 이동과 회피와 영창, 네 가지 행동을 고속으로 동시에 전개했다. 그 광경은 제1급 모험자의 눈으로 보아도 믿을 수 없는 것이었다.

자신을 제어하는 강인한 정신과 대담한 기백. 그리고 그것이 수반된 백병전과 영창의 기량.

【검희】조차 무색해질 만한 전투기술로 류는 거인에게 달려들어 마법을 구축했다.

"전투와 동시에……!"

——미코토 또한 아스피와 마찬가지로 류의 '병행영창'을 알아보았다.

빈사상태의 오우카를 치구사에게 맡기고 전장으로 돌아온 그녀는 그 광경에 숨을 멈추었다. 골라이아스의 막대한 공격을 피하며 한 줄기 바람처럼 연속으로 베어드는 모습은 그야말로 질풍이다. 그와 동시에 이어져나가는 아름다운 바람의 선율은 미코토의 마음을 꽉 붙잡고 흔들어놓았다.

"이렇게 높은 경지가……!"

미코토는 그 엘프 전사에게서 아득한 경지를 보았다. 아직 미숙한 자신을 실감하고, 그 이상으로 자신도 반드시 저곳에 이르겠다고 한 명의 모험자로서 투지를 불태웠다.

고개를 가로젓고 주위 모험자들의 높은 사기——몬스터들과 백중지간으로 싸우고 있는 광경을 바라본 후, 그녀는 류와 아스피를 지원하기 위해 골라이아스에게 달려갔다.

이런 자신의 '마법'도 그녀들에게, 벨에게 조금이나마 도움이 되고자──그리고 그들에게 지지 않겠노라는 양 영창을 시작했다.

"【입에 담기조차 황송하여라──】."

모든 마인드를 이 일격에.

뒷일을 돌아보지 않고, 자신의 전심전력을, 지금 자아내려는 마법에 장전했다.

"【그 어떤 것으로도 깨뜨릴 수 없는 나의 신이여, 존엄한 하늘의 인도여. 왜소한 이 몸에 외연한 그대의 신력을】."

미코토와 류의 영창이 이어져가는 가운데.

땅에 무릎을 꿇었던 골라이아스가 무거운 몸을 일으켰다.

"아, 조금만 더 얌전히 있으라고!!"

머리가 식었는지, 아니면 벨을 떠올렸는지 다시 진격을 개시하려는 거인에게 아스피가 혀를 찼다. 살펴보니 류의 마법도 아직 완성에는 미치지 못했다.

"여러 사람 보는 데서 쓰고 싶지 않았는데……!"

그녀는 체념한 듯 각오한 듯, 신고 있던 샌들을 슬쩍 손으로 쓰다듬었다.

"──'탈라리아'."

샌들에 감겨 있던 금색 날개 장식이 생명을 받은 것처럼 펼쳐졌다.

눈 깜짝할 사이에 두 장 한 쌍, 합계 네 장의 날개를 좌우 다리에 펼치고 아스피는 **날아올랐다.**

『?!』

눈앞을 가로지른 아스피에게 경악하는 골라이아스. 류
도, 주위 모험자들도 허공을 나는 그녀에게 한순간 눈길을
빼앗겼다.

비행신발 탈라리아. 【만능의 페르세우스】가 만든 매직
아이템 중에서도 최고의 비밀병기.

과거 누구보다도 하늘을 갈구했다던 어떤 바다 나라의
왕녀가 만들어낸 '신비'의 결정. 그 날개 달린 샌들의 힘으
로 아스피는 둘도 없는 비행능력을 구사할 수 있었다.

비행 몬스터의 주가를 빼앗아버리는 공중전. 순백색 망
토를 펄럭이는 그녀는 새처럼 상공에서 크게 호를 그리며
빠른 속도로 골라이아스의 안면에 육박했다.

왼손에 역수로 쥔 단검을 휘두른다.

『————————————————————?!』

붉은 눈에 빨려든 참격에 골라이아스가 절규를 질렀다.

"【——오라, 방랑하는 바람, 유랑하는 나그네. 허공을
건너 황야를 달려, 무엇보다도 빠르게 달려라. 별빛을 담
아 적을 쳐라】!"

몸을 젖히고 한쪽 눈을 손으로 붙든 거인에게 류는 지체
하지 않고 영창을 마쳤다.

움직임을 멈춘 상대에게, 버들잎처럼 모양 좋은 눈썹을
곤두세우며 자신의 마법을 행사했다.

"【루미노스 윈드】!!"

녹색 바람을 두른 무수한 빛의 덩어리. 류의 주위에서 태어나 일제히 터져나가는 별빛의 마법이 골라이아스에게 잇달아 꽂혔다. 그 새까만 표피를 찢고 엄청난 섬광을 잇달아 터뜨렸다.

엘프에게 어울리는 고위력 마법이 골라이아스를 후퇴시켰다――그 직후.

『아아아아아아―――――――――――――!!』

""윽?!""

빛 덩어리를 받아내면서도 골라이아스가 돌진했다.

붉은 입자를 요란하게 피워올리며, 손상을 입는 것과 동시에 치유를 반복해 류의 마법을 억지로 이겨냈다. 몸을 깎으며 약진하는 거인의 기습에 정면에 있던 류와 아스피는 회피가 한 발 늦었다.

"하늘로부터 내려와 지상에 임하라――――신무투정(神武鬪征)!!"

거인이 내민 팔이 아스피를 떨어뜨리고 육탄공격이 류를 튕겨내려 하던 그 순간.

미코토가 마법을 완성시켰다.

"【후츠노미타마】!!"

골라이아스의 머리 바로 위에서 한 자루의 광검(光劍)이 나타나, 낙하했다.

동시에 땅에 발생한 매직 서클과도 비슷한 여러 개의 동심원.

그리고 짙은 보라색을 띤 광검이 거인의 몸을 꿰뚫으며 원 중심에 박힌 순간, **중력의 감옥**이 발생했다.

『~~~~~~~~~~~~~~~~~~~~~~~~~~?!』

반경 10M에 이르는 거대한 돔 형태의 역장. 류와 아스피의 코앞에 전개된 특수공간은 골라이아스를 가두고 그가 내민 팔을, 무릎을 땅에 내동댕이쳤다. 거인의 입에서 커다란 신음이 새어나오는 가운데 효과범위 내의 대초원이 원형으로 함몰되고 무너져갔다.

그녀가 가진 비장의 카드. 주신 타케미카즈치에게 던전에서는 쓰지 말라는 엄명을 받았던, 일정 영역을 짓누르는 초중압마법. 짙은 보라색으로 물든 중력의 감옥이 골라이아스를 위에서 짓눌렀다.

어태커나 마도사들이 포격에 휘말려들 우려가 있어 사용하지 못했던 강력한 마법이 류와 아스피의 눈을 경악으로 물들였다.

"크, ㅇㅇㅇㅇㅇㅇㅇㅇㅇㅇㅇㅇ으······!"

앞으로 내민 오른팔을 왼손으로 붙잡은 미코토의 얼굴이 고통으로 일그러졌다.

한 번 지면에 못 박혔던 골라이아스가 부르르르, 천천히 몸을 일으키려 했다.

위에서 오는 강력한 중압을 밀쳐내며 일어나는 거인. 미코토도 계속 억누르려 했지만 몬스터의 괴력을 막아낼 수는 없었다.

순수하게 완력에서 밀렸다. 골라이아스의 압도적인 스테이터스에 도저히 대항할 수가 없었다.

아직까지 벨의 차지는 끝나지 않는 가운데 시시각각, 확실하게, 결계는 깨져나가려 했다.

🔥

벨프는 달리고 있었다.

반짝이는 수정이 나무줄기를 비추는 가운데, 정적에 휩싸인 숲을 소리 내며 온 힘을 다해 달려나간다. 헐떡이는 호흡도 돌아보지 않고 기억에 남은 길을 따라 달렸다.

"망할, 벨, 그 덩치 자식…… 빌어먹을!"

거인에게 벨과 오우카가 휩쓸려 날아가던 광경이 머리에서 떠나질 않았다. 좋은 감정을 품지 않았던 그 덩치 큰 모험자가 소년을 지켰던 반면, 자신은 아무것도 하지 못한 채 서 있기만 했을 뿐.

그런 너무나도 우스꽝스러운 상황에, 한심한 자신의 모습이 가슴속에서 소용돌이치는 후회의 감정에 박차를 가했다.

"헤파이스토스 님, 나는……!"

주신에게서 받았던 흰 천에 싸인 무기. 그리고 벨프가

자신의 손으로 버렸던 무기.

그것은 파벌 입단 직후에 그녀의 명령을 받아 만들었던, 말하자면 권속으로서 처음 제작한 작품이었다.

자신의 힘을 증명한 후, 벨프는 거부감과 함께 헤파이스토스에게 그 작품을 바쳤다. 자신은 두 번 다시 같은 무기를 만들지 않겠노라는 그 말과 함께.

그때 그녀는 말했다. 지금은 그래도 상관없다고. 하지만 무언가를 얻었을 때, 분명 너는 그 힘을 쓰지 않았음을 후회하게 될 거라고.

──오기와 동료를 저울질하는 짓은 그만둬.

홍안홍발의 여신이 해준 말이 모두 지금의 자신에게 돌아오고 있었다.

자신은 '마검 대장장이'는 되지 않겠노라는 긍지. 자신은 '마검' 따위 만들지 않겠노라는 맹세.

그것을 버리기만 했더라면, 어쩌면 무언가가 바뀌었을지도 모른다.

"나는……!"

벨프는 '마검'을 싫어했다.

가지기만 해도 강자를 쓰러뜨릴 수 있는 안이한 힘. 쓰는 사람에게 오만을 가져다주고 마는 마법의 무기. 특히 크로조 일족의 '마검'은 사용자도, 스미스조차도 모두 썩게 만들었다.

그리고 사용자를 남기고 '마검'은 반드시 부서져버린다.

벨프는 '마검'을, 정말 싫어했다.

"······!"

눈에 익은 숲의 경사면. 그 너머로 떨어진 흰 천에 싸인 무기를 그대로 초목 틈에 묻어버리자고, 벨프는 진심으로 그렇게 생각했다.

아무도 쓰는 일 없이, 한 번도 칼자루를 쥐는 일 없이 잠들어 있으라고.

부서지는 일 없이 계속 잠들어 있으라고.

"야, 어디 있어?! 대답해!"

경사면을 뛰어 내려가며 불렀다.

계층의 빛이 사라진 주위는 한층 어두웠다. 숲 속은 남색 어둠에 물들어 있었다.

"뻔뻔한 소리야, 나도 알아! 버려놓고 이제 와서 힘을 빌려달라니!"

대답이 돌아올 리 없다는 사실을 알면서도 벨프는 연신 고함을 질렀다.

울창한 초목을 헤치고, 고개를 이리저리 움직여 시선을 돌렸다.

"하지만 돕고 싶은 놈이 있어! 부탁이야――널 부수게 해줘!!"

다음 순간, 그 목소리가 닿은 것처럼 숲 한쪽이 붉게 빛났다.

눈을 크게 뜬 벨프는 즉시 달려갔다. 덤불 속, 거목 밑에 그것이 박혀 있었다.

흰 천 일부가 풀려 자루와 검신 사이에, 코등이가 없는 중앙부분에 박힌 붉은 보석이 빛을 냈다. 타오르는 듯한 빛을 뿜어내는 그 무기를 벨프는 단숨에 붙잡았다.

오른쪽 어깨에 걸머지고, 경사면을 단숨에 뛰어 올라갔다.

"……크윽!"

어깨에 걸리는 그 무게에 벨프는 어금니를 꽉 깨물었다.

'마검'은 힘을 다 쓰면——사용한계를 맞이하면 산산이 부서져버린다. 그것이 마법과 같은 힘을 가져다주는 대가. 마의 무기가 가진 피할 수 없는 결말.

사용자와 고락을 함께 하지도 못하고, 성장해나가는 모습을 지켜보지도 못한 채, 죽음이 서로를 갈라놓을 때까지도 버티지 못하고 부서져나가는 것이다.

벨프는 '마검'을 싫어했다. 사용자를 남겨두고 가버리는 무기들이.

무기의 소명을 이루게 해줄 수 없는, 그런 그들의 숙명이 너무나도 싫었다.

——그렇다. 시시한, 한낱 감상이다. 오기다.

사용자도 스미스도 타락시키고, 심지어 무기의 소명도 이룰 수 없다면, 차라리 아무에게도 주어지는 일 없이 남몰래 잠들고 있으라고.

'마검'을 만들어버린 벨프는 항상 그런 감상을——오기를 관철하려 했다.

"!"

숲을 빠져나왔다. 제일 먼저 눈에 들어온 것은 지금 당장이라도 짙은 보라색 결계를 뚫고 나오려는 골라이아스, 다음으로는 몬스터와 맞버티고 있는 모험자들, 그리고 그 제일 안쪽에서 대검을 들고 있는 벨.

그랜드 벨의 음색을 들으며 벨프는 어떤 과정을 거쳐 전황이 이렇게 되었는지를 순식간에 간파했다. 소년을 두 번 다시 사지에 몰아넣지 않겠노라고, 동쪽 숲에서 남쪽으로, 그에게 달려드는 몬스터들의 곁으로 뛰어갔다.

눈 깜짝할 사이에 몬스터의 대군에 접근한 그는 흰 천에 싸인 무기를 쳐들었다.

"늬들! 죽고 싶지 않으면 비켜어어어어어어어어어어어어!!"

아무렇게나 꾸러미를 휘두른 것과 동시에——거대한 불덩어리가 폭주했다.

눈을 휘둥그렇게 뜬 모험자들이 아슬아슬하게 이탈한 곳에서, 요원의 불길이 몬스터들을 한 마리 남김없이 쓸어버리며 초원과 함께 재로 만들어버렸다.

무시무시한 화력에 모험자들이 경악하는 가운데 흰 천이 불타 떨어지고, 그 무기의 모습이 드러났다.

장식이라고는 전혀 없는, 자루와 검신뿐인 장검. 바위에서 깎아내 만든 것처럼 우툴두툴한 외견임에도 검신은 마치 불꽃을 응축해놓은 것처럼 사나웠고, 또한 아름다웠다.

형형히 빛나는 진홍색 '마검'은 쩌적 소리와 함께 벨프의 손 안에서 균열을 일으켰다. 한 번의 마법행사로 이미 부서져나가기 시작한 무기에 벨프는 두 눈을 일그러뜨리고 다시 고개를 가로저었다.

"마법이 깨지겠어요……!!"

중압마법을 발동하던 미코토의 선언에도 아랑곳 않고 골라이아스가 결계의 벽에 두 손을 내지르더니 억지로 벌려젖혔다.

『오오오오오오오오오오오오오오오오오!』

포효를 지르며 속박에서 벗어난 거인에게 류와 아스피가 무기를 드는 가운데——벨프는 홀로 선두로 나섰다.

이에 맞선 골라이아스에게 오른손만으로 쥔 장검을 등 뒤로 돌려 힘을 모은다.

바람 한 점 없는 해면처럼 잔잔한 표정 속에서 눈빛만이 날카롭게, 형형하게.

일격.

단 일격을 위해서만 이름을 붙인 '마검'의 진명을 벨프는 외쳤다.

"카즈키이이이이이이이이이이이이이이이이이이이!!"

그 순간, 모두의 눈이 불꽃의 색으로 타올랐다.

뿜어져나간 진홍의 굉염(轟炎). 높은 상단에서 내리친 검신에서 거대한 불줄기가 솟구쳐, 일직선으로 골라이아스를 집어삼켰다.

그 거구를 빠짐없이 뒤덮고, 연소의 요란한 목소리와 함께 유린했다.

『

—————— 워어어어어억?!』

업화의 계곡에 떨어진 것처럼 골라이아스의 몸이 타올랐다.

자기재생 따위 따라오지도 못했다. 치유의 빛을, 붉은 입자를 요란하게 피워도 불꽃이 이를 잡아먹어 거인의 방대한 마력을 비워버릴 기세로 솟구쳤다.

"저것이, '크로조의 마검'……!"

"넘어설 수 있는 건가?! 진짜 마법을?!"

그 화염의 소용돌이에 아스피와 함께 엘프 류는 전율했다. 열화된 마법의 힘이 아닌, 요정의 숲조차 순식간에 불태웠던 힘이 눈앞에서 재현되었다.

'바다를 불태웠다'고까지 일컬어지는 전설의 마검이 그 위력을 해방시켰다.

"———."

밀려드는 열파와 수많은 불똥, 그리고 검신에 생겨난 균열.

균열은 눈 깜짝할 사이에 '마검'의 온몸으로 내달려 벨프의 손 안에서 부서져나갔다.

——미안하다.

찢어지는 이별의 소리를 울리는 무수한 파편에 벨프는

고개를 숙이며 중얼거렸다.

❦

'——3분.'

벨은 조용히, 시간이 된 것을 깨달았다.

한순간도 돌리지 않은 채 전방을 노려보았던 루벨라이트색 눈, 그 시야 한복판.

존재하는 것은 칠흑의 거인, 골라이아스. 지금은 홍련의 불꽃에 타올라, 푸른 어둠에 휩싸인 계층 안에서 유일하게 새빨갛고 선명한 빛을 뿜어내고 있다.

수많은 모험자들의 맹공을 모조리 물리쳤던 괴물을 앞에 두고, 벨은 여전히 빛을 발하는 새까만 대검을 쳐들었다.

스킬【아르고노트】의 방아쇠, 머릿속에 떠오르는 동경의 존재는 '영웅 다비드'.

강대한 적과 일대일로 겨루었으며, 1만의 군세에 맞서 이를 무찔렀던 옛 나라의 패자(覇者).

위대한 영웅의 모습을 환영으로 보며 벨은 천천히, 몸을 앞으로 쓰러뜨렸다.

"——모두, 길을 비켜라아아아아아아아아아아아아!!"

헤스티아의 호령과 함께.

질주했다.

땅을 박차고, 대초원을 가로질렀다.

하얀빛을 끄는 까만 대검을 들고 그랜드 벨의 음색을 낭랑히 퍼뜨리며, 시선 너머의 광경을 향해 붉게 타오르는 거인 괴물에게. 온몸에서 흘러내리는 뜨거운 핏줄기조차 앞을 가는 힘으로 바꾸어, 동료들이 만들어준 기회──처음이자 마지막 일격의 순간을 향해 질주했다.

호령이 떨어진 순간 모험자들은 일제히 벨의 진로에서 이탈했다.

벨프가, 미코토가, 류가, 아스피가.

길을 열어준 모든 이들이 벨의 옆얼굴을 바라보았다.

기원하듯, 믿듯, 등을 밀어주듯──가라고.

수많은 이들의 시선을 한 몸에 받아, 벨은 속도를 높여 돌진했다.

『워어어억!!』

타오르는 골라이아스의 두 눈이 접근하는 벨을 꿰뚫었다.

절규와 노호가 뒤섞인 포효를 지르며, 불타는 굵은 팔을 등 뒤로 끌어당긴다.

거인이 내지른 혼신의 주먹. 모든 것을 분쇄할 그 오른 팔의 일격. 그러나 질주의 속도는 줄어들지 않았다.

──헤스티아는 말했다. 벨이 손에 넣은 것은 '영웅의

일격'이라고.

그 말을 가슴에 담고, 까만 대검을 오른쪽 어깨 위로 쳐든다.

줄어드는 거리.

짓이길 듯이 밀려오는 적의 거구.

그리고 자신의 두 손에 넘쳐나는 힘의 분류.

모여드는 빛의 검에 자신의 모든 것을 걸고, 벨은 그 일격을 날렸다.

"아아아아아아아아아아아아아아아아아아아아아아아
아아아아아아아아아아아아아아아아!!"

작렬.

"――――――――――――――――."

순백의 극광이 모험자들의 시야를 가득 메워 모두가 팔로 눈을 가렸다.

골라이아스의 포효를 지워버리는 벨의 포효, 그리고 쩌렁쩌렁한 굉음.

그런 것들이 청각의 기능을 몇 초 동안 앗아간 후, 마지막으로 주위에 남은 것은…… 결판의 정적이었다.

시야가 회복된 이들이 조심스레 눈을 떠 보니, 그곳에는 오른팔과 상반신을 잃은 거인의 몸이 서 있었다.

지면에 떨어진 왼팔과 상반신이 조각상처럼 그 자리에

정지해 있었다.

소실된 검신의 단면에서 흰 연기를 피워올리는 까만 대검, 그것을 휘두른 자세로 굳어버린 벨.

그 광경에 모두가 아무 말도 못 하고, 그저 한동안 서 있었다.

"······없애, 버렸구만."

망연자실 흘러나온 벨프의 중얼거림이 계기가 된 것처럼, 모든 시간의 흐름이 돌아왔다.

굳어버렸던 벨은 쓰러져 한쪽 무릎을 꿇었다. 검신이 없는 대검을 지팡이처럼 땅에 짚는 그의 눈앞에서, 남아 있던 골라이아스의 하반신과 왼팔이 재로 변했다.

상반신과 함께 마석을 잃은 몸은 시간을 들여 천천히, 녹아드는 것처럼 사라져갔다.

쇄아아, 주검의 일부가 허공에 떠도는 가운데 대량의 재 위에 드롭 아이템──'골라이아스의 경피(硬皮)'가 남았다.

『──우와아아아!!』

다음 순간, 대환성이 솟아났다.

주위의 모험자들이 두 손을 치켜들고, 혹은 옆 사람의 어깨를 끌어안고, 눈물까지 흘리며 목이 터져라 소리를 질러댔다. 그들이 든 날 빠진 검이, 창이, 도끼가, 방패가, 마치 자신들의 개가를 올리듯 은색 빛을 뿌렸다.

언어를 이루지 못하는 소리의 해일이 쩌렁쩌렁 울려 퍼져 대초원을 뒤흔들었다.

조금 전까지 이어졌던 지진이 거짓말이었던 것처럼, 침묵한 던전에서는 새로운 몬스터가 태어나려는 기척은 없었다. 결판이 난 싸움에 리빌라의 모험자들은, 몰드 일당은 흥분에 몸을 맡기고 얼굴을 붉히며 환희를 나누었다.

"벨!"

"야, 벨!"

눈물을 그렁그렁 맺은 헤스티아가 제일 먼저 달려나갔고, 벨프, 릴리, 류, 미코토가 차례대로 힘이 다한 벨에게 달려왔다. 일부 사람들도 그들에게 쇄도했다.

천장에 남은 수정의 꽃이 반짝이는 푸른 광채를 떨구었다.

주위에서 끊어질 줄 모르는 기쁨의 목소리가 벨과 동료들을, 제18계층 전체를 에워쌌다.

🔥

"아아…… 아아, 아아!"

헤스티아 일행이 달려갔던 남쪽 초원.

혼자 남은 헤르메스는 환성의 중심에 있는 벨을 똑바로

바라보며 등황색 눈을 형형히 빛냈다.

거점 방향에서도 밀려들어 주위를 에워싼 환호성에 그는 도취된 듯 웃었다.

"보았소, 이 헤르메스가 똑똑히 보았소! 그대의 손자를, 그대가 남긴 보물을!"

마치 이곳에 없는 누군가에게 말하듯 흥분에 몸을 맡겼다.

헤르메스는 떠올렸다. 소년의 양육자가 했던 말을.

고집은 있다. 끈기도 있다. ──그러나 소질이 압도적으로 없다.

아마 대성할 그릇은 아닐 거라고, 그의 할아버지는 그렇게 말했다.

"멍청한 소리 마시오. 당신 눈도 결국 썩어버린 거요?!"

이걸 보고도 그런 소리를 할 수 있겠느냐고, 크게 치켜든 손을 휘두르며 눈앞의 광경을 가리켰다.

헤르메스는 그야말로 미칠 듯이 기뻐하며 입가에 크게 웃음을 지었다.

"기뻐하시오, 대신(大神) 제우스. 당신의 수양손자는 진짜요! 당신의【파밀리아】가 남긴 마지막 영웅이오!!"

흥분이 가시지 않는 듯 헤르메스는 환호성을 질러댔다.

"아아, 신탁 따위 전공도 아니지만……. 아아! 이런 말을 하지 않을 수 없군!"

열기를 뿌려대는 모험자들의 모습을 바라보며 헤르메스는 연극적인 어조로 말했다.

"움직인다, 움직인다! 시대가 움직인다! 10년 후일지 5년 후일지 1년 후일지, 혹은 내일일지도 모르지만! 이곳에서, 이 오라리오에서 시대를 뒤흔들 무언가가 움직인다!"

그것은 신의 직감.

헤르메스가 느꼈던, 뼈아플 정도로 시큰거리는 감각.

"이만한 영웅의 그릇이 한곳에 모인 적이 유사 이래 또 있었을까?!"

【브레이버】 핀 디무나.

【나인 헬】 리베리아 리요스 알브.

【맹자(猛者)】 오탈.

【검희】 아이즈 발렌슈타인.

시대를 통틀어도 보기 드문, 뛰어난 영웅의 그릇들.

과거의 영웅에도 꿀리지 않는 소질을 가진 현대의 전사들.

"아니, 없지! 그렇다, 이만한 영웅의 그릇이 갖추어졌거늘, 아무 일도 일어나지 않을 리가 없다!"

여기에 실력의 편린을 똑똑히 드러낸 저 미완의 소년, 리틀 루키가 더해진다면 직감은 확신에 이른다.

"지켜보겠다, 지켜보겠어! 반드시 이 눈으로 지켜보겠다! 역사에 이름을 내길 대사건을, 영웅들의 행방을, 그들의 삶과 죽음을!"

　인간도, 칭송도, 환희도.

　백발 소년을 에워싼 모든 극적인 광경에 예감을 겹치면서.

　헤르메스는 눈을 크게 떴다.

　"친애하는 그들이 자아낼【파밀리아 미스】를!"

　그것은 최고의 구경거리.

　최고의 오락.

　최고의 심심풀이.

　"아아──."

　최고의, 흥분.

　"이 땅에 내려오길 정말 잘 했다!"

　열광과 포효가 어디까지고 울려 퍼지는 가운데, 신은 홀로 두 팔을 벌리고 아이들에게 찬가를 바쳤다.

에필로그
토끼를 쏘는 자

계층 터주 '골라이아스'의 격파에 성공한 벨 일행은 후에 무사히 지상으로 귀환했다.

기적적으로 제18계층에서 모두 살아 돌아온 그들은 생존 소식을 관계자에게 전하고 생환의 기쁨을 나누었다. 어떤 이는 주신에게 인사를 올리면서 부서진 무기의 파편을 바쳤고, 어떤 이들은 사태의 전말을 파벌에 보고했으며, 또 어떤 이는 남몰래 복면을 벗고 아무도 모르게 술집으로 돌아갔다.

한편 제18계층에서 이번 사건을 지켜보았던 모험자들에게는 함구령이 내려졌다.

세이프티 포인트에 계층 터주가 태어났다는 전대미문의 이상사태를 길드는 인위적, 아니, 신위적인 사고——'신재(神災)'로 판단하고, 쓸데없는 혼란을 막기 위해 헤스티아, 헤르메스 두 주신에게 엄중 주의 및 처벌을 내린 후——헤스티아와 헤르메스의 사건에 관한 의견은 전혀 받아들여지지 않았다——절대 발설하지 말 것을 다짐받았다.

그러나.

인간의 입에는 자물쇠를 채울 수 없다는 것이 세간의 상식.

"그 말이 사실이냐?"

"예. 18계층에 계층 터주 골라이아스가 출현했으며, 리빌라 마을의 모험자들이 이를 토벌……. 그리고 방법은 확실치 않사오나 마지막 일격을 날린 것이 다름 아닌 【리틀 루키】라 합니다."

"크, 흐흐, 하하하하……. 그러냐. 잘 하였다, 히아킨토스."

어두운 방 안에서 꽉 억누른 홍소가 울려 퍼졌다.

히아킨토스라 불린 청년의 **뺨**을 사랑스럽게 쓰다듬은 그 방의 주인은 눈을 가늘게 떴다.

무릎을 꿇고 앉은 청년에게 보내는 두 눈은 이미 머리 위로 향하여, 누군가를 애절히 그리워하는 것처럼 요사스럽게 빛났다.

"벨 크라넬…… 역시 훌륭하군. 그는 나 아폴론이 차지하겠다."

햇빛의 색을 뿜어내는 현란한 금발을 출렁거리며 그 인물, 아니, 신물은 입가를 틀어 올렸다.

【벨 크라넬】

소속 : 【헤스티아 파밀리아】
종족 : 휴먼
직업 : 모험자
도달 계층 : 제18계층
무기 : 헤스티아 나이프
소지금 : 28,000발리스

≪살라만더 울≫

· 정령의 방호포. 화염속성에 놓은 대상.
· 이너웨어, 키나가시, 로브 등 형상은 다양다종.
· 쿠폰 이용가 87,000발리스.

© Suzuhito Yasuda

스테이터스

Lv.2

힘: F365 내구: G271 기교: F349 민첩: E469 마력: G270 행운: I

《마법》

【파이어볼트】　　　　○속공마법.

《스킬》

【리아리스 프레제】　　　○조숙한다.

　　　　　　　　　　　　○마음이 이어지는 한 효과 지속.

　　　　　　　　　　　　○마음의 강도에 따라 효과 향상.

【영웅선망 아르고노트】　○액티브 액션에 대한 차지 실행권.

《우시와카마루》

· 벨프 제작 무기 시리즈 제1탄.

· 다홍색 단검. 별명은 '소돌이'.

· 재료로 드롭 아이템 '미노타우로스의 뿔'을 사용했다. 미미하나마 화염속성 효과.

· 검신은 약간 짧지만 고위력. 현시점에서는 《헤스티아 나이프》를 웃돈다.

· 베개 밑에 넣어두고 잠들었을 때 꿈속에서 엄청나게 강한 소떼가 나타나 벨을 죽이려 했다.

· 어쨌든 벨에게는 애착이 깊은 무기.

후기

압도적 던전 판타지, 라고 본 작품에 이름을 붙여주신 것을 어디선가 (아마도) 본 것 같습니다. 하지만 솔직히 그렇게까지 던전던전하지는 않다는 생각이 적잖이 드네요. 레벨을 올리기 위해 경험치를 쌓으려고 던전에 내려가고 몬스터를 해치우는 일을 되풀이했던 것 같습니다.

작품의 무대가 지상으로 옮겨가기 전에 한번 힘껏 던전던전해보자. 그런 생각을 하면서 이번 제5권을 집필했습니다.

던전이라는 말을 들으면 제일 먼저 떠오르는 것이 역시 어두컴컴한 미로, 그 깊은 곳에 잠든 금은보화의 보물상자, 그리고 보물을 파수꾼처럼 지키는 거대한 몬스터가 아닐까요. 특히 마지막의 거대 몬스터는 빼놓을 수 없을 것 같습니다. 미궁에 내려가는 모험자들을 나락 밑바닥으로 빠뜨리는 강대한 괴물——드래곤이라면 더욱 좋습니다——, 도망치든 싸우든 그야말로 판타지라고, 사견이나마 그런 생각을 해봅니다. 본 작품에서도 시리즈 제5권이 되어서야 겨우 등장했네요. "보통 첫 권에서 나오지 않나요?" 하는 목소리가 이런저런 방향에서 들려오는 것도 같지만 귀를 막으렵니다.

괴물 우두머리가 내뿜는 흉악한 화염 브레스라든가, 아

니면 사람을 간단히 휩쓸어버리는 팔다리의 공격이라든가, 혹은 눈을 마주친 자를 모조리 돌로 바꿔버리는 저주의 광선일지도 모르지만, 그런 말도 안 되는 상대에게 한껏 희롱당하고 상처를 입으면서도 동료들과 힘을 합쳐 맞서는 판타지의 주인공들은 얼마나 멋있는지.

아무리 나이를 먹어도 어렸을 때 느꼈던 그 흥분과 동경을 잊을 수는 없었습니다.

만일 본서를 재미있게 읽어주셨다면, 그 두근거렸던 감정을 기억해주셨다면 매우 기쁘겠습니다.

그러면 여기서 감사 인사로 들어가도록 하겠습니다.

수많은 조언을 주신 담당 오타키 님, 아름다운 일러스트를 그려주신 야스다 스즈히토 선생님, 이번 권에서도 많은 신세를 졌습니다. 그리고 GA 문고 편집부를 포함한 관계자 여러분, 덕분에 시리즈 제5권까지 나올 수 있었습니다. 깊이 인사드립니다.

무엇보다도 이 책을 읽어주신 독자 여러분, 정말로 고맙습니다. 독자 여러분께 재미있다는 말씀을 들을 수 있도록 더욱 노력하겠습니다. 앞으로도 잘 부탁드려요.

그러면 실례합니다.

오모리 후지노

역자 후기

안녕하세요, 역자입니다.

아름답게 빛나기만 하던 수정을 깨뜨리고 튀어나온 보스몹처럼 갑작스럽게 스포일러가 나오곤 하는 후기이므로, 아직 본문을 읽지 않으신 분은 세이프티 포인트(첫 페이지)로 돌아가 주시기 바랍니다.

그런고로 열렙득템 던전 RPG '던전만남' 제5권입니다. 볼륨도 스케일도 역대 최강이라 이 역자를 적잖이 고생시킨 작품이었더랬습니다. 물론 재미도 최강이라 번역하면서 정신없이 키보드를 두드리다 보니 시간이 휙 지나가고 그제서야 생각났다는 듯 피로가 밀려오는 그런 무아지경을 경험케 해주었습니다만, 워낙 요즘 들어 체력이 저질인지라…….

뭐 이런 건 다 역자의 푸념이고요. 독자 여러분께서는 만족스러워하시지 않았을까 합니다. 사실 지난 4권은 본편 분량이 좀 적었던 데다 몰아치는 이벤트는 별로 없고, 마지막에는 중층 입구를 바라보며 '우리들의 싸움은 이제부터 시작이다'……하곤 좀 다른가; 아무튼 전반적으로 어딘가 허전했던 것이 사실이었습니다. 하지만 5권은 그것까지 다 보상해주겠다는 듯 탐색에 조난에 관광에 므흐흣

이벤트에 거대 보스에…… 아주 밀도도 높고 흥미진진하네요. '퍼텐 폭발'로 호평을 자아냈던 3권 이상이었다고 생각합니다.

개인적으로 마음에 들었던 것은 '조난' 파트의 일러스트 연출. 독자 여러분도 알아보셨으리라 생각합니다만, 1장 첫머리의 삽화와 2장 첫머리의 삽화가 이어집니다. '통곡의 대벽'도 그다음에 나올 골라이아스의 삽화와 이어지고요. 소소하지만 '아!' 하는 감탄이 나오게 만드는, 마치 만화를 보는 것 같은 연출이랄까요. 만화보다는 웹툰이나 스마트툰에 가까운 듯도 하지만요.

뭐니 뭐니 해도 임팩트를 주었던 건 마지막에 등장한 골라이아스였는데요. 앞부분에서는 도망치기만 해 '전투 없이 그냥 넘어가나? 미노타우로스처럼 다음을 기약하려나 보다' 싶었더니 더욱 파워업해서 마지막 보스로 냅다 등장해주는군요. 이 부분의 묘사가 또 대규모라 재미있었습니다. 마치 온라인 게임의 대규모 레이드를 보는 것 같아서요(하지만 보스의 패턴이 이런 식이라면 멘탱(류)과 부탱(아스피)에게 부담이 집중되어 공장이 비명을 지르겠죠). 우리의 주인공 벨이 상당히 강해지긴 했지만 그래봤자 중견 정도이고, 아직 위가 잔뜩 있다는 그런 기분도 들었고요. 정진해야겠구나, 벨.

게다가 떡밥도 제법 그럴듯하게 깔려서 다음 권도 매우 기대가 됩니다. 특히 이제까지는 의문의 변태처럼만 묘사되었던 벨의 할아버지가 정체를 드러냈죠. 어쩌면 살아 있을지도 모르겠다는 생각은 했습니다만, 이름이 공개된 순간 "그랬구나! 어쩐지 변태 같더라!" 하고 외쳤던 건 저뿐이 아니었을 겁니다……. 하지만 자고로 그분과 엮여서 잘된 인물(신물 포함)을 본 적이 없는 것 같은데 말이죠……. 게다가 에필로그에서는 미소년들을 아꼈던 것으로 유명한 모 신도 등장하고……. 축하해, 벨. 이제 여신님에 이어 남신님에게도 총애를 받게 되겠구나.

인터넷에 공개된 예고편을 보니 6권은 아마 이 남신님 이야기가 메인인 것 같은데, 과연 어떻게 될지. 조만간 발매될 테니 번역하기 전에 얼른 구입해서 읽어야겠군요. 그러고 보니 외전인 소드 오라토리아도 벌써 3…… 에베벳. 더 이상 말했다간 스스로 무덤을 파게 될 것 같으니 이만 잽싸게 들어가보겠습니다.

그러면 저는 다음 작품에서 뵙겠습니다.

2014년 10월
김완

DUNGEON NI DEAI WO MOTOMERU NOWA
MACHIGATTEIRUDAROUKA 5
by Fujino Omori
Copyright © 2014 by Fujino Omori
Illustrations Copyright © 2014 by Suzuhito Yasuda
All rights reserved.
Original Japanese edition published in 2014 by SB Creative Corp.
Korean translation rights arranged with SB Creative Corp.
through Eric Yang Agency Co., Seoul.
Korean translation rights © 2014 by Somy Media, Inc.

던전에서 만남을 추구하면 안 되는 걸까 5

2014년 10월 15일 1판 1쇄 발행
2022년 2월 15일 1판 16쇄 발행

저　　자 오모리 후지노
일 러 스 트 야스다 스즈히토
옮 긴 이 김완
발 행 인 유재옥
본 부 장 조병권
담당편집 정영길
편 집 1 팀 이준환, 박소연, 김혜연
편 집 2 팀 정영길, 조찬희, 박치우
편 집 3 팀 오준영, 곽혜민, 이해빈
미　　술 김보라, 박민솔
라이츠담당 한주원, 이다정
디 지 털 박상섭, 이성호, 최서윤, 김지연
발 행 처 ㈜소미미디어
인쇄제작처 코리아피앤피
등　　록 제2015-000008호
주　　소 서울 마포구 토정로 222, 403호(신수동, 한국출판콘텐츠센터)
판　　매 ㈜소미미디어
마 케 팅 한민지, 최정연, 김보미, 박종욱
물　　류 허석용
전　　화 편집부 (070)4164-3962, 3963　기획실 (02)567-3388
　　　　　　판매 및 마케팅 (070)4165-6888, Fax (02)322-7665

ISBN 979-11-5710-054-5 04830
ISBN 979-11-950162-0-4 (세트)